Kris Baege
Die Tante im Dach

Kris Baege

Die Tante im Dach

Roman

Frauenoffensive

Dank
an Nathan, der mit seinen vielen Fragen
dieses Buch auf den Weg brachte;
an Lara, die beste Hundebegleiterin,
die frau sich denken kann;
und an die wundervollen Frauen,
die mir ihre Liebe schenkten und schenken.

1. Auflage 2000
© Verlag Frauenoffensive 2000
(Metzstr. 14 c, 81667 München)

ISBN 3-88104-331-4

Druck: Clausen & Bosse, Leck
Umschlaggestaltung: Erasmi & Stein, München

Dieses Buch ist gedruckt auf Papier aus chlorfrei gebleichtem Zellstoff.

*„Der Liebe ist es nicht wichtig
Mit wem du betest
Oder wo du geschlafen hast
In der Nacht, als du fortliefst
Von zu Hause
Der Liebe ist es wichtig
Daß das Schlagen deines Herzens
Niemanden tötet."*

*(Alice Walker,
Ihre braune Umarmung, Gedichte II)*

Der Liebe ist es nicht wichtig...

Ich weiß nicht, ob sie vor uns eingezogen war oder mit uns oder erst, als wir schon darin wohnten. Aber ich weiß, daß ihr das Haus gefallen hätte, obwohl ich überhaupt nicht an sie dachte, als wir zum ersten Mal davor standen.

Unser Entschluß, ein Haus zu kaufen, hatte nichts damit zu tun, daß wir Geld hatten, um es anzulegen, oder unbedingt Eigentum haben wollten. Es hatte einzig und allein mit Lara, unserer Labrador-Schäferhündin zu tun, die uns bei jeder Mietwohnung im wahrsten Sinn des Wortes im Weg stand. Die vielen Wohnungen, die wir im Lauf der Zeit anschauten, gefielen ihr offenbar alle nicht, und sie gefiel den Eigentümern nicht. Uns gefielen sie auch nicht besonders – die Wohnungen und manchmal auch die Eigentümer –, aber wir waren wild entschlossen, zusammenzuziehen.

Aber auch als wir den Entschluß gefaßt hatten, ein Haus zu kaufen, stand uns unsere Hündin im Weg. Viele Häuser betrat sie einfach nicht, und es kam zu keiner ernsthaften Besichtigung, denn wir konnten uns nicht vorstellen, ein Haus zu kaufen, dessen Schwelle unsere Hündin nur mit gesträubtem Fell oder gar nicht übertrat. So lag sie im besten Fall gelangweilt vor dem jeweiligen Objekt, im schlechtesten weinte sie vor der Tür, während wir drinnen von verschiedenen Maklerinnen auf die unglaublichsten Vorteile hingewiesen wurden. Aber all diese Vorteile wogen den Umstand nicht auf, daß wir es uns kaum vorstellen konnten, in Zukunft mit einem heulenden Hund vor der Haustür zu leben.

Das Haus, das wir am Ende bezogen, war das erste, das uns in der Zeitung begegnete, und die Annonce verzauberte uns. Lediglich der Preis stürzte uns in die Realität, die von unseren Finanzen bestimmt war. Dennoch gingen wir oft daran vorbei und waren von seinem Anblick so verzaubert wie zuvor von der Anzeige.

Mitten in der Altstadt reckte es sein schmuck renoviertes Fachwerkgemäuer gerade bis an die Dachtraufen der umstehenden Häuser. Mit den Füßen stand es im Wasser: Der Stadtbach umspülte das Fundament und umgurgelte es mit sanften, anheimelnden Tönen. In das in der Anzeige gepriesene Gärtchen konnten wir nicht hineinsehen. Es war von einem hohen, efeubewachsenen Zaun umgeben. So umrundeten wir bei jedem Stadtbesuch das Objekt unserer Liebe und trösteten uns mit vernünftigen, beruhigenden Hinweisen auf dunkle Kammern, die das Haus innen wahrscheinlich dürftiger machten, als es von außen schien. Wer wollte in Räumen wohnen, in denen man sich den Kopf an der Decke stieß, in die sich kein Sonnenstrahl verirrte.

Ein halbes Jahr lang drehten wir weiter Runden durch die Stadt und die umliegenden Dörfer. Diese Zeit war eine wahre Belastung für unsere Sanftmut und Geduld.

Am Ende stießen wir noch einmal auf die schon bekannte Anzeige. Unser Häuschen war noch nicht verkauft. Es war in der Zwischenzeit unseren finanziellen Möglichkeiten sogar entgegengekommen.

Erwartungsvoll saßen wir auf dem Geländer des hauseigenen Brückchens über den Bach. Jule ließ die Beine baumeln und freute sich über eine Entenfamilie, die direkt unter uns schwamm.

„So mußten wir sonntags auch immer spazierengehen! Vater Ente, Mutter Ente und die Kinder!" Sie gluckste vor Vergnügen, und ich wußte, die Entenfamilie war ein Pluspunkt für das Haus. Jule liebte alle Tiere. Ich konnte mich auch an Sonntagsspaziergänge in strenger Formation erinnern. In der Erinnerung schienen sie nicht so schrecklich, wie sie das damals in Wirklichkeit durchaus waren.

„Wußtest du, daß Enten monogam leben?" fragte ich Jule und wußte es selber nicht so ganz sicher. Aber das mußte ich ihr ja nicht verraten. Ich wollte sie sanft an den Zweck unseres Hierseins erinnern und meine Absichten und Erwartungen noch einmal kundtun, bevor es womöglich zu spät war.

„So sehen sie auch aus", murmelte Jule und wandte ihren Blick ab. Irgendwie schien sie enttäuscht von der Entenfamilie. Die aber war inzwischen ohnehin weitergeschwommen.

Die Besitzerin verspätete sich, als sie angehastet kam, hatte sie den Schlüssel vergessen. Darin anscheinend geübt, verschaffte sie uns auch ohne Schlüssel einen Weg ins Haus.

Zum ersten Mal in meinem Leben fühlte ich beim Betreten, daß ein Haus umarmen kann. Dieses Haus umarmte mich, zog mich sanft und entschieden an seine warm atmende, nach Holz duftende Brust, und das Wasser zu seinen Füßen flüsterte mir plätschernd Verführerisches zu. Eine Zukunft in diesen Wänden schien mir der Himmel auf Erden! Und sogar unsere Hündin überschritt schwanzwedelnd die Schwelle. So gut sie es vermag, lachte sie uns aufmunternd zu und wollte uns offenbar unsere finanziellen Sorgen mit all ihrer hündischen Beredsamkeit ausreden. Sie hatte gut lachen, sie mußte das Haus ja nicht finanzieren.

Ich sah mich unter dem schrägen Dach am Schreibtisch sitzen; dichten und malen und philosophische Gedanken hegen; sah mich Blumen verteilen und meine Möbel, von denen ich mich allerdings weitgehend würde trennen müssen, da sie nicht das hauseigene Maß hatten. Aber wovon würde ich mich nicht trennen, um hier einzuziehen! Ich sah uns zufrieden und glücklich viele Jahre in einer Atmosphäre der Geborgenheit und des Friedens leben... Und als ich aus meinen Träumen gerissen wurde, war das, was ich hörte, fast noch traumhafter als meine Zukunftsvisionen.

„Ich bin glücklich bei dem Gedanken, daß ein Frauenpaar in meinem Haus wohnen wird."

Jule und ich sahen uns an. Auf der Odyssee unserer Wohnungssuche war es bisher nicht von Vorteil gewesen, daß wir ein Frauenpaar waren.

Unser überwältigtes Schweigen mißdeutend, stürzte uns die Hausbesitzerin in weitere Glückstaumel.

„Wenn Sie zahlen können, dann würde ich mich freuen, wenn Sie einziehen würden. Wissen Sie, ich liebe dieses Haus, und ich verkaufe es ungern, aber es ist zu klein für eine Familie. Wenn ich schon nicht darin wohnen kann, dann sollen das wenigstens nette Leute tun."

Der Preis entsprach genau dem, den ich morgens erwähnt hatte. Ich hatte zu Jule gesagt: „Wenn wir es dafür bekommen, nehmen wir es als Zeichen, daß es unser Haus sein soll. Ich habe keine Lust mehr, weiter zu suchen."

Jule hatte mich mit einem schiefen Lächeln und einem Schulterzucken bedacht, meine Preisvorstellung lag weit unter der Summe, die in der Zeitung genannt worden war.

Jetzt sah sie mich an und ich sie, und ich sah an ihrem Blick, daß sie mich fragte, ob sie wache oder träume.

Und wenn die Tante nicht schon unterm Dach gewohnt hätte, was ja eine Erklärung dafür wäre, daß dieses Traumhaus bisher keine Käufer gefunden hatte, dann zog sie wahrscheinlich jetzt ein.

★

Die Tante bestimmte mein Leben. Das heißt, sie war meine „große Mutter". In Wirklichkeit war sie die Schwester meiner Großmutter mütterlicherseits.

Die Schwester der Tante, meine Oma, wurde von mir wahrscheinlich genauso zärtlich geliebt wie die Tante selbst, aber sie war bei weitem nicht so interessant. Sie war wie alle Erwachsenen: verheiratet und stets um das Wohl ihres Ehemanns, meines wortkargen, cholerischen und etwas klein geratenen Opas, bemüht. Die einzige Romantik in dieser Ehegeschichte lieferte der Umstand, daß meine Oma einst die Schülerin meines Opas gewesen war, der ihr als Junglehrer im Sportunterricht versehentlich einen Ball an den Kopf geworfen hatte, der die junge und sehr schöne Frau in eine Ohnmacht hinstreckte. Ob er sie aus dieser Ohnmacht mit einem Kuß erweckte, kann ich nicht sagen, und es gibt auch niemanden mehr, den ich fragen könnte. Als Kind war ich überzeugt, daß diese Ballgeschichte der Anfang einer großen Liebe gewesen war. Daß diese Liebe immer noch groß war, konnte ich mit meinen wachen Kinderaugen gut sehen: Die Oma tat alles für den Opa. Was der Opa für die Oma tat, mußte allerdings unsichtbar sein oder zu Zeiten stattfinden, die außerhalb meiner Kontrolle lagen. Aber eine andere Art von großer Liebe kannte ich ohnehin nicht. Ich nahm mir vor, darüber nachzudenken, wenn ich Zeit dazu hatte. Ich hatte nicht viel Zeit, denn die Erforschung, Einübung und Einhaltung der Regeln der Erwachsenenwelt nahm alle meine Zeit in Anspruch.

Nur in der Gegenwart der Tante stand die Zeit still. Alle Fragen, die mich bedrängten, durften bei ihr übersprudeln, alle Sorgen konnte ich ihr hinlegen, und sie entband meine furchtsame Kinderseele von allen Ängsten. Es war keine Frage der Zeit, es war ein Geheimnis ihrer Gegenwart. Sie war immer ganz da, und wenn ich bei ihr war, war auch ich ganz da. Ich konnte all die Schlupfwinkel und Verstecke verlassen, die ich mir ausgedacht hatte, um den immer wachsamen Augen der Erwachsenen zu entfliehen. Ich konnte mich vor sie ins Licht stellen und sagen: „Sieh, da bin ich."

Und sie sagte darauf stets: „Ich sehe, da bist du, und ich liebe dich. Schön, daß du da bist und daß du du bist. Ich liebe dich über alle Maßen."

Das sagten wir uns natürlich niemals mit Worten, aber wir konnten ohne Worte miteinander sprechen.

Mein Vater hielt die Tante für verrückt, was meine Liebe zu ihr nur steigerte. Ich wußte ohnehin, daß mein Vater kein Menschenkenner war, oder wir hatten einen sehr verschiedenen Geschmack, was Menschen betraf. Außer bei meiner Mutter natürlich; ich hätte die gleiche Wahl getroffen.

Alle anderen nahmen die Tante nicht ganz ernst. Ich fand das ungerecht, denn schließlich lebten sie unter ihrem Dach in diesem verwunschenen Häuschen am Rande des Grunewalds in Berlin. Kein Efeu rankte an ihm empor, aber Wein; der beste Wein, den ich in meinem ganzen Leben gekostet habe. Kleine blaue zuckersüße Trauben. Sie wuchsen zu allen Fenstern herein, wenn ihre Zeit gekommen war. Grüne Fensterläden klapperten im Wind, der auch die sonst stillen und ernsten Kiefern im Garten rauschen und wispern ließ. Wie ehrwürdige Wächterinnen umstanden sie das Haus und nahmen mit ihm und seinen Bewohnern auch meine Kinderseele in ihren Schutz. Zwischen den Kiefern hatte die Tante alles mögliche angepflanzt. Sie arbeitete viel im Garten und sagte, daß es ihr Spaß machte.

Dabei arbeitete sie auch sonst noch: Sie war Lehrerin in der Waldschule gleich gegenüber. Manchmal kamen Kinder nach der Schule vorbei, klingelten und brachten der Tante selbst gepflückte Blumensträuße oder sonst etwas, um ihr ihre Zuneigung zu zeigen. Mich wunderte das kein bißchen, es schien mir selbstverständlich, daß alle Kinder die Tante – meine Tante – liebten. Die Aufmerksamkeit der Kinder erfüllte mich mit Stolz. Eifersucht war mir damals ein noch unbekanntes Gefühl.

Tantes Haus war klein, sie hatte es „für'n Appel und 'n Ei" gekauft, wie ich bei den Erwachsenen hörte. Den Appel hatte sie im Lotto gewonnen, das Ei hatte sie wohl gespart. Als sie eher aus Versehen fünf Richtige tippte, war ihre Verwirrung zunächst sehr groß, denn sie verabscheute jede Art von Reichtum; mein Vater hielt sie deshalb für eine gefährliche Kommunistin. Reiche Leute seien ein Ärgernis für die Armen, sagte sie immer und erzählte mir von einem heiligen Francesco im fernen Italien, der alles verschenkte, um die Diebe nicht in Versuchung zu führen. Ich verstand das sehr gut. Diese franziskanische Weisheit brachte sie vermutlich auf die Idee, von dem unverhofften Reichtum ein Haus zu kaufen, in dessen Schutz fortan die Armen der Familie Wohnung haben sollten.

Im Haus wohnten Oma und Opa. Ich glaube zwar nicht, daß sie zu den *armen* Verwandten gehörten, aber die Tante liebte ihre Geschwister sehr. Und ihre Schwester Lena, meine Oma, war die einzige, die sich von der Tante unter die Fittiche nehmen ließ. Was der Opa davon hielt, wußte ich nicht, denn es war schwer, überhaupt etwas über ihn zu wissen. Vor meiner kindlichen Neugier schloß er seine Tür und verbrachte den größten Teil des Tages damit, in seinem Zimmer irgendwelchen geheimnisvollen Gedanken oder Tätigkeiten nachzugehen.

Tante Martha wohnte auch in dem Haus. Sie war uralt, aber die einzige, die mir gleichaltrig erschien. Wenn alle Erwachsenen weg waren, hörten wir mit hochroten Backen und glänzenden Augen laute Musik. Tante Martha mit ihren neunzig Jahren tanzte dazu, bis sie atemlos in einen Stuhl fiel und mir kichernd und hinter vorgehaltener Hand von ihren ersten Küssen erzählte.

Eines Tages starb Tante Martha ganz plötzlich und so, wie sie gelebt hatte: Flüchtig wie eine leichte Wolke verschwand sie tanzend hinter meinem Horizont und hinterließ in meinem Kinderherzen die erste große Lücke, die aber niemals weh tat, denn ich wußte, daß Tante Martha irgendwo hinter dem Horizont weitertanzte und glücklich dabei war.

Dann war da noch Tante Martl. Sie hatte nicht nur die Namensverwandtschaft, sondern auch sonst gewisse Ähnlichkeiten mit Tante Martha, deshalb wollte sie von deren „Kindereien" auch nichts wissen. Sie verachtete ihre närrische Cousine hingebungsvoll, vielleicht wohl wissend, daß diese Verachtung sie vor der Selbstverachtung schützte. Tante Martha lebte schließlich all das, was Tante Martl sich selbst verbot. Sie tat ernst und gesetzt, aber eines hatten sie gemeinsam: Auch Tante Martl legte Musik auf, wenn wir allein waren. Allerdings erzählte sie keine Erste-Kuß-Geschichten, sondern schwärmte ohne Unterlaß von einem Sänger, dessen Liedtexte das erste war, das ich in meinem jungen Leben auswendig lernte – allein dadurch, daß ich sie so oft hörte. Tante Martl hatte auch ganz rote Bäckchen und glänzende Augen, wenn sie von dem Sänger schwärmte.

Tante Martl folgte ernst und angemessen ohne Aufhebens der davonschwebenden Martha innerhalb einer Woche.

Schließlich wohnte der Futtervater im Haus. Er war der Vater meiner Tante und meiner Oma. Ich taufte ihn Futtervater, weil er jeden Morgen die Vögel fütterte. Ernst und bedächtig trat er vor das Haus, reckte seinen silbernen Spitzbart nach allen Seiten und lockte die Vögel mit unglaublich süßen Pfiffen, die niemand diesem ernsten, schweren und bestimmt steinalten Mann zugetraut hätte. Er war ein Denkmal, und wie ein Denkmal war er blind. Er war der erste Tote, den ich sah. Aufgebahrt lag er zwei Tage in seinem Zimmer, und ich hielt mit den anderen Wache, bis mir vor Müdigkeit die Augen zufielen. Der tote Futtervater war wie der lebende: nicht mehr und nicht weniger ehrfurchteinflößend.

Außerdem wohnte eine Freundin meiner Tante im Haus. Sie war viel jünger als die Tante, und irgend etwas stimmte mit ihr nicht. Jedenfalls schienen alle etwas von ihr zu wissen, das man mir verheimlichte, weil ich wahrscheinlich noch zu klein dafür war. Meine Tante hatte sie im Krankenhaus aufgegabelt, „wo man sich schnell anfreundet, wenn man so krank daliegt und sonst nichts zu tun hat". Da sie die anderen vier oder fünf Frauen aus dem Krankensaal aber nicht bei sich aufnahm, mußte es mit dieser Freundschaft eine besondere Bewandtnis gehabt haben, deren Geheimnis ich nicht verstand. Um so weniger, als die beiden oft stritten und dann tagelang kein Wort miteinander sprachen. Ich reihte auch diese Frau in den Reigen meiner Tanten ein, der ja ohnehin etwas wunderlich war, und nannte sie Tante Edith.

Ganz unten im Haus aber war das schönste und größte Zimmer, es stand die meiste Zeit leer. Wenn es mit Besen und Staubtuch aus seiner Starre erweckt wurde, die Gardinen gewaschen wurden und es mit allem geschmückt wurde, was der Garten hergab, wußte ich, daß sein Bewohner kommen würde. Mit ihm würden sein dröhnendes Lachen und der Duft nach Zigarrenrauch Einzug halten. Er selbst würde nichts wissen von den fieberhaften Vorbereitungen, die sein Kommen ankündigten und jedesmal zu den wenigen Auseinandersetzungen im Haus führten.

„Warum wartest du nur immerzu auf ihn?" hörte ich Oma Lena vorwurfsvoll fragen. „Warum kannst du dir nicht einen nehmen, der es ernst mit dir meint?"

„Wir meinen es durchaus ernst", erwiderte die Tante ruppig, „wir verstehen darunter nur etwas anderes. Und wir haben Spaß dabei, bei all dem Ernst. Ich glaube, das verstehst du nicht."

Die alten Tanten kicherten ihr Jungmädchenkichern und flüsterten mir hinter vorgehaltenen Händen zu: „Und außerdem ist er schon verheiratet."

„Aber ein Mannsbild wie aus dem Bilderbuch, das muß man ihm lassen."

In meinen Bilderbüchern gab es keine solchen Mannsbilder und in meinem wirklichen Leben auch nicht. Opa zog sich mit Anbruch der Aufräumarbeiten noch mehr in sein Zimmer zurück, und wenn wir ihn zu den Mahlzeiten sahen, hatte er einen beleidigten Ausdruck im Gesicht. Vielleicht wäre er auch gern so ein Mannsbild gewesen. Das war er aber nicht. Er schien von Tag zu Tag kleiner und unscheinbarer zu werden, was er durch regelmäßige Wutausbrüche wettmachte. Wahrscheinlich wollte er uns durch sein Gebrüll daran erinnern, daß es ihn auch noch gab.

Bald saß ich auf den Knien des Mannsbildes und hörte atemlos und in dicke Rauchschwaden eingehüllt seinen Geschichten zu. Mal kam er aus Schweden, wo seine Frau lebte, eine berühmte Opernsängerin, mal aus Spanien oder Portugal oder Italien, und immer brachte er die Musik, den Duft und die Geschichten aus dem jeweiligen Land mit.

Ich hatte keine Wohnung in diesem Haus.

Meine Eltern wohnten mit mir in einem Neubaugebiet, wo es keinen wilden Wein gab, keine Kiefern und keine knarrenden Fensterläden. Keine kichernden, schwatzenden Tanten, keine Vögel, die dem Futtervater auf die Schulter flogen. Keine Kinder mit Blumensträußen und keine Schulglocke, die mich morgens weckte. Einmal in der Woche durfte ich Wohnung nehmen im Haus meiner Tante, am „Omatag". Ich glaube, auf Omas müssen Eltern weniger eifersüchtig sein als auf verrückte Tanten. Der Omatag schloß eine Nacht mit ein. Nächte, in denen ich so tief und geborgen schlief wie sonst nie und doch den Eindruck hatte, ich hätte die ganze Nacht wach gelegen und den Geschichten gelauscht, die das Haus mir zuknarrte und -wisperte.

Das war der Tag in der Woche, an dem ich lebte.

...mit wem du betest...

Als ich die erste Nacht im eigenen Haus verbrachte, schienen alle Nöte und Sorgen, die ich jemals gehabt hatte, verflogen. Die Zukunft lag überschaubar und klar vor und meine Geliebte neben mir. Ich hatte alle Bedenken, die dieses Zusammenziehen in mir wachgerufen hatte, erfolgreich zum Schweigen verdammt. Das war nicht schwer, wenn ich mich Abend für Abend so selbstverständlich an Jules Rücken kuscheln durfte und morgens als erstes in ihr geliebtes, verschlafenes Gesicht schaute. Die Tage versprachen allein durch dieses gemeinsame Aufwachen schön zu werden.

Die letzten Bedenken hatten mich überfallen, als ich auf dem Weg zur Notarin in Jules Auto stieg und zum ersten Mal bemerkte, wie viele Hundehaare darin verteilt waren. Schlagartig wurde mir klar, daß ich mein künftiges Leben nicht nur mit einer höchst appetitlichen Person wie Jule, sondern auch mit einem haarigen Tier teilen würde. Weder das Tier noch Jule störten sich daran. Bei Lara lag das in ihrer Natur, bei Jule vielleicht auch. Ich war mir da nicht ganz sicher. Jedenfalls hatte sie sich so daran gewöhnt, mit einem Hund zu leben, daß die Haare sie nicht störten und nie stören würden. Wenn sie mich störten, würde ich sie selber beseitigen müssen. Das Ergebnis dieser Erkenntnis war, daß wir mit verweinten Augen bei der Notarin erschienen, zehn Minuten verspätet. Diese zehn Minuten hatten wir streitend auf der Treppe des Notariats verbracht. Fast hätten wir es uns noch einmal anders überlegt.

Aber das war in jener ersten Nacht vergessen, und es entsprach völlig meiner inneren Befindlichkeit, als ich sagte: „In diesem Bett möchte ich sterben."

„Natürlich erst in vielen Jahren", fügte ich hinzu, als ich Jules erschrockenes Gesicht sah, was ihren Schrecken jedoch nicht mehr zu bannen vermochte.

„Heißt das, du willst keine Veränderungen mehr?" fragte sie, einen lauernden Unterton in der Stimme.

Vielleicht zum ersten Mal hörte ich nicht auf den Klang, der mich hätte warnen können, sondern nur auf das Glück, meine Sehnsucht nach Geborgenheit endlich erfüllt zu sehen. Die hegte ich, seit das Haus der Tante mitsamt den grünen Fensterläden, dem Wein und den Kiefern wieder für einen Appel und ein Ei an Fremde verkauft worden war; ein schandbarer Preis für die Heimat meiner Kindheit.

„Doch, ich will mich noch verändern. Aber mehr innerlich. Ich will nicht mehr umziehen. Ich will irgendwo Wurzeln schlagen und bleiben, und zwar solange ich will. Ich will hier bleiben."

Mein Blick erfaßte dieses Hier liebevoll: das Holzdach, das sich über mein Bett neigte. Mein Ohr lauschte dem Lied des Baches. Ich war zu Hause und genoß es mit allen Fasern meines Herzens. Ich weiß nicht, ob sich irgend etwas anders entwickelt hätte, wenn ich damals auf die Angst in Jules Stimme aufmerksam geworden wäre. Ich glaube nicht. Man kann schließlich nichts im Leben dadurch abwenden, daß man anders fühlt, als man es tut. Aber ich weiß, daß ich es immerhin versucht hätte. Da ich die Warnung ohnehin überhörte, fing ich unbeschwert an, mich innerlich und äußerlich einzurichten. Und damit begaben wir uns, Jule und ich, ohne es zu merken, auf verschiedene Wege.

Während ich perfekt das Leben der Erwachsenen zu imitieren versuchte, die ich eigentlich gerade wegen dieses Lebens immer verachtete, versuchte Jule erfindungsreich, diese Art Leben zu boykottieren. Während sie unermüdlich Pläne schmiedete, unser Häuschen zu verändern, die mich bei der bloßen Vorstellung schaudern ließen, wollte ich, daß alles so blieb, wie es war, weil ich es so liebte und mir anders nicht vorstellen konnte. Wahrscheinlich reichte meine Phantasie einfach nicht aus, und schließlich haßte ich jede Art von Veränderung von ganzem Herzen.

Ihr war es zu dunkel; ich mochte die gemütliche Höhle. Sie wollte das schöne Holz weißeln; ich liebte gerade das verwitterte Holz. Es dauerte nicht lange, und wir befanden uns im üblichen Kleinkrieg, der wohl alle Paare heimsucht, die sich über nichts Ernsthaftes Sorgen zu machen brauchen. Unser Hund war trotz unserer Erziehung recht gut geraten, um Lara mußten wir uns keine Sorgen machen. Wir hatten einen sicheren Arbeitsplatz, und das tägliche Brot ging uns trotz der Abzahlungen für unser Häuschen nicht aus. Nicht einmal die Butter darauf.

Noch saß ich abends zufrieden im Gärtchen und rauchte meine Zigarette in der Vorfreude auf eine weitere gemeinsame Nacht mit Jule an meiner Seite, als an unserem Beziehungshimmel die ersten Gewitterwolken aufzogen.

Lange bevor ich sie wahrnahm, hatte die Tante sie entdeckt und sich klammheimlich davongemacht. Hatte ich sie am Anfang noch beinebaumelnd auf den oberen Dachsparren sitzen und uns vergnügt zuzwinkern sehen, schien sie jetzt oft verschwunden; ich hatte keine Ahnung, wo sie in dieser Zeit Quartier bezog, aber mit ihr zog der Zauber aus unserem Haus. Zum Glück war das nie für ewig, sondern stets nur so lange, wie die Gewitterwolken über uns hingen.

Zum Erhalt unseres Zusammenlebens fanden Jule und ich indessen immer neue Beschäftigungen und wurden sehr kreativ darin.

Ein paar Wochen lang wurden alle, die bei uns ein- und ausgingen, auf die Wirkung weißer Balken und Dachsparren befragt. Und da jede eine andere Meinung hatte und die meisten gute Tips wußten zur Verschönerung unseres Heims, war viel Betrieb bei uns. Wenn eine meiner Meinung war, wurde schnell die nächste befragt, die sich prompt wieder Jule anschloß. Ich lernte in dieser bewegten Zeit nicht nur die verschiedenen Geschmäcker unserer Freundinnen kennen, sondern vermute auch, daß das die gastfreundlichste Zeit in unserem Häuschen war. Am Ende blieb der Rat, daß wir das einfach ausprobieren müßten. Wie, so fragte ich mich, kann man weiße Wände ausprobieren, ohne sie weiß anzumalen, wozu ich längst noch nicht bereit war? Jule aber war um originelle Ideen nicht verlegen, und so schliefen wir ein paar Tage lang unter einem Baldachin aus weißen Laken, der die Holzdecke verkleidete und die Wirkung weißer Decken vermitteln sollte. Als die Tücher, die uns entgegen meinen Befürchtungen nachts nicht unter sich begruben, demontiert wurden, fingen wir an, Türen und Fensterrahmen weiß zu streichen. Ein Kompromiß, den auch die Tante dankbar annahm und in Erwartung friedlicherer Zeiten wieder ins Dach zog, das nun doch nicht geweißelt wurde.

Dabei hatte ich zu der Zeit eigentlich auch ohne Anstreichen keine Mühe, abends todmüde ins Bett zu fallen. Ich arbeitete mit autistischen und psychotischen Kindern, die mir neben vielen blauen Flecken eine ganz neue Weltsicht beibrachten und mich manchmal das Fürchten und oft das Staunen lehrten; in ihrer Welt war es völlig belanglos, welche Farbe Türen und Fenster oder sonst etwas hatte. Unser Unterricht fand im winzigen Dachstübchen eines alten Hauses statt, in dessen unteren Bereichen eine Handvoll Kinder lebten, die selbst für die Psychiatrie zu schwierig waren. Die Kinder kamen einzeln zu mir – *wenn* sie kamen.

Da gab es den „kleinen" Peter, dessen einzige Möglichkeit der Kontaktaufnahme das Spucken war; der mit einer Schlange aneinander gebundener Dosen ins Klassenzimmer geschoppert kam und sich den Rest der Stunde alle Mühe gab, mich für seinen achtjährigen Pimmel zu interessieren.

Da war Renate, die sich in den dreiundzwanzig Jahren ihres Lebens so gründlich selbst zerstört hatte, daß sie nur noch sitzend und sabbernd Unverständliches lallen konnte, und für die eine ganz unerwartete Liebe in meinem Herzen zu keimen begann.

Da gab es Gundula, die in einer Märchenwelt lebte, in der es von Prinzessinnen und schönen Feen nur so wimmelte, und die offenbar Mühe hatte, für mich mit meinem burschikosen Äußeren dort einen Platz zu finden.

Da gab es Uwe, der mich mit seinem kräftigen fünfzehnjährigen Körper manchmal in Bedrängnis, sogar in Gefahr brachte – in Lebensgefahr, wie die Supervisorin lakonisch bemerkte – und für den ich in meinem Stübchen eine Alarmklingel bekam. Ich habe nie genau gewußt, wie gescheit Uwe wirklich war, aber er kam mir manchmal gescheiter vor als ich. Im Grunde liebte er die Stunden zu zweit, aber sie ängstigten ihn auch, so wie jede Art von Nähe die Kinder dort ängstigte. Bevor Uwe das Unterrichtszimmer, das eher wie ein Spielzimmer aussah, betreten konnte, mußte er viele Zeremonien abhalten. Eine war, daß er vor der Schwelle stand und einfach nicht weitergehen konnte.

Kläglich sagte er: „Ich will ja zu dir, aber es geht nicht. Hilf mir doch!" Und wand sich in unglaublichen Bewegungen, wie man sie bei Schlangenmenschen oder Bauchtänzerinnen sieht.

Wenn ich seine Hand nahm, warf er mir unter dichten Wimpern einen schrägen Blick zu, ließ sich über die Schwelle führen, um mich dann, wenn wir endlich die Tür hinter uns geschlossen hatten, unvermittelt zu fragen: „Was machst du denn, wenn ich dir jetzt was tue?"

Mein Unvermögen, mir vorzustellen, daß der Junge mir etwas tun könnte, schützte mich wahrscheinlich davor, daß er mir jemals tatsächlich etwas tat.

Erst viel später erfuhr ich, daß er mehrmals versucht hatte, seine Mutter umzubringen, und deshalb untragbar war für jede Psychiatrie.

Ich machte mir jedenfalls keine Sorgen, und bald sangen wir beide mitten im Sommer lauthals Weihnachtslieder.

Manchmal verbrachte ich die Stunden allein in diesem Schulstübchen, weil meine Schülerinnen und Schüler es vorzogen, in ihrer Märchenwelt oder im Bett in Betrachtung ihrer Innenwelt versunken zu bleiben. Daß sie das interessanter fanden als meine mühsamen Unterrichtsversuche, irritierte mich nicht.

Es irritierte mich, daß ich vor dem Fenster Flugzeuge auf dem Weg in einen absurden Krieg am entfernten Golf vorbeidonnern sah, und ich fragte mich, ob es nicht schlauer wäre, mit Gundula bei den Feen und Prinzessinnen unterzutauchen. Wer war verrückter: meine Kinder oder Politiker, die mit Bomben um Öl oder sonst etwas kämpften?

Ich hatte Angst. Die Angst, die viele damals hatten vor einem möglicherweise außer Kontrolle geratenden Krieg mit den Waffen, gegen die wir seit Jahren demonstrierten.

Und ich wunderte mich, daß es vor demselben Fenster grünte und blühte und die Vögel sangen wie immer.

In dieser Zeit gewann unser Häuschen eine neue Bedeutung für uns. Es wurde der Ort, an dem wir vor dem Bildschirm den Abwurf amerikanischer Bomben über Bagdad verfolgten und uns dann in unser Bett kuschelten, fassungslos und verängstigt, aber doch geborgen und aneinander geschmiegt unter unserem gemeinsamen Dach; die atmende Realität des geliebten Menschen mit Händen greifbar.

So schlossen wir in der Zeit des Golfkriegs einen Frieden, in dem wir dankbar neu erfuhren, was wir aneinander hatten. Da die Welt außerhalb offenbar wirklich verrückt geworden und außer Rand und Band geraten war, zogen wir uns in unser Häuschen zurück, erzählten uns an langen Abenden die Geschichte und Geschichten unseres Lebens, als gäbe es später vielleicht keine Gelegenheit mehr dazu. Fast ein ganzes Jahrzehnt gemeinsamer Reisen wurde sortiert, in Alben geklebt und dabei erinnert. Darüber gelang es uns manchmal, die Nachrichten zu vergessen. Im Keller hatten wir auf Anraten besserer Hausfrauen, als wir es waren, Salz, Mehl und Linsen gespeichert für den „Fall des Falles". Ich fragte mich zwar, wie uns Salz und Mehl vor der Verstrahlung bewahren könnten, die uns durch die Ritzen des Fachwerks mühelos erreichen würde, aber ich fand es rührend, welche Fürsorge Jule mit diesen Einkäufen an den Tag legte. Eine Fürsorge, die mich in neuer Liebe entbrennen ließ.

★

Im Haus der Tante wurde nicht viel vom gerade vergangenen Krieg erzählt. Trotzdem erinnerte mich fast alles in meiner Kindheit daran.

Nicht weit entfernt war die Riesenruine der Deutschlandhalle mit ihren geborstenen Mauern und verbogenen Gittern an Käfigen, in denen einst zur Belustigung der Berliner wilde Tiere gehalten wurden; mit Fahrstühlen, die schräg eingeklemmt in gähnenden Schächten hingen und die wir unerschrockenen Nachkriegskinder nach übriggebliebenen Leichen durchsuchten, ungeachtet der Gefahren, die das vom Einsturz bedrohte Gemäuer in sich barg. Das war unser Spielplatz.

Die einzige Gefahr war eine etwas abrupte und vorschnelle Aufklärung in Wort und Bild. Das Bild boten erschrockene Liebespaare, die wir bei unserer Leichensuche aufstöberten, den Text lieferten Sprüche, die die geborstenen Betonwände zierten und unmißverständlich das benannten, was anscheinend die Erwachsenen ziemlich beschäftigte, worüber aber mit uns Kindern niemals geredet wurde. Dafür waren wir noch zu klein, versicherten sie uns.

Als meine Mutter mich eines Abends aufklären mußte, weil ich im zarten Alter von sechs oder sieben auf der Flucht vor meinen persönlichen nächtlichen Monstern meine Eltern im Schlafzimmer in eindeutiger Position vorgefunden hatte, wunderte ich mich nur darüber, daß auch meine Eltern taten, was in der Deutschlandhalle an den Wänden beschrieben war. Dank der Aufklärung hatte meine Mutter an jenem Abend nicht mehr viel Arbeit mit mir – außer der, mir zu versichern, daß sie dafür keineswegs zu alt war. Mich überzeugte das nicht, immerhin ging sie auf die dreißig zu.

Vielleicht war es aber gar keine Altersfrage. Die Tante tat es schließlich auch. Mit jenem Mann, der in unregelmäßigen Abständen das Zimmer im Erdgeschoß bezog. Und ich konnte kaum erwarten, es auch zu probieren. Aber die, die ich für zu alt dafür befand, befanden mich für zu jung. Die Tante jedenfalls hätte es, nach Auffassung des Opas, nicht tun dürfen, obwohl sie erwachsen genug war, aber der Mann war verheiratet, mit einer Schwedin. Als diese starb, heiratete die Tante den Mann aus dem Zimmer im Erdgeschoß, aber da waren beide schon über siebzig. Bis dahin verband alle drei, also die Tante, die Schwedin und das Mannsbild, zur Entrüstung der übrigen Familie eine wunderbare Freundschaft, die sie bis heute in einem gemeinsamen

Grab weiter verbindet. Zumindest gehe ich davon aus, daß sie das tut.

Eigentlich hatte die Schwedin damals sowieso keinen Mann, denn ihrer war entweder irgendwo in der Welt auf Reisen oder in Berlin in Tantes Haus und ihren Armen, vom Atem der großen Kiefern genauso in Bann gezogen wie ich. Er verschwand und kam wie die Zugvögel, er war der geheimnisvollste Mensch, der meine Kinderwelt bevölkerte.

Mein Vater hielt ihn für verrückt, und langsam verstärkte sich mein Verdacht, daß die Menschen, die er mit ärztlichem Fachblick in seine private Klapsmühle verbannte, auf jeden Fall bemerkenswert und mindestens einen zweiten Blick wert waren.

Opa nannte ihn einen Hallodri, und die Tanten Martha und Martl fanden, daß das Mannsbild eine Sünde wohl wert war, aber anscheinend waren sie wirklich zu alt für derlei Sünden, denn wenn sie sich auch darin überboten, ihm kleine Gefälligkeiten zu erweisen, nahmen sie an seinem Liebesleben nur durchs Schlüsselloch teil, und die Tante wurde jedesmal fuchsteufelswild, wenn sie eine von beiden oder beide zusammen mal wieder dort aufscheuchte.

Fuchsteufelswild wurde sie öfter. Ihre Augen rollten dann bedrohlich, und ihre Lehrerinnenstimme wurde energisch.

Eines Tages entdeckte sie in der Backröhre eine Mäusefamilie mit vielen ganz nackten Jungen, die sie mir vorsichtig und ohne sie zu erschrecken zeigte. Für sie war klar, daß die Küche vorübergehend kalt blieb, denn eine Evakuierung kam nicht in Frage, solange die Mäusekinder noch so klein waren. *Sie* wisse schließlich, was das bedeute, und die anderen sollten sich gefälligst auch daran erinnern. Und schließlich würde es dem ganzen Haus nicht schaden, eine Weile Diät zu halten.

Vor dem Einschlafen dachte ich in dieser Zeit an die Tante als den Engel der Mäuse. Später sollte ich erfahren, daß sie lange Zeit auch der Engel einer jüdischen Familie war, die sie in ihrer Wohnung versteckte und genauso wild entschlossen beschützte vor dem „Schreihals" – so nannte sie

Hitler – und seinen Schergen, wie sie die Mäusefamilie in der Backröhre vor uns beschützte. Irgend jemand machte sich dann doch einen Tee auf dem Herd – ich hatte immer Tante Martl im Verdacht –, und die Tante wurde fuchsteufelswild, als sie am nächsten Tag die gegrillten Mäuse fand. Sie sprach tagelang mit niemandem, außer mit mir.

Mir erzählte sie zum ersten Mal von den Abscheulichkeiten, zu denen Menschen fähig sind, erzählte von der Flucht aus Schlesien; von Menschen, die sich gegenseitig den letzten Kanten Brot stahlen; von Kindern, die ohne Eltern herumirrten, Soldaten, die es auf die Frauen abgesehen hatten. Sie erzählte aber auch von Frauen und Männern, die Brot und sogar Leben für andere opferten.

„Ich hatte zwei gute Freundinnen, weißt du", sagte sie versonnen und starrte auf ihre gefalteten Hände im Schoß, „die haben zusammengelebt, solange ich denken kann. Sie hatten ein kleines Haus und eine Ziege und waren Lehrerinnen wie ich. Die Leute haben viel Unsinn über sie geredet... naja, was Leute so reden! Ich habe sie besser gekannt als alle anderen, und glaub mir, sie waren die besten Menschen! Wir waren zusammen auf der Flucht, und die eine, die ältere, war furchtbar dick. Wir mußten immer ganz langsam laufen, weil sie nicht schneller konnte, und die Russen waren schon dicht hinter uns. Und wenn wir uns verstecken mußten, paßte sie in kein Versteck. Aber die andere, ihre Freundin, kam nie auf die Idee, ohne sie weiterzulaufen. Ich dachte mir manchmal insgeheim: hätt'ste weniger gegessen... bis ich erfuhr, daß sie krank war und gar nicht vom vielen Essen so dick. Eines Morgens hing sie tot im Gebälk der Scheune, in der wir übernachteten. Ich habe ihren Abschiedsbrief gelesen und ihn nie vergessen."

Die Tante hatte aber offenbar mich vergessen oder jedenfalls die bisher unumstößliche Tatsache, daß ich für derlei Geschichten viel zu jung war.

Mit Tränen in den Augen zitierte sie den unvergessenen Abschiedsbrief: „Liebste, sei nicht böse und trauere nicht. Mit mir wären wir beide verloren, denn mein Körper ist nicht gemacht, um unsichtbar zu sein und vor jemandem davonzulaufen. Ohne mich kannst Du Dich retten und damit das Andenken an unsere Liebe, die in Dir weiterleben wird."

Soviel verstand ich von der Geschichte: daß mein Vater sie ganz anders erzählt hätte; wahrscheinlich als Beweis für die Verrücktheit der Frauen oder Schlimmeres, und nicht als die Geschichte einer Selbstopferung aus Liebe.

„Und wer Mäuse tötet, ist auch unmenschlich."

„Ist Tante Martl denn böse?" fragte ich.

„Nein." Die Tante lächelte schon wieder, wenn auch durch einen Vorhang aus Tränen. „Nein. Nur achtlos und vergeßlich. Bei ihr kommt das vom Alter. Wenn junge Menschen achtlos sind, fürchte sie. Sie richten das schlimmste Unheil in der Welt an. Gedankenlosigkeit ist die eigentliche Bosheit der Welt."

Diese Geschichte gab mir endlos Stoff zum Nachdenken. Über die Liebe zwischen zwei Frauen, die achtlose Menschen mit anderen Augen betrachteten und bewerteten als andere Liebe. Und Tantes Liebe zu dem Mannsbild schien auch nicht so ganz in Ordnung zu sein; jedenfalls munkelten das die meisten. Und mir fielen die Wandschmierereien in der Deutschlandhalle ein; die schienen mir auch nicht ganz in Ordnung. Wer sollte sich da auskennen!

Vor dem Einschlafen nahm ich mir vor, eine richtige Ordnung zu suchen, denn sie schien mir wichtig für meinen Kopf, in dem meistens größere Unordnung herrschte als auf Tantes Schreibtisch.

„Hier braucht man ja einen Kompaß!" sagte sie manchmal und räumte die Stapel beschriebener Blätter, die Briefe, Fotos und Postkarten von einer Seite auf die andere. Sie bekam die meiste Post im Haus, was mich nicht wunderte. Es war mir klar, daß alle Menschen sie liebten, wie ich es tat.

Ich war sicher, ich brauchte auch einen Kompaß, um mich in diesem erstaunlichen Leben zurechtzufinden.

★

Unser neu bezogenes Häuschen hatte keine Dimensionen, die einen Kompaß erforderten, und außerdem hatten wir noch nicht genug Zeit darin verbracht, um soviel Unordnung anzustellen.

Dieser Ort war für mich der Schlupfwinkel, in dem ich mich verbergen konnte vor den achtlosen Menschen, mit denen ich in meinem Leben längst Bekanntschaft gemacht hatte. Es hatte keinen Zweck, sich mit denen anzulegen, die angesichts unserer Liebe nach Hitler riefen, unter dem es „sowas" nicht gegeben hätte. Hatte es auch nicht oder nicht mehr oft, denn die, die „sowas" lebten, wurden beseitigt.

Es hatte auch keinen Zweck, sich mit denen anzulegen, die immer ganz genau wußten, wie der liebe Gott sich die Welt und die Menschen, insbesondere deren Liebesleben gedacht hatte.

Und es hatte keinen Zweck, sich mit mir selber anzulegen, mit diesem inneren Teufelchen, das flüsterte: „Du bist einfach nicht ganz in Ordnung; tu nicht so, als wüßtest du das nicht!"

In unserem Haus flüsterten jedenfalls keine Geister Niederträchtiges über uns, und die Tante freute sich, wenn es uns gut ging, und verschwand, wenn dicke Luft war. Und so lebten wir unser Leben eigentlich nicht anders als unsere Nachbarn. Jedenfalls nicht auffälliger – im Gegenteil! Der Typ, der unsere Gasse zur Moped-Werkstatt ernannte und uns zwang, über sein Werkzeug zu klettern, wenn wir das Gartentürchen öffneten, fiel weit mehr auf. Aber er hatte die Muskeln, und wir trauten uns nicht, uns mit ihm anzulegen. Auch nicht, wenn er uns in manchen Nächten mit Schlagern aus den Sechzigern beschallte, weil irgendeine Sehnsucht ihn nicht schlafen ließ. Es war eng um unser Haus, und die Tante rümpfte manchmal die Nase über soviel Krach.

★

Als ich mich bald nach der Entdeckung des Chaos in meinem Kopf das erste Mal verliebte, wurde es nur noch größer.

Ich verliebte mich in ein Mädchen aus der Klasse über mir, und wie die dicke Frau hätte ich bedenkenlos mein Leben für sie gegeben, wenn sie es denn gewollt hätte. Inzwischen beschloß ich, mich für alt genug zu befinden, um diese Dinge auszuprobieren. Mein Problem bestand darin, wie ich der Angebeteten meine Liebe offenbaren sollte. Ich ging in die erste oder zweite Klasse und konnte dank Tantes Bemühungen schreiben. Sie war meine Lehrerin, und damit und mit der Schule im Allgemeinen waren neue Probleme in mein Leben gekommen. Zu Tantes besonderen Eigenschaften gehörte ein ausgeprägter Gerechtigkeitssinn, und so war ich vormittags nicht mehr ihr „Schätzchen", sondern ein Schulkind unter vielen. Und da die Tante in diesem Fall ihrem Gerechtigkeitssinn nicht so ganz traute, war sie, prophylaktisch sozusagen, immer noch ein bißchen gerechter, das heißt strenger zu mir als zu den anderen. Davon, daß ich sie – aus Gerechtigkeit – siezte, sah sie bald wieder ab, weil es nur Verwirrung stiftete bei uns beiden.

So kam es – trotz der Gerechtigkeit oder vielleicht gerade ihretwegen –, daß sie vier Schuljahre lang für ihre Klasse „die Tante" war.

Mindestens eine Woche lang beschäftigte mich die ungeheuer wichtige Frage, was in meinem ersten Liebesbrief stehen sollte. Ich flehte die Tante an, mir zu helfen – natürlich nur nachmittags, wenn sie allein *meine* Tante war –, aber sie sagte, etwas so Wichtiges müsse jeder Mensch ganz für sich allein machen. Ich sollte nur fest an meine Gefühle denken, dann würde schon das Richtige in dem Brief stehen.

Das zweite Problem war die Beförderung des Briefes, denn ich war nicht in der Lage, das selbst zu tun. Ich wußte mit absoluter Sicherheit, daß ich tot umfallen würde, wenn ich es täte. Das wollte auch die Tante nicht riskieren und bot sich an, den Brief eigenhändig im Umkleideraum in die Jackentasche der Angebeteten zu befördern. Sie versicherte mir, daß sie in ihrer Funktion als Lehrerin dabei nicht auffallen würde.

So zum Postillon d'amour befördert, wartete sie genauso gespannt auf die Antwort wie ich. Aber es kam keine. Wir warteten und warteten, erst Tage, dann Wochen, es geschah rein gar nichts. Das Warten machte mich so mürbe, daß ich mich verplapperte, und als mein Vater von Tantes Unterstützung erfuhr, erwog er ernsthaft, mir den Umgang mit ihr zu verbieten, da sich ja nun herausstellte, daß sie nicht nur eine gefährliche Kommunistin, sondern auch eine Kupplerin in ganz merkwürdigen Liebesangelegenheiten war.

Das Merkwürdigste an dieser Liebesangelegenheit war natürlich, daß die Angebetete kein Junge war, wie man das erwarten durfte. Als ich meinen Entdeckungsdrang auf die Jungen ausdehnte, war mein Vater der wunderbarste Kuppler, den man sich vorstellen konnte, der den Jungs „von Mann zu Mann" von meinen Gefühlen zu ihnen erzählte; er war ein so wunderbarer Kuppler, daß er Gefühle erfand, die ich niemals hatte. Und er war auch überhaupt nicht böse, als ich anfing, Dinge zu tun, für die ich eigentlich zu jung war und die man sowieso möglichst nicht tat.

Wie Tausende von Kindergenerationen vor uns und nach uns erfanden wir die Doktorspiele. Dieser Körperteil, mit dem ich nicht ausgestattet war und der ein ganz merkwürdiges Eigenleben zu haben schien, war eine Zeitlang Objekt meiner Forschungen. Kein Zweifel, der Gegenstand meiner Untersuchungen war interessant, aber die Eigentümer selber erschienen mir weit weniger interessant als die Mädchen meiner Umgebung, meine Freundinnen. Nach eingehender Forschungsarbeit bestand für mich nicht der geringste Zweifel, daß Mädchen witziger, schlauer, kreativer und viel bedeutungsvoller waren als Jungen. Mädchen haben mich nie enttäuscht – bis auf die eine, die auf ihre Art dann doch noch auf meinen ersten Liebesbrief antwortete.

Wir begegneten uns auf dem Heimweg von der Schule. Ich sah sie schon von weitem vor mir herlaufen, umgeben von ihren ständigen Begleiterinnen – ach, wenn ich doch zu ihnen gehörte! Mit Freude würde ich ihre Schleppe tragen, wenn sie sich denn in eine solche kleiden wollte – was sie natürlich nicht tat –, oder wenigstens ihre Schulmappe! Ich würde sie vor allem Bösen beschützen, das mir in meiner recht naiven und daher ziemlich positiven Welt nur einfiel! Und falls es die Drachen aus meinem Märchenbuch doch geben sollte, würde ich ihnen für *sie* alle Köpfe abhacken!

Wenn ich gewußt hätte, was mich erwartete, hätte ich mich nicht in Galopp gesetzt, um die Angebetete einzuholen, aber ich war völlig arglos und randvoll von Liebe und Bewunderung.

Am Ziel meiner Sehnsucht wurde ich mit spöttischen und vernichtenden Worten begrüßt. Die Angebetete schien meinen Liebesbrief veröffentlicht zu haben, und die Worte: „Du hast dich wohl mit einem Jungen verwechselt, was?" waren noch das Mildeste von allem, was über mich hereinbrach.

Ich beschloß, fortan der weiblichen Welt zu entsagen und mich ganz auf die männliche Seite zu schlagen, auch wenn Mädchen mir nach wie vor interessanter und begehrenswerter vorkamen als Jungen.

Schnurstracks ging ich zu meinem Freund Peter, der schon lange um mich freite, und fiel gleich mit der Tür ins Haus, die seine Mutter nach meinem Alarmgeklingel hastig öffnete.

„Ich will Peter heiraten", teilte ich entschlossen mit; zu allem bereit, nur um der Niederlage zu entgehen.

„Wenn das so ist, dann komm rein", erwiderte Peters Mutter ziemlich gefaßt. „Dein Zukünftiger sitzt in der Badewanne, er hat's nötig. Du kannst dich gleich dazu setzen, du scheinst es auch nötig zu haben."

Auf eine so schnelle und widerstandslose Einwilligung war ich nicht gefaßt, ich hatte mir die Verlobungszeit auch länger vorgestellt. Oder durfte man auch schon während der Verlobung miteinander baden? So richtig kannte ich mich ja in den Regeln der Erwachsenenwelt noch nicht aus, aber manchmal waren die Erwachsenen gar nicht so kleinkariert, wie sie auf den ersten Blick schienen.

Ich ließ meine Bedenken mit der Schulmappe im Flur und kroch zu Peter in das warme Wasser, das mich tröstend aufnahm. Obwohl die Mutter uns allein ließ, nutzten wir den neuen Status der Verlobten überhaupt nicht aus, sondern ich ergoß mit einer Flut wütender Tränen meine Enttäuschung in das kälter werdende Wasser und fand in Peter den ersten männlichen Verbündeten.

„Ich find Mädchen auch komisch", war sein lakonischer Befund.

Unsere kurze Verlobungszeit fand ein jähes Ende, als Peter die Wirkung von selbstgemachtem Juckpulver aus Hagebutten an mir ausprobierte. Er schüttete mir eine Ladung in den Kragen, und während ich laut schreiend in die Arme der Tante floh, die auch nicht genug Hände hatte zum Kratzen, war er sehr zufrieden mit der Wirkung.

Fuchsteufelswild unternahm die Tante einen Gegenzug, nicht mit Juckpulver, sondern mit wütenden Worten, und löste damit, ohne es zu wissen, meine erste Verlobung. Peter und ich würdigten uns keines Blickes mehr, und bald darauf gingen seine Eltern mit ihm zurück in die Schweiz, wo sie herkamen, weshalb ich sowieso Bedenken wegen unserer Ehe hatte. Ich verstand seine Sprache kaum und war nicht sicher, ob sich das jemals geändert hätte.

Von Jungen und Mädchen gleichermaßen enttäuscht, zog ich mich zurück und dachte über mein siebenjähriges Leben nach. Ich fand mich uralt und zu Recht gramgebeugt.

Tante Martha nutzte meinen Weltschmerz, um mich ihrem lieben Gott näherzubringen, der mich trösten sollte. Aber der schien so unendlich fern, und trotz mehrerer Kirchenbesuche gelang ihm das Trösten nicht.

Ich wollte, daß die Tante mich tröstete, aber das Mannsbild war gerade aus Spanien gekommen, und die Tante hatte keine Zeit für mich. Ich wurde blaß und blasser, und der Familienrat beschloß, mich aufs Land zu schicken, damals das bekannteste Wundermittel gegen Weltschmerz und alle Kinderkrankheiten.

Ich glaube, sie wußten bloß nichts mehr mit mir anzufangen und dachten sich, jetzt können es mal die anderen versuchen. Die anderen waren die anderen Großeltern, die Eltern meines Vaters. Ich liebte sie nicht, aber das war kein Grund, mich nicht hinzuschicken. Der Familienrat lockte mich mit Obst aus dem Garten, Baden im See, frischer Luft und der Anwesenheit meines Vetters Robert. Kannten meine geliebten Erwachsenen mich so schlecht, daß sie glauben konnten, frische Luft oder mein blöder Vetter würden mich aus meiner Melancholie reißen?

Viel später erfuhr ich, daß es damals gar nicht um mich ging. Oma Lena war ernsthaft krank, und ich hätte sie fast nicht wiedergesehen, weil alles Sträuben nichts half und ich wirklich zu den anderen Großeltern geschickt wurde.

Ich bekam ein Schild um den Hals mit meinem Namen und den zwei Adressen: wo ich herkam und wo ich hin sollte. So setzten sie mich in Berlin in den Bus und versprachen mir, daß mich nach ein paar Stunden Fahrzeit der Opa in Empfang nehmen würde.

Tief verletzt verkroch ich mich in den stinkenden Autobussitz und nahm mir vor, daß sie es schon bereuen sollten, mich wie ein Paket weggeschickt zu haben. Wahrscheinlich würde ich sterben, und sie würden mich nie wiedersehen. Das würde ihnen recht geschehen, das schlechte Gewissen würde sie plagen bis in alle Ewigkeit. Von düsteren Gedanken umwölkt reiste ich durch die Uckermark, und mit mir reisten all die Fragen und Ungereimtheiten, die ich in meinem Herzen trug, seit ich erwachsen wurde, also ungefähr seit einem Jahr, nämlich seit ich in die Schule ging.

Oma Bertha betete jeden Abend mit mir, eine von vielen komischen Angewohnheiten, die sie hatte.

„Ich bin klein, mein Herz ist rein, soll niemand drin wohnen als... Oma, wie hieß der Herr noch mal?"

Ich wollte Oma mit meiner Frage nicht schockieren, aber sie war schockiert. Dabei war es einfach so, daß dieser Gott, zu dem ich beten sollte, für mich gesichts- und namenlos war. Alles, was ich bei Oma Bertha von ihm hörte, war unbegreiflich, höchst kompliziert und weit entfernt von der Gerechtigkeit, die ich wollte. Vielleicht war ich diesem Gott am nächsten, wenn ich mit Robert im Kirschbaum saß; einem Baum voll so unglaublich vieler tiefroter Kirschen, daß kein Mensch sie aufessen konnte! Nur mit der Badehose bekleidet, saßen wir im höchsten Wipfel und bewarfen uns mit den saftigen Kirschen. Und da alles vor Rot triefte, bekamen wir Lust auf immer mehr Rot und zerdrückten die Kirschen auf unseren runden Kinderbäuchen, bis der Saft tropfte. Das war unsere Kriegsbemalung. Dort oben fühlte ich mich gar nicht so fern vom Schöpfer so wunderbarer Dinge und Spiele.

Genauso aufregend waren die abendlichen Doktorspiele. Ich war zwar eigentlich aus dem Alter heraus und von Erfahrungen mit dem eigenen und dem anderen Geschlecht schwer enttäuscht, aber Robert fand Doktorspielen immer noch interessant, obwohl er fast ein Jahr älter war als ich.

Am aufregendsten an den Spielen war jetzt für mich, daß ich diesen Gott testen wollte, der solche Spiele ablehnte. Jedenfalls war Oma Bertha davon überzeugt. Der Opa anscheinend nicht hundertprozentig; hinter dem breiten Rücken seiner Frau zwinkerte er uns zu, wenn sie über Doktorspiele predigte. Vielleicht hatte sie wirklich einen besonderen Draht zum lieben Gott, denn während wir, Robert und ich, uns staunend streichelten und beguckten, ging ein heftiges Gewitter nieder, der Blitz schlug in die Stromleitung ein. Aus der Deckenlampe ergoß sich ein Funkenregen über unsere vor Schreck erstarrten nackten Körperchen.

Hugh, Gott hatte gesprochen.

Die Zeit der Doktorspiele war endgültig vorbei. Also vertrieben wir uns die Zeit der Verbannung mit anderen Spielen in Haus und Garten unserer Großeltern. Wir angelten kleine Fische im See, um sie an Minka zu verfüttern. Das war laut Oma Bertha erlaubt. Schon beim Aufspießen der Würmer auf den spitzen Haken, fand ich es sehr merkwürdig und keinesfalls gerecht, daß Gott nichts dagegen hatte, Fische und Würmer aufzuspießen, um sie an eine mißgelaunte, übelriechende und halbblinde Katze zu verfüttern.

Merkwürdiger Gott in einer merkwürdigen Welt überaus merkwürdiger Erwachsener!

Unter dem reetgedeckten Dach der Großeltern fand täglich eine eigene Rechtsprechung statt. Für Wohlverhalten während des Tages gab es abends einen kleinen Teller voll Bonbons. Ich ging meistens leer aus, obwohl ich mich meiner Meinung nach genauso wohl verhielt wie mein Vetter –

oder genauso wenig. Aber ich merkte, daß von mir etwas anderes erwartet wurde als von ihm. Wahrscheinlich, weil ich ein Mädchen war. Es wurde von mir erwartet, daß ich stillhielt, wenn irgendwelche Erwachsenen mich abknutschten, die ich nicht leiden konnte. Robert wurde von niemandem abgeknutscht. Ich sollte stillhalten, wenn die Oma mich beim Mittagsschlaf an ihrem üppigen Busen fast erstickte. Ich sollte nicht rennen, schreien noch mich prügeln, obwohl nach meinem Gerechtigkeitssinn Robert oft Prügel verdient hatte. Wenn aber weder der liebe Gott noch die Oma ihn bestraften, wer sollte für Gerechtigkeit sorgen, wenn nicht ich?

Opa nahm mehr als Statist an den abendlichen Gerichtsverhandlungen teil, so wie er in allem eher eine Statistenrolle innehatte. Aber selbst als Statist fiel er mir manchmal in den Rücken. „Mädchen, die pfeifen, und Hühnern, die krähn, soll man beizeiten den Hals umdrehn", sagte er hämisch aus dem Hintergrund. Er durfte jedenfalls auch nicht krähen, obwohl er ein Mann war.

Wenn jemand krähte, war das die Oma, und keiner traute sich zu sagen, daß ihr dafür der Hals umgedreht gehörte.

Wohin das führte, wenn Mädchen sich wie Jungen benahmen, machte mir eine entsetzliche Geschichte klar, die ich vom Fenster aus miterlebte und die mir in Erinnerung gerufen wurde, wenn ich angeblich vergaß, daß ich ein Mädchen war. Als ob ich das je hätte vergessen können!

Ich stand in der sommerlichen Abenddämmerung an meinem Fenster, hatte wie immer Sehnsucht nach dem Haus voller Tanten und sogar nach meinen Eltern. Diese Menschen hatten mich, wie sie sagten, „aus Liebe" zu Oma Bertha und ihrem Mann und unter deren Gerechtigkeitsfuchtel verbannt. Was war das für eine Liebe, sinnierte ich und beschloß, mein Kind niemals wegzuschicken. Einen Moment vergaß ich, daß ich eigentlich keine Kinder haben wollte. Was war das für eine Liebe? Dieselbe Liebe, die es guthieß, Würmer aufzuspießen, und verurteilte, wenn Mädchen herumtobten und sich der Kraft ihrer Beine bewußt waren? Hier gab es zwar Kirschen und Johannisbeeren, Erd-

und Stachelbeeren in Hülle und Fülle, im Übermaß frische Luft und Ziegenmilch, von der ich groß und stark werden sollte, aber was nützte mir das, wenn ich meine Stärke nicht mit Roberts messen durfte? Wie sollte ich sie messen, wenn ich mich nicht mit ihm prügeln und um die Wette laufen durfte?

Ich hatte Heimweh und ließ die Schwere und Süße der Heidelandschaft in mein wehmütiges Kinderherz einziehen, den Blick verschleiert von ungeweinten Tränen. Weinen war undankbar und zog sicher irgendeine Bestrafung nach sich.

Draußen machten sie Kartoffelfeuer. Ich wollte so gern dabei sein! Das Lachen und Necken klang bis zu mir, der Rauch brannte in meinen Augen; es roch nach unbekanntem Leben und Abenteuer. Die jungen Leute fingen an, über das Feuer zu springen, auch ein Mädchen, wie ich neidisch sah. Sie johlten und klatschten in die Hände und schienen sich weder um Gott noch um die Gesetze der Erwachsenen zu scheren, was ihnen schlecht bekommen sollte.

Das Mädchen rutschte aus und stürzte mitten ins Feuer. Ich hörte den hohen Schrei, und mein Herz klopfte schneller, die Härchen auf meinen Armen sträubten sich vor Entsetzen. Ich glaubte, das Mädchen würde verbrennen, und hatte schon den Geruch nach verbranntem Haar in der Nase. Aber es verbrannte nicht. Es wurde aus dem Feuer gehoben, auf eine schnell herbeigebrachte Schubkarre gelegt und aus meinem Gesichtsfeld gekarrt. Lärm und Heiterkeit waren erstarrt, und es hätte mich nicht gewundert, wenn die ganze Landschaft blitzartig eingefroren wäre.

Am nächsten Morgen erzählten Oma und Opa beim Frühstück – wer konnte frühstücken nach so einer Nacht? –, daß das Mädchen nie mehr würde laufen können, ihr Rücken sei gebrochen.

Der liebe Gott war ein furchtbarer Richter.

„Ist ja auch nichts für Mädchen, übers Kartoffelfeuer zu springen", war Roberts selbstgefälliger Beitrag.

„Ich jedenfalls könnte höher und weiter springen als du, du Heini!" erwiderte ich nicht ohne Logik und sehr zornig.

Heini war das schlimmste Schimpfwort, das mir angesichts der großelterlichen Gerichtsbarkeit einfiel.

„Du darfst aber nicht!" konterte Robert, auch nicht ohne Logik.

Ich glaube, die einzige Stärke der Jungen war, daß sie die Rechtsprechung der Erwachsenen hinter sich hatten. Und anscheinend auch die Gottes. Wie sonst konnte er das Mädchen stürzen lassen, während er eine Bande Jungs behütete?

Zum ersten Mal bemerkte ich, daß Gott ein Mann war, und dachte mir insgeheim, daß der Wind daher wehte.

Meine Vorstellung von Gerechtigkeit war ganz anders, aber ich behielt sie lieber für mich. Es war sinnlos, sich mit ihnen anzulegen, denn weder Jungs noch Erwachsene noch anscheinend Gott besaßen Logik und gesunden Menschenverstand. Das war ziemlich klar.

Ich gab mich nach außen fügsam, waren doch meine Tage hier gezählt, und es war einfacher, als Streit zu haben, der doch nur Bonbons kostete. Ich richtete mich in meiner inneren Welt ein, und dort wußte ich genau, daß ich höher springen, schneller laufen und ausdauernder schwimmen konnte als mein blöder Vetter.

Und mutiger war ich auch.

Als Opa das Hornissennest aus dem Ziegenstall holte, wollte ich unbedingt mit. Ich durfte natürlich nicht, aber immerhin wollte ich an Opas Seite sein, wenn er sich in Gefahr begab. Robert wollte gar nicht erst. Opa wurde dann auch ohne meine Begleitung von vier Hornissen gestochen, die von mir aus lieber die Ziege hätten stechen sollen, und ich wartete die ganze Nacht auf seinen Tod, war ich doch in dem Glauben aufgewachsen, daß schon drei Hornissenstiche unweigerlich zum Tod führten. Ich konnte nicht begreifen, daß alle ganz normal ins Bett gingen, wo es doch Opas letzter Abend war. Mein Vorschlag, uns die Zeit bis zu seinem Tod gemeinsam bei Kerzenlicht mit Gruselgeschichten zu vertreiben, wurde entschieden abgelehnt.

„Wie kommt nur so ein kleines herzloses Ungeheuer in unsere Familie?" Omas großer Busen zitterte vor Entrüstung.

Die Frage konnte ich ihr nicht beantworten, das tat sie schon selber: „Von unserer Seite hat sie das jedenfalls nicht."

Da beide Seiten meiner beiden Eltern bei all meinen Fehlern stets zu dieser Feststellung gelangten, setzte sich immer mehr der Verdacht in mir fest, daß ich ein Findelkind sein mußte. Anscheinend wollte es mir nur niemand sagen. Dabei hatte der Gedanke durchaus seine positiven Seiten: Ich konnte mir eine Ahnenreihe zusammenstellen, die nichts mit den erbärmlichen Figuren der Wirklichkeit zu tun hatte, die voller Abenteuerdrang und Heldenmut war; die Tante, das war klar, war die einzige echte Verwandte.

Opa starb nicht, und ich war hoch erfreut, ihn beim Frühstück zu sehen. Von da an war er ein Held für mich, immerhin hatte er, trotz meiner Einwände, eine ganze Nacht allein dem Tod ins Auge sehen müssen. Sozusagen von Angesicht zu Angesicht. Nicht mal Oma wollte bei ihm sein. Wahrscheinlich hatte sie Angst, der Tod würde sie gleich mitnehmen, wenn er sie bei Opa fand, da sie doch schon recht alt aussah. So war sie zwar wenig heldenhaft, doch sehr klug aus dem Schlafzimmer ins Gästezimmer umgezogen. Daß sie das tat, weil Opa soviel Heldenmut nur in Gesellschaft einer Flasche Kartoffelschnaps entfalten konnte, erfuhr ich später.

Obwohl Oma rein äußerlich die eigentliche Heldenbrust besaß, war es immer mein kleiner schmächtiger Opa, der Heldenmut beweisen mußte. Ein paar Tage später schon erschreckte mich sein Gebrüll, als er sich mit der Axt zwei Finger abhackte. Er brüllte wie der Stier bei Kaschuppkes, wenn er nicht zu den Kühen durfte, und dann kippte er einfach um und blieb liegen, bis der Doktor kam. Ich glaube, der Anblick seiner zwei Finger da auf dem Hackklotz hatte ihn glatt umgehauen. Ich konnte auch kaum hinsehen und kniff die Augen lieber zu.

Selbst im hohen Alter war mein zweiter kleiner, schmächtiger Opa nicht sicher vor den Heimtücken eines Heldenschicksals. Bei seiner diamantenen Hochzeit stand er auf, um eine Rede zu halten, die er gar nicht halten wollte, die ihm aber das Leben retten sollte, denn genau in diesem

Augenblick fiel aus unerklärlichen Gründen der Kronleuchter von der Decke in Opas Sessel.

Er starb trotz der vielen Zigaretten, die Oma ihm immer vorhielt, obwohl er nur ihretwegen soviel Dampf ablassen mußte, mit weit über neunzig Jahren friedlich und ganz unheldenhaft in seinem Bett. Einziges Vorzeichen seines Todes war ein Anruf von Oma Bertha am Abend vorher: „Opa hat heute den ganzen Tag nicht geraucht. Was soll ich nur tun?"

Da versagte auch die medizinische Weisheit meines Vaters, und am nächsten Tag war Opa tot.

Irgendwann merkte ich, daß sein eigentlicher Heldenmut darin bestanden hatte, es so viele Jahre bei meiner Oma Bertha ausgehalten zu haben, die ihn wahrscheinlich genauso an ihrem großen Busen zu ersticken versuchte wie mich.

Ich mochte meinen Opa, gerade weil er kein Held war im üblichen Sinn. Wären ihm nicht die paar Geschichten passiert, würde heute kein Hahn mehr nach ihm krähen. Er war so unscheinbar, daß wir ihn glatt vergessen hätten.

✶

Ich war mir nicht sicher, ob nach mir irgendein Hahn krähen würde, wenn ich meine verrückten Kinder verließ, aber ich würde sie verlassen. Die Verrücktheit begann, auf mich abzufärben, jedenfalls ließ Jule keinen Zweifel daran. Am Anfang konnte sie über meine Geschichten aus dem Schulstübchen noch herzhaft lachen, inzwischen wiegte sie nur noch bedächtig den Kopf, wenn ich beim Abendessen nachmachte, wie Uwe zu essen pflegte.

„Wohin gehst du denn?" fragte Gundula bei meinem Abschiedsessen mit den Kindern und den diensthabenden Pflegern. Ihr Blick kam unter halb geschlossenen Lidern hervor, sie befand sich augenscheinlich tief in irgendeinem Märchen. „Gehst du zum König ins Schloß?"

Schließlich konnte ich nur innerhalb ihrer Märchenwelt irgendwohin gehen. Außerhalb gab es nichts, da war der Rand ihrer zweidimensionalen Welt.

„Ich glaube nicht, daß sie dich da haben wollen", fügte sie hinzu. „Du bist nämlich gar nicht schön."

Das hatte ich zwar auch schon geargwöhnt, aber es war etwas anders, es so deutlich gesagt zu bekommen.

„Als erstes müßtest du dir die Haare wachsen lassen, und dann könntest du dir die Fingernägel lackieren", schlug sie vor. Da ich keine Gnade vor ihrem Auge finden konnte, war ich froh zu gehen. Peter schenkte mir eine kleine Dose zum Abschied und spuckte zur Bekräftigung noch einmal drauf, was sicher soviel war wie ein Segenswunsch für meinen weiteren Weg. Renate verlangte lallend nach Brausepulver, und Uwe brachte es nicht fertig, sich an den Tisch zu setzen. Schlangenartig wand er sich vor seinem Stuhl, und jedesmal, wenn er es wagte, sich zu setzen, sprang er schnell wieder hoch. Bei einem dieser Sprünge warf er die Kerze um, und das Wachs lief über meine neue Seidenbluse.

Ich sehnte mich nach den ganz normal verrückten Kindern, die man klassenweise unterrichtet, und trotzdem nahm ich erstaunt wahr, daß mir die Kehle eng wurde an diesem letzten Abend, daß ich die Kinder jetzt schon vermißte. Ich vergaß, daß ich auf eigenen Wunsch – und den Jules – versetzt wurde, und kam mir vor wie eine, die sich selbst in eine ungewisse pädagogische Zukunft verbannt hatte.

✭

Meine Verbannung bei Oma Bertha neigte sich dem Ende zu, und ich fand, daß der Sommer insgesamt viel aufregender gewesen war, als es die, die mich zur Erholung weggeschickt hatten, wahrscheinlich geplant hatten. Meine Backen waren rot, meine Wadenmuskeln kräftig geworden. Allein meine innere Unordnung hatte sich nicht geändert. Im Gegenteil: Es waren unzählige Fragen dazugekommen, und ich sehnte mich danach, mit meiner geliebten Tante zusammen nach Antworten zu suchen.

Mit dem alten Schild um den Hals, nur Absender und Adressat vertauscht, wurde ich nach Berlin zurückverfrachtet wie ein Paket, das die Tante am Busbahnhof in Empfang nahm. Zur Feier des Tages gingen wir zu Kranzler Eis essen.

Die Tante hatte auch Erholung nötig, fand ich. Sie war blaß, und ihre Augen waren gar nicht lustig. Sie waren auch nicht fuchsteufelswild, sondern hatten einen ganz neuen Ausdruck.

Da ich bei ihrem Anblick gleich geahnt hatte, daß wir bei Kranzler nichts feiern würden, überraschte es mich nicht, daß sie mit mir „von Frau zu Frau" sprechen wollte.

Ich hatte meinen Becher noch nicht zur Hälfte fertig, als sie anfing. „Deine Oma, meine Schwester Lena ist sehr krank."

„Und wann wird sie wieder gesund?" In unserer großen Familie mit den vielen alten Tanten war immer jemand krank. Mein Vater sagte manchmal zu meiner Mutter: „Sehr praktisch, daß du einen Arzt genommen hast bei deiner großen Mischpoke."

„Sie wird nicht gesund werden", murmelte die Tante, und jetzt wußte ich, daß ihre Augen vom Weinen so rot waren.

„Hat sie sich den Rücken gebrochen?" wollte ich wissen; schließlich war das die schlimmste Krankheit, die ich bisher erlebt hatte.

Die Tante mußte trotz allem lächeln. Sie nahm meine Hand und streichelte sie gedankenverloren, was ich nicht mochte und an ihr gar nicht kannte. Wer mich streichelte, sollte wissen, was er tat, fand ich.

„Sie wird uns verlassen wie der Futtervater, erinnerst du dich an ihn?"

Ich erinnerte mich kaum an ihn, und damals war es nicht schlimm für mich, daß er aufhörte, die Vögel zu füttern. Ich übernahm sein Amt, so gut ich das konnte. Das hieß, bei gutem Wetter und wenn ich sowieso früh aufstehen mußte.

Aber bei dieser Katastrophenmeldung, die mir das Eis im Becher schmelzen ließ, vergaß ich meine enge Allianz mit der Logik. Vielleicht begriff ich aber auch zum ersten Mal, daß große Dinge wie Liebe und Tod nichts mit Logik zu tun haben. „Das kann nicht sein", meinte ich ungläubig. „Der Futtervater war alt. Oma Lena ist auch alt, aber sie hat keinen Bart. So alt kann sie also nicht sein. Du mußt dich irren."

„Man kann auch jung sterben, und dann ist es besonders schlimm. Vor allem für die, die zurückbleiben. Also für uns."

Das war nun ein bißchen übertrieben, so jung war Oma auch nicht mehr. Immerhin war sie meine Oma. Für mich war ohnehin die Welt mit alten Menschen bevölkert, und mir war klar, daß ich die Freude ihrer alten Tage war.

„Aber wenn wir Oma Lena alle ganz lieb haben, will sie vielleicht gar nicht sterben", schlug ich vor.

„Niemand wird danach gefragt, wann er sterben will."

Das Leben barg offenbar Gefahren, die mir unbekannt waren. Ob auch Kinder sterben konnten, obwohl sie es nicht wollten? In meinem Eisbecher schwamm eine traurige Pfütze von verschiedenfarbigem Eis. Ich rührte ratlos darin herum und wünschte, dieser Sommer wäre nicht so ereignisreich, wie er es war und anscheinend bleiben würde. Mehr noch als die Oma tat mir die Tante leid. Ich wußte, wie sehr sie ihre Schwester liebte und wie sehr sie es haßte, nichts tun, nichts ändern zu können. Ich wußte das, weil ich es kannte. Es gab für mich nichts Schlimmeres als die Tränen meiner Mutter. Und wenn sie krank war, wurde ich jedesmal fast verrückt vor Sorge, ob sie auch wieder gesund wird.

„Bist du fuchsteufelswild?" fragte ich hoffnungsvoll, denn dann würde Leben in ihre Augen zurückkehren, wildes, zorniges Funkeln. Aber sie funkelten nicht, und mir wurde langsam kalt.

„Nein. Es hat keinen Zweck, fuchsteufelswild zu sein. Ich bin einfach nur traurig, endlos traurig."

Traurigkeit war schlimm genug, aber *endlose* Traurigkeit konnte ich mir nicht vorstellen, und mir fiel ein, daß mein Vater immer sagte, die Tante sei nicht nur eine schlimme Kommunistin, sondern übertreibe auch schamlos. Andererseits sah sie nicht aus, als übertriebe sie.

Die endlose Traurigkeit war ihr ins Gesicht, in die Augen, in ihren ganzen Körper geschrieben. Sogar die Haarspitzen sahen irgendwie traurig aus, fand ich. Ich wollte sie so gerne trösten, so wie sie mich hunderttausendmal getröstet hatte. Ich wollte sie trösten, obwohl ich selbst ganz traurig wurde, schließlich war ihre Schwester meine Oma, die ich sehr liebte; fast so sehr wie die Tante. Aber ich konnte mir weniger als die Tante *vorstellen*, daß Oma Lena auf einmal nicht mehr da sein würde. Meine Traurigkeit sollte mich mit Macht überfallen, als sie dann wirklich nicht mehr da war. Wir wußten bei Kranzler beide nicht, daß sie nur noch wenige Tage zu leben hatte.

In meinem Kopf machte sich zu all dem Chaos, das dort schon herrschte, große Ratlosigkeit breit. Ich merkte verwundert, daß angesichts des Todes meine Schnelligkeit, meine Kraft, meine Logik und mein Mut nichts halfen.

An diesem Nachmittag hörte ich zum ersten Mal von Krebs. Und daß schon eine andere Schwester der Tante an Krebs gestorben war. Sie war so jung gestorben, daß ich sie nicht mal kennengelernt hatte. Ich erfuhr und wollte es doch gar nicht wissen, daß Krebs weh tut und daß es eine „Erlösung" war, als Oma Lena starb.

Da meine Mutter jetzt immer bei ihrer Mutter im Krankenhaus sein wollte, durfte ich zur Tante. Das war das einzig Gute an Oma Lenas Krebs. Aber ich hätte gern darauf verzichtet, wenn davon der Krebs aus Omas Bauch verschwunden wäre.

★

Ich selbst war etwas jünger als Oma Lena damals, als der Krebs seine Scheren nach mir ausstrecken wollte.

Der Golfkrieg war vorbei, kein Mensch wußte so recht, wie das alles vor sich gegangen war, wir begriffen lediglich, daß es nicht mit rechten Dingen zugegangen sein konnte. Wir waren gerade froh, diese Bedrohung los zu sein, als mir die Bedrohung Krebs widerfuhr.

Unsere Fensterrahmen und Türen waren inzwischen weiß, und im Giebel war ein Fenster eingebaut. Die Tante konnte, wenn sie wollte, von ihren Dachsparren aus jetzt direkt in den Himmel oder auf den Schloßturm schauen. Sie war damals ohne Unterbrechung da, denn sie war immer bei mir, wenn ich sie brauchte und wenn ich Angst hatte.

Und ich hatte Angst.

Ich hatte Angst vor diesem Tier in mir, das den Namen Krebs hat und das ich mittlerweile schon einige meiner

Freundinnen und Freunde habe auffressen sehen. Ich war keineswegs gewillt, mich auffressen zu lassen, aber der Tribut, den das Tier forderte, eine Unmenge Blut, das einfach aus mir herausfloß, war auch so ziemlich hoch. Ich hatte das Gefühl, daß alles Leben langsam aus mir rann, daß ich meine Energien nicht mehr zusammenhalten konnte, und ich beschloß, einen Feldzug gegen den Krebs zu eröffnen. Der Feldzug begann damit, mein Inneres dem Messer der Chirurgen preiszugeben.

Jule begleitete mich in die Frauenklinik. Die paar Sachen, die ich mitgebracht hatte, waren schnell ausgepackt, die Zimmer- und Leidensgenossin bekannt gemacht, und nun saß ich auf der Bettkante und wußte nicht, wie ich Abschied nehmen sollte. Von Jule und dem ganz normalen Leben, das draußen vor den Fenstern seinen alltäglichen Lauf nahm. Jule schien mir so schön in ihrer Lebendigkeit. Ihre blauen Augen glänzten, und in Gedanken sah ich, wie sie mit langen Schritten unternehmungslustig zu unserem Häuschen zurückgehen würde. Nach dem Krankenhausmief würde sie die frische Luft in tiefen Zügen einatmen und als kleine Nebelwolken wieder auspusten. Sie würde nicht warten, bis ihr die Decke auf den Kopf fiel, sie würde Freundinnen besuchen, ausgehen, leben. Sie hatte Angst, das wußte ich. Aber sie würde entschlossen gegen sie ankämpfen. Oder? Wußte ich wirklich, was in ihr vorging? Ich hätte sie gern zurückgerufen, als sie in der Tür stand und offenbar nicht recht wußte, wie sie sich von mir verabschieden sollte.

„Du kommst bestimmt bald wieder raus hier", sagte sie und wollte aufmunternd wirken.

„Vielleicht", entgegnete ich, „aber wie? Ich habe Angst..."

Das letzte flüsterte ich, denn ich wußte, daß man Jule nicht mit Angst belästigen durfte. Es war die beste Möglichkeit, sie in die Flucht zu schlagen, und nichts wollte ich weniger im Augenblick. Manchmal fand ich es anstrengend, daß immer ich die Starke sein mußte, auch, wenn ich wie heute allen Grund zur Angst hatte. Aber so war es mit Jule. Das gehörte zu unseren Spielregeln, ich selbst hatte diese

Regeln akzeptiert, wenn nicht gar erfunden. Und ich liebte Jule trotzdem oder gerade weil ich in ihrer Gegenwart stark war. Ich war es nur nicht immer. All meine Liebe wünschte, sie würde die Tür nie zumachen, aber noch während ich das wünschte, schloß sie sie, vorsichtig und entschlossen zugleich. Schließlich wußte sie, was sie dem Augenblick schuldig war, und der Augenblick hatte nach ihrem Geschmack schon viel zu lange gedauert.

„Tschüß...", flüsterte ich hinterher.

Welch merkwürdige, fast magische Ausschlußkraft manche Türen haben! Die Tür eines Krankenhauses schließt sich endgültiger als die Schultür, die Haustür, endgültiger als die meisten anderen Türen. Die Zeit hat einen anderen Rhythmus, Worte haben eine andere Bedeutung, die Persönlichkeit ist reduziert auf den Körper und die Bereiche, in denen er nicht mehr funktioniert. Was, wenn die Befürchtungen der Ärzte sich bewahrheiteten? Was würde ich tun?

Es war Herbst. Ein hoher Baum streckte seine Äste mit bunt gefärbtem Laub bis vor mein Fenster im zweiten Stock. Draußen kämpfte die Sonne einen aussichtslosen Kampf gegen den nahenden Winter, die längeren Nächte und die ersten Bodenfröste. Unser Häuschen war nur fünf Minuten entfernt, ich hörte von hier dieselben Kirchenglocken wie von dort. Wenn ich ihnen nachts lauschte, konnte ich mir fast einbilden, zu Hause und an Jules Rücken gekuschelt zu sein. In Wirklichkeit war alles ganz anders. Die Krankenhausbettücher waren weißer und steifer und rochen anders als die zu Hause. Der Rhythmus der Tage war anders. Das Essen schmeckte anders. Selbst ich war anders, irgendwie schüchterner. Es war mir nicht ganz klar, ob ich mir noch selbst gehörte.

Meine Zimmernachbarin beneidete mich um die Freundinnen, die mich treu anriefen und besuchten, während sie froh war, wenn ihr Mann sich nach einem seiner kurzen Besuche, in denen seine Gegenwart und seine Stimme den ganzen Raum ausfüllten, so daß uns kaum noch Luft zum Atmen blieb, verabschiedete. Immer war sie diejenige, die ihn aufmuntern und trösten mußte. Dabei hätte eigentlich sie Trost gebraucht, denn sie hatte die gleiche Angst wie ich. Die Frauen in den anderen Zimmern auch. Uns unterschied lediglich, daß manche von uns noch hofften, weil noch keine Diagnose feststand, während andere bereits ihre Kräfte im Kampf gegen den Krebs verbrauchten. Die Waffen, die sie im Vertrauen auf die Medizin dabei einsetzten, richteten sich gegen sie selber, und mir schien, daß es ein Wettlauf mit der Zeit war, ob die gesunden oder die kranken Zellen von diesen Waffen zuerst vernichtet wurden. Einige verließen uns freudestrahlend. Sie waren noch mal davongekommen, die Diagnose war „negativ", was in der Krankenhaussprache „positiv" bedeutete.

Welchen Kampf würde ich kämpfen, wenn meine Diagnose feststand? Würde ich überleben wollen um jeden Preis? Wußte ich überhaupt, welche Möglichkeiten mir blieben? Würde man mir eine Wahl lassen, oder war mein Weg von den Männern in den weißen Kitteln vorgedacht?

Nach einem kurzen Eingriff durfte ich nach Hause, wo ich warten sollte, bis das Gewebe aus meinem Körper untersucht war. Selten habe ich mich von unserem Häuschen so willkommen geheißen gefühlt wie an jenem Nachmittag. Es umfing mich mit seinem Duft nach Holz und baute sein mit alten Ziegeln bedecktes Dach schützend über mich. Es tröstete mich mit seiner Beständigkeit, die schon ein paar hundert Jahre währte; zum ersten Mal fragte ich mich, welche Schicksale vor mir hier beherbergt gewesen waren, wieviel Leid und Tränen, Freude und Ekstase diese Wände schon erlebt haben mochten.

Drei oder vier lange Tage des Wartens lagen vor mir.

Am ersten Tag besuchten uns zwei Freundinnen, die wie wir ein gemeinsames Haus besaßen, und ich hielt es für nötig, ihnen Jule ans Herz zu legen, falls ich wirklich so ein Krebstier in mir haben sollte. Ich konnte mir nicht vorstellen, daß Jule allein in der Lage sein würde, alles zu regeln. Im Grunde liebte ich ihre Unselbständigkeit. Ich konnte mich an ihrer Seite so wunderbar kompetent fühlen. Erst viel später lernte ich zu begreifen, daß *sie* die Unabhängigere war und über eine Stärke verfügte, die ich ihr nie zugetraut hätte.

Wir sprachen an jenem Abend über die verschiedenen Möglichkeiten, mit Krebs zu leben, an ihm zu sterben oder gegen ihn zu kämpfen.

Während dieses Gespräches lag ich auf dem Sofa und hatte den Eindruck, ganz weit weg zu sein. Die Angst, die ich im Krankenhaus noch hatte, löste sich allmählich auf.

Ich wußte, daß ich gehen könnte, wenn es sein sollte.

Mein Leben war bunt, reich, einzigartig. Ich lebte im Frieden mit mir und den Menschen, die mir wichtig waren.

Der Frieden zu meiner Mutter ist sehr konstant, denn sie lebt nicht mehr, und darum können Enttäuschungen und böse Worte ihn nicht mehr gefährden. Damals, in ihrer Sterbestunde, war ich bei ihr. In Wirklichkeit lag ich in meinem Bett, mehr als hundert Kilometer entfernt, und wachte mitten in der Nacht auf, von tiefem Mitgefühl für meine Mutter geschüttelt, die seit dreizehn Jahren gelähmt war und ein erbärmliches Leben in einem Pflegeheim lebte. Das um so mehr, als die Tante, die sie bis vor einem halben Jahr täglich besuchte, eines Nachts in ihrem Bett beschlossen hatte, daß ihr alles zuviel war mit ihren neunzig Jahren, daß die Erschöpfung zu groß war, und sie eines Morgens einfach die Augen nicht mehr öffnete. Seitdem war der ohnehin magere Lebenswillen meiner Mutter gebrochen. In jener Nacht wünschte ich, daß ich ihr etwas von ihrem Schmerz abnehmen könnte, und fühlte mich im nächsten Moment wie eine, die vom Leben verlassen wird. Ich fühlte, wie es aus mir wich, wie es weder durch die Begrenzung meiner Haut oder die Kraft meines Willens daran gehindert werden konnte. Ich war vor Angst gelähmt, Zeugin meines eigenen Todes. Das dauerte zehn Minuten; als nach weiteren zehn Minuten das Telefon klingelte, wußte ich vor dem Abnehmen des Hörers, daß ich vom Tod meiner Mutter benachrichtigt werden würde. Mit meiner Mutter habe ich also, trotz vieler unabgetragener Schuldberge, die sich zeitlebens zwischen uns auftürmten, Frieden, weil ich sicher bin, ihr in ihrem Todeskampf beigestanden zu haben.

Mit meinem Vater habe ich mich arrangiert. Wir sahen uns kaum und hatten keine Erwartungen aneinander. Ein Zustand, der mich nicht befriedigte, an den ich mich aber gewöhnt hatte. Es war immerhin Waffenstillstand, und das war viel zwischen uns. Es gab andere Zeiten, Zeiten des Krieges, aus dem wir beide unsere Verletzungen davongetragen hatten. Wir waren der Wunden überdrüssig geworden und hörten auf zu kämpfen, obwohl kein Sieger feststand.

Zwischen Jule und mir gäbe es viel zu sagen, zu leben, zu verändern, aber immerhin hatten wir gerade Frieden.

Irgend etwas hätte ich gern noch erlebt, aber da ich nicht genau wußte, was das sein könnte, war dieser Wunsch nicht so dringend, daß ich seinetwegen mit Chemie um ein Überleben kämpfen müßte.

So eingehüllt in friedliche Gedanken, in vertraute Stimmen von Freundinnen, in das besondere Aroma des Hauses, vernahm ich deutlich eine Stimme. Die Stimme eines möglicherweise doch existierenden Gottes? Eines Engels? Für mich war es die Stimme der Tante, deren Gegenwart so nah war, als säße ich auf ihrem Schoß.

„Mach dir keine Sorgen. Dir wird nichts passieren."

Von dieser Sekunde an machte ich mir keine Sorgen mehr. Ich bin auch nie auf die Idee gekommen, die Wahrheit dieser Botschaft anzuzweifeln oder mich zu fragen, ob sie nur eingebildet war. Sie war so real, wie etwas nur real sein kann, und ich war gewiß, daß alles Sorgen überflüssig war.

Wir, Jule und ich, hatten liebevolle und gemütliche Tage, die keineswegs spektakulär waren, höchstens weil Jule mir jeden Wunsch von den Augen ablas.

Als ich den Weg ins Krankenhaus zum zweiten Mal antrat, tat ich das fast beschwingt. Wieder zwischen meinen weißen Laken ausgestreckt, machte ich mir dann doch ein paar Sorgen, denn hier schien eine Stimme aus dem Nichts sehr absurd, und ich fing an zu zweifeln. Außerdem war das Ergebnis noch nicht da, ich erfuhr erst nach Stunden, daß die Botschaft keine Wahnvorstellung war. Eine Ärztin, die sich richtig darüber freute, teilte mir mit, daß mein Gewebe trotz aller Befürchtungen ganz in Ordnung war und einer ganz gewöhnlichen Operation nichts im Weg stand.

Ganz gewöhnliche Operationen versetzten mich normalerweise in Panik, der Gedanke, eine Zeitlang ausgeschaltet zu werden, war mir unerträglich. Es grenzte jedesmal für mich an ein Wunder, wenn ich entgegen aller Befürchtungen wieder erwachte. Diese Operation machte mir kein bißchen Angst, denn die Botschaft galt auch für den Eingriff. Ich war felsenfest überzeugt, daß mir nichts passieren würde. So frohgemut, wie ich in den OP hineingeschoben wurde, wachte ich auf der Intensivstation auf und verlangte sofort und sehr zum Erstaunen der wachenden Schwester nach einem Schnitzel. Ich hatte Hunger.

Als Jule zu Besuch kam, teilte ich ihr meinen Entschluß mit, auf den mich die griechische Putzfrau mit ihren Liedern gebracht hatte: „Wir fliegen Ostern nach Kreta, ich lade dich ein. Was hältst du davon?"

Da Jule meine Flugangst kannte und sich auf ein Leben ohne Flüge, wenigstens auf Flüge ohne mich eingestellt hatte, nahm sie wohl an, ich befände mich noch in den Nachwehen der Narkose. „Und deine Angst vor dem Fliegen?"

„Ich habe keine Angst. Es wird mir nichts passieren. Ich habe Lust, mit dir würdig zu feiern, daß ich gesund bin, wenn auch fortan ohne Gebärmutter, die ich ohnehin nicht gebraucht habe. Ich hätte sie viel eher hergeben sollen, aber die Frauenärztin wollte sie nicht hergeben. Sie setzte einfach voraus, daß ich sehr an ihr hänge. Als wenn mein Selbstwertgefühl in diesem Organ verwurzelt wäre!"

Die Wirkung der Stimme hielt an. Ich war beseelt von dem Gefühl, mir könne vorerst nichts passieren.

★

Ich erinnere mich, daß ich als Kind immer dieses Gefühl hatte, mir könne nichts passieren. Ich fühlte mich einfach unsterblich. Vielleicht fühlen sich ja alle Kinder unsterblich, und vielleicht ist das ihr besonderer Schutzengel.

Eine meiner größten Sorgen war, wie ich zu Geld kommen könnte, und ich entwickelte im Alter von sieben Jahren mehr Ideen dazu als heute. Eine meiner besten Ideen war, alles mögliche zu verkaufen. Da ich nichts zu verkaufen hatte, mußte ich mir die Ware beschaffen. Ich machte einen Stand auf – ein Brett über zwei Steine gelegt –, an dem ich Butterbrote feilbot. Ich glaube, weniger die mager bestrichenen Brote – meine Eltern waren auch nicht so kreativ bei der Beschaffung von Geld – als meine Überzeugung, sie müßten sich gut verkaufen lassen, lockte tatsächlich Interessenten an. Dieses Geschäft mußte eingestellt werden, als meine Mutter nach dem zehnten Butterbrot, das ich von ihr einforderte, sich um den Verbleib derselben kümmerte und sich merkwürdigerweise sehr schämte, als sie meinen Stand entdeckte, statt daß sie stolz gewesen wäre auf meine früh sich entwickelnde Geschäftstüchtigkeit. Ich ging über zu selbst gepflückten Blumen, die nur spärlich am Straßenrand der Großstadt blühten. Leichter war es, sie aus Nachbars Garten zu holen. Da er viele hatte, fand ich nichts Verwerfliches dabei. Die Entdeckung meines Tuns beendete auch dieses Geschäft. Für Zigarettenbilder interessierten sich nur die Kinder, die genauso mittellos waren wie ich selber. Äußere Umstände legten meine Geschäfte lahm, und ich mußte mich anderen Beschäftigungen zuwenden.

Inzwischen hatte ich eine kleine Schwester bekommen. Meine Eltern taten so, als hätten sie sie eigens zu meiner Erbauung angeschafft, aber ich fand diese Neuanschaffung gar nicht erbaulich. Ich hätte ganz andere Wünsche gehabt, aber ich wurde ja nicht gefragt. Mein größter Wunsch war eine Seifenkiste. Alle Kinder, die etwas auf sich hielten, hatten Seifenkisten; genau wie heute, nur daß sie heute Gocarts heißen. Mein Patenkind Hannes konnte kaum laufen, als er sich ein Gocart von mir wünschte, und er bekam es auch, denn ich konnte mich gut an meinen eigenen dringenden Kinderwunsch erinnern.

Manche Väter meiner Freundinnen und Freunde bauten ihren Kindern Seifenkisten, begüterte Eltern ließen sie bauen oder kauften fertige Modelle. Mein Vater baute keine und fand es nicht sehr dringend, eine zu kaufen, dabei hätte er sehen müssen, daß ich zu einer Zeit, als an jedem Sonntag Seifenkistenrennen abgehalten wurden, ohne Seifenkiste nur ein halbes und nicht konkurrenzfähiges Kind war. Meine Eigenbauversuche schlugen alle fehl, denn mein technisches Geschick war nicht so gut ausgebildet wie mein Geschäftssinn. Zum Glück aber fehlte es mir nicht an Ideen.

Als ich wieder mal meine Schwester ausfahren mußte, wurde mir die Ähnlichkeit zwischen dem Kinderwagen und der heiß ersehnten Seifenkiste deutlich, und ich entschloß mich kurzerhand, ihn umzufunktionieren, um wenigstens einmal im Leben das Seifenkisten-Fahr-Gefühl zu erleben. Bei diesem einen Mal sollte es bleiben, ich war nämlich keineswegs unverwundbar, obwohl ich fest daran glaubte.

Kurzerhand verfrachtete ich das Windelbündel, das mein Schwesterchen Cornelia beinhaltete, aus dem Wagen an den Straßenrand, und bevor irgendein besorgter oder belehrender Erwachsener mich von meinem Vorhaben abhalten konnte, war ich in den Wagen geklettert, der sich auch sofort in Bewegung setzte, denn die Straße war abschüssig. *Zu* abschüssig, wie ich feststellte, mit diesem Tempo hatte ich nicht gerechnet! Außerdem merkte ich, daß meine Ersatzseifenkiste weder über eine Bremse noch über ein Lenkrad verfügte. Ich war der Straße und dem Gefährt ausgeliefert, zog den Kopf ein und wußte, daß die rasende Fahrt an einer Mauer enden würde, allerdings erst, nachdem ich zwei lebhaft befahrene Straßen überquert hätte.

Beim Anblick eines heranrasenden Kinderwagens traten anscheinend alle Autofahrer ohne zu zögern auf die Bremsen. Ich sah sie nicht, denn ich hatte den Kopf eingezogen und die Augen fest geschlossen, aber ich hörte das Quietschen. Ich hoffte, daß es diesen lieben Gott der Oma Bertha wirklich gab und daß er sich herablassen würde, mich zu beschützen, obwohl ich nur ein Mädchen war. Mir war klar, daß ich ohne den Beistand irgendeines guten Geistes, Schutzengels oder lieben Gottes verloren war.

Wie das Bremsmanöver sich abspielte, weiß ich nicht, ich wachte in einem Bett auf, an dem die Familie versammelt war, hatte schreckliche Kopfschmerzen und mußte mir trotzdem fast sofort eine Strafpredigt anhören. Daß ich mit knapper Not überlebt hatte, schien nicht so aufregend zu sein wie die Tatsache, daß ich meine Schwester am Straßenrand deponiert hatte, was unter den Passanten anscheinend zu einem Riesenauflauf führte, und der Kinderwagen sich bei dem Aufprall in hundert Einzelteile zerlegt hatte.

Kein Mensch schien erfreut, daß ich noch am Leben war, nicht mal ich selber angesichts so vieler Vorwürfe, und ich überlegte schon, ob ich vorsichtshalber in eine neue Ohnmacht fallen sollte, als die Tante mich schließlich erlöste.

„Wie wäre es, wenn ich sie mit zu mir nehme? Da gibt es schließlich genug Menschen, die nichts Wichtiges zu tun haben und sie abwechselnd pflegen können. Ihr habt doch sowieso keine Zeit dafür, jetzt wo das Kind da ist."

O ja, jauchzte ich innerlich. Wenn ich schon krank war – Gehirnerschütterung diagnostizierte mein Vater mit ärztlichem Scharfblick –, wollte ich es tausendmal lieber im Haus der Tante sein, in Gesellschaft der anderen Tanten, und vielleicht käme ja auch das Mannsbild und vertriebe mir die Zeit mit seinen Geschichten. Vielleicht war die Sache auch ernst genug, daß man ihn herbeirufen könnte aus dem Land, in dem er sich gerade aufhielt.

„Das dauert drei Wochen", hörte ich meinen Vater. „Drei Wochen absolute Ruhe, ohne lesen, kein helles Licht. Am besten wäre es, sie ins Krankenhaus zu bringen. Da kommt sie wenigstens auf keine dummen Gedanken."

„Wenn es nicht unbedingt nötig ist, wollen wir ihr das ersparen."

Ich hätte meine Mutter für diese Worte umarmen können, aber bewegen war unmöglich, mein ganzer Körper fühlte sich an, als hätte er gerade Bekanntschaft gemacht mit dem „Knüppel-aus-dem-Sack" aus meinem Märchenbuch.

Ich wollte unter keinen Umständen ins Krankenhaus, denn da kam man nicht lebend wieder raus, das hatte ich gerade bei Oma Lena erlebt. Kaum fiel sie mir zu all dem anderen Elend ein, liefen mir Tränen über's Gesicht, was den Familienrat sofort besänftigte.

„Na laß mal, ist nicht so schlimm", fühlte mein gestrenger Vater sich bemüßigt zu sagen. „Du hast Glück gehabt, kannst dem lieben Gott auf Knien danken für soviel Glück!"

„Wenn ich daran denke, was alles hätte passieren können...", seufzte meine Mutter, und ich bekam Hoffnung, daß sie endlich merken würden, wie dankbar sie alle sein konnten, daß sie mich noch hatten.

Im völlig unpassenden Moment begann Cornelia zu krähen und zog wieder alle Aufmerksamkeit auf sich.

„...was alles hätte passieren können mit der Kleinen! Sie einfach an den Straßenrand zu legen! Unglaublich! Wo doch jedermann weiß, daß es in dieser Stadt nur so wimmelt von schlechten Menschen!"

Ich wurde den Verdacht nicht los, daß sie mich für einen der schlechtesten Menschen in dieser Stadt hielt. Vielleicht war ich sogar der einzige, denn mir jedenfalls waren keine anderen bekannt, und vielleicht meinte sie das mit dem Wimmeln nur, weil ich ihr so oft in die Quere kam. Dabei wollte ich sie nur immer wieder daran erinnern, daß ich noch da war. Ich auch, nicht nur die Neue.

Manchmal können Mütter die Gedanken ihrer Kinder lesen, zum Glück, denn das macht oft alles wieder gut. So schien auch meine Mutter jetzt direkt auf meine Gedanken zu antworten: „Ich bin auch sehr glücklich, daß dir nicht mehr passiert ist. Was hätte ich denn ohne dich anfangen sollen? Du bist doch meine Große."

Nachdem so wieder Sanftmut in alle Herzen eingekehrt war, fühlte ich mich trotz der Schmerzen ganz zufrieden im Zentrum der Aufmerksamkeit des Familienrates, der dann auch zu meinem Glück beschloß, mich in das Haus der Tante zu überführen.

★

Seit drei Tagen tobte Sturm über Kreta, besonders über Heraklion, teilte uns eine Stimme aus dem Lautsprecher mit.

Sie hätte das bleiben lassen können, denn wir fühlten den Sturm nicht nur, wir sahen ihn. Das Flugzeug schaukelte von einer Seite auf die andere. Der Horizont schien Kopf zu stehen. Merkwürdigerweise beschwingte mich das. Unsere Freundin Sabine hatte mich in ärztlicher Fürsorge so gut mit angsthemmenden Mitteln versehen, daß ich mich selbst dann nicht fürchtete, als die Stewardessen sich in den freien Sitzen zwischen den Passagieren anschnallten.

„Jetzt wissen Sie, warum wir immer so geschminkt sind", versuchte die hinter uns sitzende Stewardess sich im Witzemachen, es wollte ihr nicht recht gelingen. Sie war leichenblaß unter ihrer Schminke, und ich stellte sachlich fest, daß sie aussah wie eine bemalte Ikone. Der Sturm schüttelte den Flieger, es sah aus, als ob eine der Tragflächen zuerst den Boden berühren würde. Mal die eine, mal die andere. Aus dem Lautsprecher kam wieder die Stimme des Kapitäns, die mitteilte, daß wegen des Sturms seit drei Tagen kein Flugzeug mehr gelandet war, er es aber probieren wollte. Wir sollten nicht erschrecken, wenn er durchstarten müsse.

Alle waren bereits sehr erschrocken, und wenn ich mir die Gesichter um mich herum anschaute, konnte ich mir nicht vorstellen, daß irgend jemand noch mehr erschrecken könnte. Dank der Medikamente fand ich alles eher aufregend. Ich hoffte nur, daß der Pilot nicht unter Liebeskummer litt oder aus anderen Gründen todessüchtig war. Einem solchen Piloten ausgeliefert zu sein, war eine meiner Horrorvorstellungen. Oder solchen Politikern.

Bei der Landung passierte uns nichts.

Auch nicht auf der Fahrt im Bus und im Taxi an die Südküste, obwohl der Taxifahrer mehr uns als die Straße vor sich im Auge zu haben schien. Vier deutsche Frauen „ganz allein" – auf unser verwundertes Nachfragen, wie man zu viert allein sein könne, erklärte er uns, daß wir schließlich ohne Männer wären – vier Frauen ohne männlichen Begleitschutz waren in jedem Fall bemerkenswerter als die Straßen mit ihren Haarnadelkurven und Schlaglöchern. Aber mir würde nichts passieren. Und natürlich kamen wir heil an.

Passieren sollte erst etwas in einem unbedeutenden Gebirgsort hoch über dem Meer, und das Ereignis kam in ganz unerwartetem Gewand daher, so daß es ihm mühelos gelang, seine Bedeutung für mein zukünftiges Leben gründlich zu verschleiern.

Am nächsten Morgen, die anderen lagen noch in ihren Betten, ließ ich mich wieder einmal von diesem wunderbaren Meer faszinieren. Wie ein riesiges Tier lag es da. Ich liebte dieses Tier, das manchmal wütend tobte, an anderen Tagen auf samtenen Katzenpfoten schlich. Heute spritzte es übermütig alle naß, die ihm zu nah kamen. Bunt gekleidete Schülerinnen kreischten vor Vergnügen bei jeder Welle, die ihre Gischtspritzer über sie ergoß, und noch als ich durchs Dorf ging, hörte ich ihr Lachen. Ich setzte mich unter einen Olivenbaum.

Ich erinnere mich gut, wie glücklich ich an diesem Morgen war. Glücklich und dankbar für meine wiedererlangte Gesundheit und die Verbindung zu meinen Reisebegleiterinnen, besonders zu Gundel.

Nach fünfzehn Jahren Partnerschaft hatte sie mich verlassen. Der Anlaß war Jule. Mit Jules Hilfe befreite Gundel sich aus unserer Enge. Sie und ich, wir waren einfach nicht in der Lage, die großen Gefühle, die wir füreinander empfanden, in eine einigermaßen ausgeglichene Beziehung einzubinden.

Als ich zwei Jahre später Jule kennenlernte, war es Liebe auf den ersten Blick mit Schmetterlingen im Bauch und einer Luft um uns, die elektrisch aufgeladen schien. Es war sicher nicht Gundels Absicht, mich mit Jule zu verkuppeln, aber so lief es nun mal, und nach ein paar Jahren des Schweigens zwischen Gundel und mir hatten wir uns zu den wirklichen Gefühlen füreinander durchgekämpft und nahmen wahr, daß uns eine wunderbare Freundschaft verband.

Zum ersten Mal erfuhr ich, daß Liebe viele Gesichter hat, von denen Freundschaft und Partnerschaft nur zwei sind, und daß Unglück oft entsteht, weil wir uns einbilden, ihr ein ganz bestimmtes Gesicht und Gewand geben zu müssen, dabei zeigt sie sich uns in einem ganz anderen. Und manchmal scheint die Liebe ihr Gewand zu wechseln, weil es ihr zu klein, zu groß oder zu abgetragen ist, und wir sollten sie nicht daran hindern, weil sie nämlich besser weiß als wir, was ihr zu Gesicht steht.

Unsere Umwelt reagierte mit Kopfschütteln. Wir konnten es ihr nicht verdenken, hatten wir doch selber Mühe, die Wege der Liebe mitzugehen. Und nun waren wir hier, Jule und ich und Gundel mit ihrer Geliebten Sabine.

Der Olivenbaum schüttelte sich im Wind, seine Äste knarrten, und die Blätter raschelten. Ja, dachte ich, du hast recht. Statt mir Gedanken zu machen, sollte ich an einem Morgen wie diesem, an dem alles nach Ferien schmeckte, die anderen aus den Betten holen. Ich ging zurück.

„Aufstehen!" Ich zog Jule die Bettdecke weg, was sie mit einem verschlafenen Knurren kommentierte. „Die Sonne scheint, das Meer schäumt, steh endlich auf, du Murmeltier!"

Auf Reisen waren unsere verschiedenen Tagesrhythmen stets Anlaß zu erbitterten Kriegen: Ich liebte die Morgensonne, Jule zog den Mondschein vor. Wenn mir die Augen zufielen, kam sie gerade richtig in Schwung.

Gundel kam mir zu Hilfe. Ihr verwuschelter Kopf erschien vor unserer Balkontür. „Ich finde auch, du solltest aufstehen, Jule. Damit hat sie ausnahmsweise recht."

In unserer Konstellation verbündete sich immer mal die eine mit der anderen – in wechselnder Besetzung und von allen mit einem Schmunzeln bedacht. Keine fühlte sich je wirklich ausgeschlossen – das hatten wir hinter uns. Uns drei verband eine Liebe, die nichts mehr befürchten mußte, weil sie den Schmerz schon erlebt und überwunden hatte.

Sabine erwartete uns beim Frühstück. Was *sie* wohl dachte? Ob sie es merkwürdig fand, vielleicht sogar beängstigend, mit zwei ehemaligen Partnerinnen ihrer Geliebten unterwegs zu sein? Falls sie Befürchtungen hatte, nahm Gundel ihr diese mit einem Kuß und der Versicherung: „Hallo, Süße! Ich liebe dich heute mehr als gestern."

Wirklich erstaunlich! Ich hatte Gundel nie so charmant erlebt. Jedenfalls nicht am frühen Morgen.

Als Jule sich endlich zu uns gesellte, berieten wir den weiteren Verlauf dieses wunderschönen Tages. Welch Reichtum, dachte ich – vierzehn Tage ohne Stundenplan.

Jule und mich zog es in die Berge. Gundel und Sabine nahmen den Weg am Meer entlang. In einem kleinen Dorf wollten wir uns treffen und nach gemeinsamer Einkehr den Rückweg zusammen antreten.

Der Weg empor ging in weitläufigen Serpentinen, die Jule leichtfüßig abkürzte. Ich kletterte mühsam hinterher, schwitzend und keuchend.

Da mich trotz meiner Befürchtungen unterwegs doch nicht der Schlag traf und wir oben ankamen, erwartete uns am Dorfeingang ein Kafenion, das wir dankbar ansteuerten.

Im dämmrigen Inneren hantierten Philemon und Baucis, später sollte ich erfahren, daß Philemon jungen Touristinnen unter die Röcke schaute, Baucis Haare auf den Zähnen hatte und beide zusammen Preise nach Sympathie und Laune erfanden, wenn man sich nicht an die Preise vom letzten Mal erinnerte. Heute waren wir zum ersten Mal da, und die Bergkulisse, die kühle Luft und der frische Joghurt waren dazu angetan, uns wie im Paradies zu fühlen. Als wir unsere Bestellung drinnen aufgegeben hatten, Joghurt und Kaffee, traten wir vors Haus, hielten Ausschau nach freien Stühlen und wurden von zwei Frauen an ihren Tisch gewinkt.

Zwei sehr nette Frauen, wie ich fand, irgendwie sehr interessant aussehend: die eine schwarz-, die andere blauäugig, beide mit einem dunklen, kurzen Haarschopf, der vom Wind zerzaust war. Ihre gebräunten Wangen glühten noch von der Anstrengung des Aufstiegs, wie meine wahrscheinlich auch. Wir kamen sofort ins Gespräch. Sie wohnten in dem Dorf, zu dem wir absteigen wollten, und machten die Rundwanderung in die andere Richtung. In den höchsten Tönen schwärmten sie uns von dem Ort vor und wollten uns überreden, doch dorthin umzusiedeln.

„Da müssen wir erst die anderen zwei fragen."

Als wir „die anderen zwei" erwähnten, wurden die beiden etwas einsilbiger, denn wie wir später erfuhren, kam in ihnen der Verdacht auf, die anderen zwei könnten unsere Männer sein, obwohl sie uns doch für „Schwestern" gehalten hatten. Wir wanderten also in entgegengesetzte Richtungen weiter in der vagen Vermutung, daß wir uns ja wohl, wenn sich der Kreis schließen würde, noch einmal sehen müßten. Wahrscheinlich irgendwo auf dem Weg am Meer.

Naja, dann bis dann, und dann würden „die anderen" ja auch dabei sein.

Jule und ich fanden nach atemberaubendem Abstieg „die anderen" vor einer Kneipe sitzen, von wo sie unserem Abstieg teilnahmsvoll zusahen. Nach einer Pause machten wir uns zu viert an die Vollendung unserer Wanderung. Der Weg führte durch malerische Buchten, die nur deshalb nicht zum Baden einluden, weil das Wasser noch zu kalt war. Mir jedenfalls. Sabine warf ihre durchschwitzten Kleider von sich und wollte gerade eine zum Mitschwimmen überreden, als um eine Felsnase unsere Bergbekanntschaften kamen.

„Hab ich mir doch gedacht, daß ‚die anderen' Frauen sind!" jubelte Conni, auf unnachahmliche Weise das „R" rollend, befreite sich ebenfalls aus ihren Kleidern und sprang Sabine nach ins kalte Wasser.

„Also doch Schwestern", bemerkte Johanna zufrieden. Schwestern, dachte ich. Das sollte wohl heißen, daß sie wie wir ein Paar waren. Ich hatte den Ausdruck noch nie gehört und hätte mich wohl eher gemächlicher an die Lüftung dieses Geheimnisses gewagt, aber ich ließ mir nichts anmerken, war ich doch sowieso hoffnungslos altmodisch in solchen Dingen und gerade erst dabei, die Selbstverachtung zu verlernen; die Verachtung der anderen fand ich noch normal und ging deshalb sehr diskret mit dem Thema Frauenliebe um. Ich hatte meine Lektionen gelernt; die erste hatte ich schließlich gleich nach meinem ersten Liebesbrief erhalten.

„Was willst du von ihnen? Du kennst sie doch gar nicht", sagte Sabine, als ich beim Abendessen für Umzug plädierte, weil ich Lust hatte, Conni und Johanna wiederzusehen.

„Eben drum. Ich will sie kennenlernen", war meine Entgegnung.

Da es den anderen egal war, wo wir wohnten, war es nicht schwer, meinen Wunsch durchzusetzen, zumal das andere Dorf eindeutig das schönere war. Es führte keine Straße hin, somit wären wir von Autoabgasen und -lärm verschont. Genau das aber führte zu Problemen.

Am nächsten Morgen, als ich alle ganz früh weckte, den bevorstehenden Umzug im Auge, mußte ich feststellen, daß kein Schiff fuhr.

„Nix Schiff. Wind", sagte ein im Hafen arbeitender Mann.

„Wann fährt denn wieder eins?" Der Sturm riß mir fast die Worte vom Mund.

„Wenn kein Wind. Wind, nix Schiff, nix Wind, Schiff."

So einfach war die Formel. Eine Zeitangabe war es allerdings nicht.

Zum Laufen wollten meine Freundinnen sich nicht überreden lassen.

„Viel zu gefährlich", fand Sabine.

„Mit Gepäck unmöglich", bestätigte Jule.

Gundel schüttelte nur den Kopf. Sie kannte mich als Faulpelz.

Sie hatten recht, der Weg war mit Rucksäcken zu gefährlich, das fand auch ich, also übte ich mich in Geduld, was auch keineswegs schwierig war. Wir hatten soviel zu entdecken, zu reden, zu genießen...

Als das Schiff dann wieder fuhr, zogen wir um.

Gundel und Jule wurden auf der Fahrt leicht grün im Gesicht, aber das ging immer ganz schnell bei den beiden, und der Seegang war noch ziemlich heftig.

Ich stand an der Reling und betrachtete die Küste. Und spürte wieder, wie mein Herz weit wurde vor Liebe zu diesem Fleck Erde, der angeblich die Wiege unserer abendländischen Kultur ist. Ich glaube allerdings eher, es ist das Wilde, Archaische, Ungebändigte, das etwas in mir anrührt.

Vielleicht weil ich schon lange nicht mehr wild und ungebärdig bin.

Seit ich erwachsen bin, bin ich gezähmt wie ein braves Haustier. Der Wind zerzauste meine Haare, ich stand an die

Reling gelehnt, und mich überfiel eine seltsame Trauer. Wild war ich als Kind. Wo war sie hin, die Wildheit?

★

Ich weiß nicht, ob alle Kinder gleich wild sind und die einen nur mehr Glück haben als die anderen, so daß ihnen nicht soviel passiert und sie einfach nicht so oft erwischt werden bei ihren Untaten. Mir passierte immer wieder etwas, nachdem ich begriffen hatte, daß ich keineswegs unverwundbar war, und ich wurde oft erwischt, was genauso schlimm war, manchmal sogar schlimmer.

Beim Schlagballspiel stand ich genau hinter Jürgen, als der gekonnt mit dem Schlagholz ausholte und es mir an den Kopf donnerte. Ich war eine beliebte Mitspielerin, ich traf gut und war schnell. Und keine Oma Bertha hinderte mich am Spurten!

Diesmal allerdings war ich sofort schachmatt gesetzt. Wieder zwang mich eine Gehirnerschütterung für zwei Wochen ins Bett. Gott sei Dank wieder im Haus der Tante. Dort war man allmählich auf die Pflege meiner Verletzungen eingestellt. Das Mannsbild war jetzt ziemlich regelmäßig zu Hause. Es ging das Gerücht, daß der Boden woanders für ihn „zu heiß" war – zumindest hatte ich das die Tanten Martha und Martl sagen hören. Ich hatte keine Ahnung, wieso der Boden irgendwo heißer sein sollte als woanders. Vielleicht weil in Italien oder Spanien die Sonne heißer schien? Hier allerdings war er auch nicht sicher vor Hitze, jedenfalls sagte er manchmal zur Tante, wenn die aus irgendeinem Grund fuchsteufelswild war: „Mein Gott, du kannst einem aber auch ganz schön einheizen!"

Dabei lächelte er anerkennend, das Fuchsteufelswilde der Tante schien ihm zu gefallen. Mir zwinkerte er dann zu und meinte: „Sie ist der strengste General, den ich je hatte."

Auch über meine Wildheit war er nicht böse, niemals. Wenn ich wieder mal zum Auskurieren angeliefert wurde, nahm er mich mit der Tante in Empfang und sagte nur: „Na, alte Kriegerin, dann wollen wir uns mal die Wunden vom letzten Gefecht ansehen."

Das Mannsbild war jedenfalls da, als ich mit meiner zweiten Gehirnerschütterung ankam. Er saß stundenlang auf meiner Bettkante und erzählte die unglaublichsten Geschichten. Manchmal spielte er die Hauptrolle in ihnen, und ich lernte seine Kinderseele kennen, wenn er von dem unehelichen Jungen erzählte, der von der „Magd des Herrn" geboren worden war. Ich dachte, die „Magd des Herrn" gäbe es nur in der Kirche, aber die Magd war seine Mutter, der Herr ihr Arbeitgeber, und der durfte von der Geburt des Jungen nichts wissen, weshalb die Magd ihn vom Krankenhaus weg zu Pflegeeltern gab. Die Pflegeeltern versuchten ihn zu zähmen, indem sie ihm bei jeder Unart seine uneheliche Geburt vorwarfen. Die Empörung über soviel Ungerechtigkeit einte uns, und ich konnte mir sogar vorstellen, das Mannsbild zu heiraten, als er mich eines Tages darum bat. Allerdings machte uns die Tante einen Strich durch die Rechnung.

„Hier wird nicht geheiratet. Du bist nämlich schon verheiratet, mein Lieber, und wenn jemand geheiratet wird, dann käme doch wohl erst mal ich dran, verstanden?"

Das Mannsbild und ich mußten zugeben, daß sie recht hatte. Sie hatte schon länger gewartet als ich. Es war nur gerecht, daß auch ich mich im Warten übte.

„Wenn du mich unter der Erde hast mit deiner Unordentlichkeit, deinen Lügenmärchen und dem vielen Rauch, in den du mich einnebelst, dann könnt ihr zwei heiraten."

Es war, als hätte sie unsere Gedanken gelesen, das war das Unheimliche an der Tante. Sie konnte in den Herzen derer lesen, die sie liebte. Sie waren für sie offene Bücher, jedenfalls sagte sie das, und es gab für mich keinen Grund, daran zu zweifeln.

Wir schoben also unsere Hochzeit auf unbestimmte Zeit hinaus, denn uns lag beiden nichts daran, die Tante unter die Erde zu bringen. Zumal ich schon auf dem besten Weg war, meine Mutter unter die Erde zu bringen, jedenfalls sagte sie das ständig. Mir lag auch nichts daran, meine Mutter unter die Erde zu bringen, allerdings schien sich das nicht vermeiden zu lassen. Sie sprach davon wie von einer unabwendbaren Tatsache. Dabei hatte ich gerade mal wieder versucht, mich unter die Erde zu bringen, schließlich lag ich mit Gehirnerschütterung im Bett, während sie gesund und munter sich um die Neuanschaffung kümmerte.

Die dritte Gehirnerschütterung erlitt ich, als ich freihändig und mit den Füßen auf dem Lenker Fahrrad fuhr. Ich hatte das tausendmal probiert, es klappte gut. Schließlich mußte ich mich darauf verlassen, daß es klappte, es war meine große Show. Peinlich, wenn ich damit auf die Schnauze fiel! Genau das tat ich, ich hatte nicht bedacht, daß die kniffligen Gleichgewichtsverhältnisse sich veränderten, wenn ich meine Freundin Jutta auf dem Lenker sitzen hatte.

Diesmal blieb es nicht bei einer Gehirnerschütterung, ich brach mir auch ein Stück des rechten Schneidezahns ab, was mein Aussehen stark veränderte, während Jutta sich nur das Knie aufschürfte. Manche Erwachsenen, ich weiß nicht, ob die mir Wohlgesonnenen, meinten, es passe zu mir. Im Gegensatz zu meinen Klassenkameradinnen, die an Familiengründung dachten und sich um ihre Schönheit sorgten, die zum Angeln eines Familienoberhaupts unerläßlich schien, war mir mein Äußeres nicht so wichtig. Ich konnte mir auch nicht vorstellen, ein Familienoberhaupt zu benötigen. Ich hatte fest vor, mein eigenes Familienoberhaupt zu sein.

Das heißt nicht, daß ich nicht eitel war. Es war mir wichtig, daß die Haare sich in einer Tolle auf die Stirn kleben ließen, daß meine Fingernägel die richtige Länge hatten. Es war mir wichtig, mit dem linken Auge jedem zuzwinkern zu können, den ich auf mich aufmerksam machen wollte, auch das wollte vor dem Spiegel geübt sein! Und es war mir wichtig, meinen Bizeps anschwellen zu lassen, um Eindruck zu machen. Ein abgebrochener Schneidezahn paßte ganz gut in die Sammlung der Attribute, die ich als anziehend empfand. Er paßte vor allem, wie meine Eltern hinterher fanden, gut zu meiner nächsten Rolle.

Nach den schmerzlichen Erfahrungen beim Schlagball und beim Radfahren beschloß ich nämlich, Räuberbraut zu werden. Die Bezeichnung „Braut" entsprach eher dem Rang eines Hauptmanns, einen Bräutigam duldete ich nicht an meiner Seite. Ich organisierte Raubzüge durch die ersten Selbstbedienungsläden, die in unserer Straße aufmachten. Wir hatten zu dieser Zeit pausenlos etwas zu feiern, und die Feiern mußten ausgerichtet werden. Die Getränke waren das Schwierigste, Flaschen ließen sich am schlechtesten unterm Pullover verstecken. Zigaretten waren am einfachsten, so fingen wir alle ziemlich früh an zu rauchen. Wir feierten in Kellern oder bei der einen oder anderen zu Hause, wenn die Eltern weg waren, bei Kerzenschein die tollsten Freßorgien und wurden nie erwischt. Wir fragten uns, warum unsere Eltern uns darben ließen und sich selber so wenig gönnten, wo doch die Beschaffung guter Dinge so leicht war.

Daß unsere Eltern da eine andere Einstellung hatten, sollte ich bald erfahren. Ich wurde nämlich eines Tages doch noch erwischt. Unser Nachbar hatte einen Gemüseladen, und da er mich jedesmal, wenn ich vorbeiging und seine Frau nicht in der Nähe war, in den Po kniff, fand ich nichts dabei, einen Apfel aus seiner Auslage zu nehmen; einfach so im Vorbeigehen und weil ich dachte, wenn er mich in den Po kneift, sind wir so intim, daß das erlaubt ist. War es aber nicht. Er machte ein Mordstheater und verpetzte mich. Ich werde nie begreifen, warum ich ihn nicht auch verpetzt habe. Mein Vater zwang mich zu einer Entschuldigung vor versammelter Kundschaft. Diese versammelte Kundschaft hielt mich für den Rest meines Lebens davon ab, noch mal irgend etwas, und sei es noch so winzig, zu meinem Eigentum zu machen, wenn es mir nicht gehörte. Außerdem mag ich seitdem keine Äpfel.

Es begann eine ruhige Zeit mit einem gesetzten Spiel: Busfahren. Meine Freundin Jutta und ich entdeckten die Doppeldecker. Als Verkehrsmittel kannten wir sie schon lange, jetzt entdeckten wir als Beschäftigung. Wir unternahmen Rundreisen, auf denen wir imaginäre Ziele vor Augen hatten wie New York, Worpswede oder Seebruck am Chiemsee. New York war sowieso das verlockendste Ziel, das man sich vorstellen konnte, in Worpswede wohnten verrückte Frauen, wie wir aus der Zeitung wußten, und nach Seebruck wurde Jutta in den großen Ferien geschickt. Dort gab es richtige Kühe auf den Wiesen. Unser Reiseproviant war für zehn Pfennig Sauerkraut aus der Tüte, Essiggurken oder saure Drops – wir liebten alles, was sauer war. Unsere Lieblingsplätze waren die oben ganz vorn, wo wir uns im Chauffieren abwechselten, denn von hier aus sahen wir nur die Straße vor uns, keinen Busfahrer. Den Platz bekamen wir immer irgendwann in den zweieinhalb Stunden, die der Bus brauchte, um seine Runde zu drehen und uns wieder an der Haltestelle in unserer Straße auszuspucken, mit erweitertem Horizont.

Mein Vater sagte immer, Reisen erweitere den Horizont, weshalb er uns vier mitsamt „unserem Mädchen", das damals in Haushalte, die etwas auf sich hielten, gehörte, in seinen Käfer packte, das Campinggepäck oben drauf schnallte und die ganze Fuhre nach Italien verfrachtete, lange bevor Italien in Mode kam. Ich weiß nicht, welche Sorte Reisen meinen Horizont mehr erweiterte, wahrscheinlich beide.

Was mir bei den fast täglich zweieinhalb Stunden durch Berlin geboten wurde, ließ eine heiße Liebe in mir wachsen. Das war *meine* Stadt, mit baumbestandenen Alleen, die in kühlem Schatten von Kaisers Zeiten träumten; mit Läden, in deren Schaufenstern sich die große, weite Welt spiegelte; mit dem abgebrochenen Turm der Gedächtniskirche, dem ich mich mit meinem abgebrochenen Schneidezahn sehr verbunden fühlte; mit Menschen, die nie ihren Humor verloren, uns nie aus unseren Reiseträumen rissen, sondern sie mitspielten, denn die meisten Nachkriegsberliner konnten auch nur träumend verreisen. So vertrauten sich schmunzelnde alte Männer und Frauen unseren imaginären Fahrkünsten an und verlangten, sie an die phantasievollsten Orte zu bringen, so phantasievoll, daß selbst wir große Augen bekamen.

Wir waren bald bekannt auf der Linie 19, und wir spielten dieses Spiel noch lange; auch noch, als wir niemanden mehr irgendwohin chauffierten, sondern ein ruhiges Plätzchen für die Gespräche brauchten, die wir als Teenager führten, die damals noch Backfische hießen, und die sich nirgends besser führen ließen als im Doppeldecker oben ganz vorn.

★

Was geblieben ist, ist die Reiselust. Und so fühlte ich mich auch beim Vorbeifahren an Kretas wilder Südküste ein bißchen wie eine Mischung aus Klaus Störtebecker und Christof Columbus.

Ich ließ mir den Wind um die Nase wehen, das Salz in der Luft auf der Zunge zergehen und war bereit für neue Abenteuer.

Das Dörfchen, in das es uns zog, lag terrassenförmig in einem Halbkreis in der Bucht, die von steilen Bergen begrenzt wurde. Die Häuser leuchteten in makellosem Weiß, sonst hätte man sie auch im Grau-Gelb der Felsen glatt übersehen. Rauch ringelte sich aus jedem Schornstein, blaue Fensterläden klapperten im Wind, der die Geräusche des Dorfes bis aufs Schiff trug: das Meckern der Ziegen, Hühnergegacker und ab und zu das Bellen eines Hundes. Der türkisfarbene Wasserstreifen, der uns noch von dieser Idylle trennte, wurde schmaler, am Anlegesteg sahen wir schon die Menschen, die auf das Schiff warteten: Touristen und Bäuerinnen mit Körben und Säcken – und Conni und Johanna, die mich hierher gelockt hatten.

Sollten sie eigens zu unserer Begrüßung gekommen sein? Aber woher konnten sie wissen, daß wir gerade jetzt kamen?

„He, da seid ihr ja endlich!" begrüßte uns Conni.

„Und jetzt, wo ihr kommt, fahren wir weg."

Irrte ich mich, oder klang aus Johannas Stimme ein kleines Bedauern, dasselbe, das ich spürte? Sie waren nicht zu unserer Begrüßung gekommen, sondern um in den nächsten Ort zu fahren, von dem aus sie zurückwandern wollten. Das erzählten wir uns, während wir das Schiff verließen und sie es bestiegen. Im Vorübergehen sozusagen nahm ich wahr, wie gut Johanna duftete. Es machte mich traurig, sie abfahren zu sehen, jetzt, wo wir endlich da waren. Unsere nächsten Begegnungen gestalteten sich ähnlich im Vorübergehen.

Wenn wir zu Wanderungen aufbrachen, kehrten sie zurück, wenn wir zum Essen gingen, kamen sie aus der Kneipe.

An einem windigen Abend gelang es uns dann doch, mal richtig zwei Stündchen zusammenzusitzen. Wir lachten viel, und ich fand, daß Johannas Lachen eine ihrer bemerkenswertesten Eigenschaften war: Sie lachte laut und hemmungslos, es war ihr egal, daß andere erstaunt in unsere Richtung schauten. Es war ihr auch egal, daß andere mit hochgezogenen Augenbrauen in unsere Richtung schauten, als sie und Conni freiweg von ihrer Beziehung sprachen.

Das gefiel mir. Da gab es keine Rechtfertigungen, keine Scheu und keine Probleme, die nur daraus entstanden, daß zwei Frauen sich liebten. Da gab es Probleme, aber die, die alle Menschen haben, wenn sie versuchen, in Beziehung zu leben. Und diesen Versuch nahmen die beiden sehr ernst, genauso ernst wie Jule und ich oder Sabine und Gundel.

Was uns sechs an jenem windigen Abend verband, das waren gerade die Blicke der anderen, die ich immer wieder mißbilligend, neugierig, vielleicht auch nur zufällig auf uns gerichtet fühlte. Was für Sabine peinlich war, empfand ich als wohltuend und erfrischend. Waren nicht auch wir Menschen, die Liebe versuchten und damit genug Schwierigkeiten hatten – wie alle, egal ob Männer oder Frauen? Mußten wir wirklich zu diesen ganz normalen Schwierigkeiten noch die addieren, die andere mit uns hatten?

„... haben wir uns das erste Mal geküßt, und dann..."

„Möchte außer mir noch eine Wein? Ich hole welchen." Sabine unterbrach abrupt Connis unbeschwerte Erzählung.

„Ja", sagte Conni schnell, „bring mir einen mit. Und dann wie gesagt war mir klar, daß ich so schnell wie möglich mit Johanna..."

„Noch mal den Roten?"

„Ja, bitte. Aber das war nicht ganz einfach, denn da war noch die Geliebte..."

„Ein großes Glas oder ein kleines?"

„Ein großes natürlich. Ach, verdammt, jetzt habe ich den Faden verloren."

Da Conni den Faden verloren hatte, konnte Sabine unbesorgt Wein holen gehen, und die Menschen, die uns erwartungsvoll ihre Gesichter zugewandt hatten, drehten sich nach ein paar Sekunden enttäuscht wieder ab. Auch ich war enttäuscht, daß Sabine erfolgreich verhindert hatte, das Ende der Geschichte zu erfahren.

Mit der kühlen Meeresbrise war ein erfrischender Wind aufgekommen, den ich bisher in meinem Leben vermißt hatte. Ich wollte mehr davon! Um so enttäuschter war ich, als ich erfuhr, daß Johanna und Conni am nächsten Morgen weiterfahren wollten, um andere Freundinnen zu treffen. Noch ein Frauenpaar wie wir alle. Wie viele kannten sie denn? Ich beneidete sie und hätte beide gern überredet, zu bleiben; ängstlich, den frischen Wind wieder zu verlieren. Indessen waren sie von ihren Plänen nicht abzubringen, und es blieb mir nur, sie am nächsten Morgen am Schiff zu verabschieden.

Den Rest unseres Urlaubs genoß ich mit Jule in einer neuen Freiheit und hoffte, daß sie andauern würde, wenn der Alltag uns wieder in seine Begrenzungen holen würde.

Auf steilen Ziegenwegen führte ich Gespräche mit der Tante, in denen sie mich daran erinnerte, was sie schon zu Lebzeiten und sehr zum Unbehagen meiner Eltern immer gesagt hatte: „Wenn du Spaß haben willst im Leben, macht das meistens den anderen keinen Spaß. Man muß sich beizeiten entscheiden, wem man Spaß machen will."

* * *

Dabei hatte die Tante selber nicht viel Spaß im Leben.

Als das Mannsbild nicht mehr auftauchte, wurde sie sehr traurig. Sie wartete viele Monate. Als sie ein Jahr gewartet hatte, fing sie an, das Zimmer erst um-, dann auszuräumen.

„Warum tust du das?" wollte ich wissen. Das Zimmer war eine Art Heiligtum; ich empfand es als Sakrileg, es zu verändern.

„Es macht mich traurig, wenn ich es sehe", sagte sie. „Außerdem ist es Platzverschwendung." Damit wischte sie mit entschlossener Handbewegung die widerspenstige Haarsträhne aus der Stirn und mit ihr die Traurigkeit, krempelte die Ärmel hoch und räumte weiter.

„Kommt er denn nicht wieder?"

Ich erinnerte mich an unsere Heiratsabmachung; wenn schon heiraten, konnte ich mir nicht vorstellen, einen anderen zu heiraten als ihn; natürlich erst nach ihr, aber ich hatte noch die Geduld von Kindern, die nicht nur ein Leben, sondern die ganze Unendlichkeit vor sich haben.

„Ich weiß es nicht. Ich fühle keine Verbindung mehr zu ihm. Wer weiß, ob er überhaupt noch lebt."

Ich konnte mir nicht vorstellen, daß irgend jemand von uns ohne die Tante sterben konnte, hatte sie doch, wie sie es ausdrückte, „die ganze Familie zu Tode gepflegt". Ich wußte natürlich, daß sie nicht durch ihre Pflege gestorben waren, sondern daß sie diejenige war, die die letzten Worte hörte, die die Hand hielt, bis kein Leben mehr darin war, und mir war klar, daß, sollte ich jemals sterben, auch ich es nur in Gegenwart der Tante fertigbringen würde.

Also konnte das Mannsbild unmöglich tot sein.

Aber warum kam er nicht? Hatte er uns vergessen? Obwohl er immer sagte, wir wären das Liebste, das er hatte?

Die Tante und ich waren sehr traurig, während mein Vater meinte, jetzt wäre sie endlich geheilt und frei für einen richtigen Mann – ich wußte nicht einmal, daß sie krank war. Und einen richtigeren Mann als das Mannsbild konnte ich mir nicht vorstellen; nicht für die Tante und nicht für mich. Aber mit meinem Vater über so etwas zu streiten, hatte ich längst aufgegeben.

Der „Richtige" tauchte auf, aber ich fand ihn nicht richtig.

„Kannst du den denn gern haben?" fragte ich erstaunt und meinte: einen Mickerling nach so einem Bild von Mann. Der Neue war klein, trug eine Brille und rauchte keine Zigarren. Sein Lachen war nicht dröhnend, sondern klein und mickrig wie die ganze Gestalt. Er war sehr freundlich zu mir, zugegeben, aber ich konnte ihm unmöglich die Stelle einräumen, die immer noch in Treue dem Mannsbild vorbehalten war – in meinem Herzen und in Tantes Haus.

„Ja, ich kann ihn gern haben, aber anders. Er braucht mich, und ich brauche jemanden, der mich braucht."

„Wir brauchen dich doch alle!" wagte ich zu erinnern, in Angst, daß sie keine Zeit mehr haben würde, sich von mir brauchen zu lassen.

Dann erfuhr ich, daß der Neue in der Schweiz lebte, und ich erinnerte mich an einen Jungen, den ich heiraten wollte, bis er mich verriet mit seinem Juckpulver. Aus dem fernen Land, das Schweiz hieß, konnte nichts Gutes kommen! Das konnte nicht gut gehen, und ich wollte, daß es nicht gut ging, vor allem, als ich erfuhr, daß die Tante mit ihm in eine Stadt gehen wollte, die Zürich hieß und die viel zu weit weg war, als daß ich jede Woche einen Tag hätte dort sein können, wie hier im Grunewald.

„In der Schweiz wird sie ihre kommunistischen Ideen vergessen", tröstete mein Vater. „Die wollen von den Roten nichts wissen."

Mich tröstete das nicht. Die „kommunistischen Ideen" hatten mich sowieso nie bedroht.

Die Tante fuhr oft an Wochenenden in das ferne Zürich, das ich mir als den allerschlimmsten Fleck der Welt vorstellte und wo ich sie ganz bestimmt nie besuchen würde. Und dann fuhr sie los, um in Zürich zu heiraten. Verlobt war sie schon und trug einen nagelneuen, glänzenden Ring, den sie oft an ihrem Finger drehte und eher nachdenklich als freudevoll betrachtete.

Niemand von uns begleitete sie. Meine Schwester wurde krank, der Opa war ohne Oma Lena nur noch „ein halber Mensch", wie alle sagten, und halbe Menschen machen einen komischen Eindruck auf Hochzeiten. Weil er ein halber Mensch war, konnte er nur noch eine Körperhälfte bewegen, die andere war lahm und schlaff, und wenn ich mit ihm spazieren ging, was zu meinen Pflichten gehörte, mußte ich unendlich langsam gehen, damit Opa hinterherkam.

Tante Edith gehörte nicht ganz zur Familie, alle anderen Tanten waren nicht mehr, und ich – ich wollte ganz und gar nicht Zeugin von Tantes Verrat an uns allen sein!

Ich wünschte dem neuen Mann die Pest und die Cholera, an denen die Helden in meinen Abenteuerromanen starben, wenn sie nicht irgendwelchen Hinterhalten und Waffen zum Opfer fielen oder ihr Leben am Marterpfahl aushauchten. Oder den Keuchhusten; an dem wäre ich fast mal gestorben, als ich noch ganz klein war. Ich starb nicht, weil ein amerikanischer Offizier mein Weiterleben beschloß. Er ließ über eine Brücke in der Luft extra für mich eine Medizin aus Amerika kommen. Wenn ich ganz besonders schlimm war, dachte ich manchmal an den Offizier, an den ich mich in Wirklichkeit gar nicht erinnern konnte, und entschuldigte mich bei ihm, ich vermutete, er würde sich vielleicht ärgern, mein Leben gerettet zu haben, wenn ich es nur mit Blödsinn verplemperte, wie mein Vater immer sagte.

Die Tante fuhr los und sah nicht aus, wie ich mir eine Braut vorstellte. Sie sah traurig und ein bißchen zerknittert aus. So daß ich ihr zum Abschied doch noch einen Kuß gab, weil sie mir fast leid tat.

Nach ein paar Tagen war sie wieder da.

Der neue Mann war gestorben. Genau an dem Tag, an dem die Hochzeit sein sollte. Krank war er schon, als die Tante ankam. Er war nicht am Marterpfahl gestorben, sondern an einer Lungenentzündung.

Und *ich* hatte ihn umgebracht.

Ich wußte jetzt, daß ich über Zauberkräfte verfügte, die Menschen sterben lassen konnten, wann immer ich wollte.

Ich sprach mit niemandem mehr außer mit dem Mann, der durch meine Schuld jetzt im Himmel war. Bei ihm entschuldigte ich mich pausenlos, aber ich war nicht sicher, ob er mir verzieh. Ich aß nicht, denn ich wollte büßen für meine schreckliche Tat. Ich war eine Mörderin. Ich konnte in keinen Spiegel schauen, denn ich flößte mir selber Entsetzen ein. Der Tante konnte ich nicht in die Augen sehen, denn vielleicht hatte sie ihn ja doch geliebt, obwohl sie bei ihrer Rückkehr weniger zerknittert aussah als bei ihrer Abfahrt.

Als der Familienrat feststellte, daß ich abmagerte und blaß wurde, redete ich dann doch, aus Angst, sie würden mich sonst wieder aufs Land zu Oma Bertha schicken. Ich kroch zur Tante ins Bett und verbarg meinen Kopf mit dem schlechten Gewissen an ihrem Busen, der nach Seife duftete und überhaupt der wunderbarste Ort auf der Welt war.

„Ich hab ihn umgebracht!" sprudelte es aus mir heraus.

Die Tante schob mich ein Stückchen von sich und sah mir fragend in die Augen, die ich nur widerwillig öffnete, waren es doch die Augen einer Mörderin.

„*Du* hast ihn umgebracht? Wie kommst du denn darauf?"

„Wahrscheinlich habe ich ihn verhext. Aber du mußt mir glauben, daß ich bisher nicht wußte, daß ich hexen kann!"

Es war einer der seltenen Momente, in denen ich spürte, daß die Tante nicht wußte, wovon ich redete.

„Du warst doch gar nicht bei ihm, als er krank war", sagte sie erstaunt und zog die Augenbrauen in die Höhe.

„Anscheinend kann ich bis in die Schweiz hexen. Ich hab es aber nur getan, damit du nicht wegbleibst. Ich hab dich doch so lieb!"

Die Tränen liefen über mein Gesicht, und die Tante streichelte sie sanft weg; eine Geste, die mehr war, als alle Vergebung es je sein konnte.

„Ach, du kleines dummes Tierchen!"

Tierchen war der Kosename des Mannsbilds für mich, manchmal wurde er auch genauer und nannte mich Äffchen, Stinktier, Hamster oder so etwas; je nachdem. Sie hatte ihn also noch nicht ganz vergessen, und das machte mich fast froh. Unsere gemeinsame Liebe zu ihm verband uns wieder.

„So unglücklich warst du also, und ich habe es in meiner Blindheit nicht einmal gemerkt. Verzeih mir!"

Ich sollte ihr verzeihen – die Mörderin ihrem Opfer?!

„Bist du denn ganz furchtbar traurig, daß du jetzt nicht heiraten kannst?"

Die Tante lächelte, wenn auch ein ganz kleines und trauriges Lächeln, das etwas schief in ihrem lieben Gesicht hing, und küßte mich behutsam auf die nassen Augenlider.

„Ich bin froh, daß der liebe Gott mich vor einem großen Fehler bewahrt hat, weißt du; und noch froher wäre ich, wenn ich ohne dieses Ende gemerkt hätte, daß ich im Begriff war, einen so großen Fehler zu machen."

„Dann hast du ihn gar nicht so furchtbar lieb gehabt?" fragte ich erleichtert.

„Nein. Ich fürchte, ich habe ihn überhaupt nicht geliebt, obwohl ich ihn mochte. Aber vor allem war ich ihm dankbar. Ich wollte ihn heiraten, weil er es sich so sehr gewünscht hatte und weil ich nicht wußte, wie ich ihm sonst danken sollte. Und weil meine Liebe plötzlich so leer war."

Ich dachte an das leere Zimmer unten und wußte genau, was sie meinte. Ich war auch oft ganz leer, und meine Liebe fühlte sich oft wie ein leeres Zimmer an.

„Warum warst du ihm denn so furchtbar dankbar?" wollte ich wissen.

„Er hatte ein gutes Herz, er hat nach dem Krieg ganze Schulklassen zu sich eingeladen, damit die Kinder wieder Milch trinken konnten und rote Backen bekamen. Ich war mit meiner Klasse auch bei ihm in seinem Haus am Züricher See. Er hatte Geld, und es hat ihm nicht weh getan, uns drei Wochen lang durchzufüttern, aber er hätte mit seinem Geld ja auch etwas anderes machen können. Ich habe ihn sehr dafür geachtet, daß er ein so feiner Mensch war. Aber geliebt habe ich ihn nicht. Er hat sich aber in mich verliebt damals, und ich konnte ihn doch nicht heiraten, weil... na, du weißt ja, daß ich nicht frei war."

Ja, das wußte ich. Aber dann?

„Ja, und dann habe ich gewartet und gewartet, du weißt ja, und als das Mannsbild nicht mehr kam und auch kein Brief und nichts, da kam wieder eine Heiratsanfrage aus der Schweiz. Und ich beschloß, ihn glücklich zu machen, weil ich doch selber so unglücklich war und besser als sonst wußte, wie weh das tut, und das sollte mein Dank sein dafür, daß er so ein wunderbares Herz für Kinder hatte. Aber ich habe schon auf der Hinfahrt gemerkt, daß ich das nicht darf. Daß es ein Unglück ist, so zu tun, als ob man jemanden liebt, dabei ist es Dankbarkeit oder Mitleid, was man empfindet. Dankbarkeit und Mitleid sind aber ganz andere

Dinge als Liebe, doch wenn jemand so verwirrt ist, wie ich es war, lassen sie sich leicht verwechseln. Ich hätte ihn nicht glücklicher gemacht, sondern wahrscheinlich unglücklicher. Er hätte gemerkt, daß ich ihn belog. Das hätte er nicht verdient. Ich bin froh, daß es nicht soweit kam. Ich bin aber nicht froh, daß er tot ist. Wenn ich auch nicht genau weiß, ob es nicht das ist, was er sich gewünscht hat."

„Aber wer hat ihn denn nun umgebracht? War es doch mein Zauber?"

„Umgebracht hat ihn der Krieg. Er hat soviel Elend gesehen, hat er immer gesagt, daß er nicht wußte, wie er damit leben sollte. Wahrscheinlich hat er gedacht, wenn ich bei ihm bin, kann er das Elend vergessen. Aber das wäre nicht gegangen. Nein, du hast ihn nicht umgebracht. Der Schreihals hat ihn umgebracht wie Millionen andere auch."

„Hättest du ihn denn geheiratet, wenn er nicht gestorben wäre?"

„Ich weiß es nicht. Aber ich weiß ganz sicher, es wäre ein Fehler gewesen. Ich bin froh, daß ich diesen Fehler nicht machen mußte. Ich kann so sein wunderbares Herz in Erinnerung behalten und weiß, daß er mir nicht böse ist, weil ich ihn nicht so lieben konnte, wie er sich das gewünscht hat. Wenn ich ihn geheiratet hätte, hätte ich die Achtung vor ihm und vor mir verloren, und das wäre ganz schlimm gewesen. Liebe ist ein Geschenk, das wir bekommen, um es an einen bestimmten Menschen weiterzugeben. Wir können keine Liebe machen, und wir können sie nicht an die weitergeben, für die sie nicht bestimmt ist. Das Geschenk der Liebe ist ein Geheimnis, und wir müssen nicht so tun, als verstünden wir viel davon. Wenn du mal jemanden liebst, dann frag nicht lange, warum es gerade dieser Mensch ist, für den du die Liebe geschenkt bekommen hast. Nimm sie an, laß sie durch dich hindurchfließen, denn in dir bekommt sie ein menschliches Gesicht, und gib sie so weiter, wie du sie bekommst: nicht mehr und nicht weniger, nicht leiser und nicht lauter, nicht dicker und nicht dünner. Genauso, wie sie dir gegeben wird."

Ich verstand sicher nicht alles, was die Tante mir in jener Nacht erzählte, aber ich mußte mich nicht fragen, warum ich die Tante liebte. Sie war der aufregendste und ehrlichste und erstaunlichste Mensch, der mir je begegnet war, und ich konnte das Mannsbild nicht verstehen, daß er sich so gar nicht um sie kümmerte. Ich würde sie sofort heiraten, wenn ich könnte, auch wenn ich schon verheiratet wäre mit einer Opernsängerin. Ich hätte sie schon deshalb geheiratet, damit sie mir nicht wegläuft. Seit die Tante fast in der Schweiz verschwunden war, hatte ich Angst, daß die Menschen, die ich liebte, mich wegen irgend etwas, das ich gar nicht wichtig fand, einfach verlassen könnten.

★

Diese Angst begleitete mich nach unserer Rückkehr aus Kreta. Jule entwickelte ein Fernweh, dem ich ohnmächtig gegenüberstand. Ich versuchte, es ihr auszureden, aber das machte alles nur schlimmer. Eine dicke, dunkle Wolke hing über dem Dach unseres Häuschens, und so sehr ich mich anstrengte, sie beiseitezuschieben – es gelang mir nicht. Meine Versuche, Jule festzuhalten, beobachtete die Tante kopfschüttelnd von ihrem Sitz unter dem Dach.

„Kein Mensch bleibt bei dir, weil du es willst", pflegte sie zu sagen. „Auch wenn du noch so sehr darum kämpfst; und wenn, wird es dich nicht glücklich machen."

Ich war nicht sicher, ob es mich nicht doch glücklich gemacht hätte, wenn Jule meinetwegen auf ihre Pläne verzichtet hätte, aber sie tat es nicht.

In unserem Freundinnenkreis war es in Mode gekommen, sich für ein Jahr beurlauben zu lassen, um die Welt zu entdecken.

„Du entdeckst die Welt, und ich hüte Haus und Hund, stellst du dir das so vor?" beklagte ich mich.

„Ich schaue mir die Welt an, und unserer Beziehung wird das gut tun", war ihre Meinung.

Ich hatte meine Zweifel, vielleicht berechtigt. Unberechtigt jedoch waren meine Vorwürfe. Kein Mensch und keine Göttin hatten mir versprochen, daß Jules Anwesenheit mir zustünde fortan und für immer. Und doch verhielt ich mich, als würde sie einen Verrat an mir begehen. Aber an Jule scheiterten alle meine Hexenkünste. Ich fürchtete, ich konnte sie nicht einmal mehr verzaubern.

„Ich bin deinetwegen hierher gezogen! Kaum bin ich da, gehst du weg!" warf ich ihr vor. „Ich kenne niemand, meine Freunde wohnen weit weg, was soll ich hier ohne dich?"

Ich muß gestehen, daß mir das wirklich schleierhaft war, und meine Sehnsucht nach den Freundinnen und Freunden, die ich verlassen hatte, um mit Jule dieses Häuschen zu bewohnen, wurde von Tag zu Tag größer. Ich wußte nicht mehr, warum ich sie verlassen hatte, und Jule konnte mir diese Frage erst recht nicht beantworten. Die Antwort hätte ganz allein ich finden müssen. Aber ich war damals noch längst nicht fähig dazu, die Antworten in mir selbst zu suchen. Ich fühlte mich von Tag zu Tag elender.

Meine ganze Person wurde zu einem wandelnden Vorwurf, und da es mir gegen den Strich ging, täglich zu zeigen, wie groß meine Angst vor Jules Abwesenheit war, suchte sie sich in tausend alltäglichen Streitereien einen Weg.

„Wann räumst du endlich deine Sachen im Bad auf?!"

„Du machst dich so breit, daß du allen Raum im Haus einnimmst!"

„Du könntest auch sehen, daß die Fenster geputzt werden müssen!"

„Hier sieht es aus wie in einer Hundehütte. Du kannst froh sein, daß du eine gefunden hast, die mit dir in der Hundehütte lebt. Noch mal findest du keine so Dumme."

Das war unter die Gürtellinie gezielt, und es war auch nicht wahr. Jule war dermaßen bezaubernd, daß ich mir einige vorstellen konnte, die die Hundehaare gern in Kauf genommen hätten.

Meine Unzufriedenheit explodierte aus allen Poren und bewirkte das Gegenteil dessen, was ich wollte. Jule entfernte sich immer mehr, und ich fing an, mich einsam zu fühlen. Auch wenn ich mich nachts an ihren Rücken kuschelte und versuchte, nicht über die Zukunft nachzudenken.

Wir waren in eine Sackgasse geraten.

Unsere Freundinnen bemühten sich nach Kräften, uns da rauszuholen, aber sie gaben es nach und nach auf, hatten wir doch offenbar beschlossen, uns am Ende der Sackgasse die Köpfe einzurennen oder durch die Wand zu gehen.

Ich war nicht nur vorwurfsvoll und ängstlich, sondern ganz einfach auch sehr traurig. Es war für mich nicht der richtige Zeitpunkt, um sich zu trennen, auch nicht vorübergehend. Ich fühlte, daß ich Jule brauchte, um mich zurechtzufinden in einer Lebensphase, die mir mehr Angst machte, als ich mir eingestehen wollte, in einer Stadt, die ich mir noch nicht erobert hatte. Indessen wurde ich das Gefühl nicht los, die Trennung hatte schon begonnen. Zumindest in Gedanken fingen wir an, in verschiedene Richtungen zu gehen, und dieses Bewußtsein war sehr schmerzlich.

In dieser Zeit liefen Conni und Johanna uns wieder über den Weg. Sie konnten zwar unser Dilemma nicht lösen, aber die Gespräche mit ihnen zündeten immerhin in dem Dunkel, in das wir uns verirrt hatten, ein Licht an.

* * *

Über dem Bett von Oma Lena hing ein Spruch, eingerahmt in eine Blumengirlande. Auch nach ihrem Tod blieb er hängen, obwohl Tante Edith ihr Zimmer bezog und der Rahmen zwischen Tante Ediths neumodischem Kram, wie mein Vater ihre Lackmöbel nannte, ganz deplaciert wirkte. Aber der weiße Fleck an der Wand, der auftauchte, wenn wir das Bild abhängten, machte uns alle zu traurig, als daß wir ihn hätten ertragen können.

Meine erste Gehirnerschütterung kurierte ich in Oma Lenas Bett aus, ich verbrachte drei langweilige Wochen darin. Ich durfte nicht mal lesen, und in Ermangelung von Winnetou und Old Shatterhand las ich immer wieder den Spruch über dem Bett:

„Immer wenn du denkst, es geht nicht mehr,
kommt von irgendwo ein Lichtlein her.
Daß du es noch einmal wieder zwingst

und vor Sonnenschein und Freude singst,
leichter trägt des Alltags harte Last
und wieder Kraft und Mut und Glauben hast."

Ich hatte Zeit, über diese Lebensweisheit nachzudenken, und die Tante wurde nicht müde, mir den meiner Kinderseele unzugänglichen Inhalt zu erklären.

„Wie kann ein Licht daherkommen?" wollte ich wissen. „Es hat doch keine Beine."

„Es muß kein wirkliches Licht sein", sagte die Tante. „Manchmal ist es ein Mensch, der dein Leben hell macht, oder etwas Schönes, das du siehst oder hörst, weißt du."

„Aber was heißt das: dein Leben hell machen?"

Offenbar hatte ich damals die Dunkelheit, die mit äußerer Dunkelheit nichts zu tun hat, noch nicht erfahren.

„Wenn man ganz traurig ist oder ohne Hoffnung, dann hat man den Eindruck, alles ist ganz dunkel; man sieht die Sonne nicht mehr, kein Licht scheint in der Dunkelheit. Es ist so, als wenn du deine Augen ganz fest zumachst und dir vorstellt, daß es so bleibt."

Ich kniff meine Augenlider ganz fest zusammen und versuchte, mir vorzustellen, daß es so bleibt. Das hielt ich keine Minute lang aus, dann riß ich die Augen auf. „Kann der Mensch denn dann meine Augen aufmachen?"

„In gewisser Weise ja. Manchmal scheint einem nämlich alles nur deshalb dunkel, weil man das Helle nicht mehr sehen kann. Wenn dann einer kommt und dir das Helle, das Schöne im Leben wieder zeigt, dann öffnet er dir sozusagen die Augen für etwas, das ja die ganze Zeit da war, auch wenn du es nicht gesehen hast"

Ich haßte es, nichts zu sehen. Das Dunkel war voller schrecklicher Gestalten, meine „Monster"; es war die Zeit, in der auch nachts ein Licht in meinem Zimmer brennen mußte, um die Nachtgeister einigermaßen in Schach zu halten.

„Aber warum will man denn das Schöne nicht von selber sehen?"

„Man will schon, aber manchmal kann man es nicht sehen, weil man so in der eigenen Traurigkeit gefangen ist."

„Und dann ist der Mensch, der einem die Augen öffnet, ein Lichtlein?"

„Ja. Es muß nicht ein Mensch sein. Es kann ein Tier sein, das sich freut, dich zu sehen; ein Vogelruf, der dich daran erinnert, daß es Größeres gibt als deinen Schmerz; eine Wolke, die dir zulächelt auf ihrem Flug durch den Himmel, oder ein Glas Saft, wenn du Durst hast."

Das kannte ich. „Ja, das ist ein schönes Gefühl. Solange ich dich habe, geht mir das Licht nie aus", sagte ich zufrieden und schlief meiner Genesung entgegen.

Das erste Mal war das Licht ausgegangen, als Oma Lena starb, und das zweite Mal, als die Tante in die Schweiz heiraten wollte. Aber jedesmal kam es wirklich von irgendwo wieder her.

★

Unser Häuschen stand jedenfalls ganz schön im Dunkeln, auch wenn die Touristen, die wie immer stehen blieben und es fotografierten, davon nichts zu bemerken schienen.

Als ich am Sonntagabend nach Hause kam – ich war allein unterwegs gewesen, um meiner inneren Einsamkeit die äußere Entsprechung zu geben –, sah ich die Kratzer auf der Treppe und dicke Tapser. Lara allein konnte soviel Dreck nicht ins Haus gebracht haben. Ohne zu fragen, polterte ich los: „Kaum bin ich für zwei Tage weg, sieht es hier aus, als hätten wir ein ganzes Rudel Hunde!"

Kopfschüttelnd inspizierte ich die Treppe, und von ganz oben betrachtete mich die Tante sicher ebenso kopfschüttelnd. Sie vertrat stets die Ansicht, daß Äußerlichkeiten nicht so wichtig seien. Als Kind hatte ich das auch gedacht, es war mir wie allen Kindern sozusagen ins Herz geschrieben. Jetzt war ich erwachsen, gezähmt und an eine Welt angepaßt, die ich eigentlich verachtete. Aber ich merkte es nicht.

„Ein ganzes Rudel war es nicht, aber Lara hatte Besuch, das stimmt. Du übrigens auch. Deine Reisebekanntschaften waren da, Conni und Johanna, und sie haben ihre Hündin mitgebracht." Jule kam endlich zu Wort, und ich wunderte mich, warum es *meine* Reisebekanntschaften waren; es waren doch schließlich auch ihre. Oder war sie schon nicht mehr hier?

„Laika und Lara haben sich sofort angefreundet", fügte Jule hinzu und schmunzelte bei der Erinnerung an die beiden Hündinnen.

Daß Lara sich mit einer anderen Hündin *anfreundete*, war schon deshalb bemerkenswert, weil sie eigentlich keine anderen Hündinnen neben sich duldete, nur Rüden, und die auch nur, wenn sie keine Angst zeigten. Unsere Hündin war leider ganz aus der Art geschlagen.

„Die beiden waren ein Herz und eine Seele. Lara hat Laika ununterbrochen abgeküßt. Ich habe sie so noch nie erlebt! Es war Liebe auf den ersten Blick. Vielleicht wird Lara ja doch noch lesbisch auf ihre alten Tage", kicherte Jule.

Sie war von der Hundebegegnung ganz begeistert und erzählte von Laikas beiden Frauchen erst, als ich nachfragte. Sie waren offenbar viel unwichtiger als die Hündinnen. Diese Rangordnung war bei Jule normal.

„Die zwei sind ziemlich enttäuscht, weil wir uns nie mehr gemeldet und auf keinen Anruf und Brief reagiert haben."

„Hm."

In diesem „Hm" lag die ganze Schwere meines derzeitigen Weltschmerzes und die Unmöglichkeit, damit an eine ziemlich unbekannte Öffentlichkeit zu gehen. Und Conni und Johanna waren unbekannt, eben Urlaubsbekanntschaften. Trotzdem fand ich es schade, daß ich nicht zu Hause gewesen war.

„Sie waren begeistert von unserem Häuschen, wären auch gern länger geblieben, aber ich wußte ja nicht, wann du wiederkommst."

Ach, Jule, hör doch, wie andere begeistert sind von unserem Häuschen, von dem, was wir zusammen geschaffen haben – und du? Du denkst nur daran, wegzuziehen... Ich hütete mich, diese Gedanken laut auszusprechen, denn das hätte das Ende des Waffenstillstandes bedeutet.

„Wir haben ausgemacht, daß wir sie an einem der nächsten Wochenenden besuchen, und sie lassen dich sehr herzlich grüßen."

Ich hätte den Kontakt nicht gesucht, ich suchte überhaupt keine Kontakte damals, war ich doch nicht einmal mit mir selbst im Kontakt, seit meine ganze Person ein einziges Flehen war um Jules Liebe und Anwesenheit. Mein Stolz, oder was ich dafür hielt, fühlte sich wie mit Füßen getreten an, und wenn ihn niemand anders mit Füßen trat, tat ich das mit wachsender Hingabe selbst. Ich konnte mir nicht vergeben, daß ich mich in einer Lage befand, die mich zur *Bettlerin* machte. Wahrscheinlich hätte ich auch eine andere Rolle einnehmen können, aber ich fand keine. Da ich den Familienrat noch gut im Gedächtnis hatte, der mich jedesmal, wenn ich körperlich oder seelisch erblaßte, aufs Land verbannte, verbannte ich mich selbst: zu Freundinnen, in die Arbeit, in Vorwürfe oder in die innere Emigration. Wie Dornröschen ließ ich eine Dornenhecke um mich entstehen, die ich liebevoll pflegte und mit Tränen des Selbstmitleids begoß. Ich fauchte zwar alle an, die einen Blick durch die Dornen warfen, und bedeutete ihnen unmißverständlich, sich schleunigst aus dem Staub zu machen, aber insgeheim wartete ich auf den erlösenden Kuß. Allerdings wußte ich ganz genau, von wem dieser Kuß kommen sollte: von meiner Geliebten, die endlich merken sollte, daß ein Leben – wenn auch nur vorübergehend – ohne mich für sie genauso schmerzlich und unvorstellbar war wie für mich. Der Kuß blieb aus, und alle anderen Küsse, die mir angeboten wurden, wollte ich nicht. Aber mir wurden sowieso keine angeboten. Meine schlechte Laune, die mir aus allen Poren kroch, lud niemanden zum Küssen ein.

So fuhr ich mit gemischten Gefühlen ins Wochenende zu Conni und Johanna. Ich hatte Angst, mir einmal mehr anhören zu müssen, daß eine vorübergehende Trennung jeder Beziehung nur gut tun könne. Ich hatte es aber satt, *gründlich satt*, mir über meinen Schmerz und meine Ängste hinaus auch noch so *verkehrt* vorzukommen, weil ich das so nicht sehen konnte, obwohl doch anscheinend alle Welt es so sah. In meinem Bücherregal gab es eine ganze Abteilung mit schlauen Büchern, in denen vorübergehende Trennung jeder Art das Patentrezept für alle Schwierigkeiten zu sein versprach. Angesichts der Scheidungsstatistik hatte ich allerdings meine Zweifel an diesem Versprechen, zumindest was das *Vorübergehende* der Trennungen betraf. Kurzum, meine Sehnsucht ging allein dahin, mich jeden Abend mit Jule im gemeinsamen Bett unter unserem Dach zusammenzurollen, von der Tante in den Schlaf gesungen und in unseren Träumen vom Murmeln des Baches begleitet.

Ich hatte Angst, Conni und Johanna in diesem Zustand zu begegnen. Ich schämte mich für meine Abhängigkeit, für meine Schwäche.

Außerdem war mir nicht klar, ob meine Urlaubssympathie sich so einfach in den Alltag transportieren lassen würde. Es wäre mir lieber gewesen, die Erinnerung an zwei nette Frauen zu behalten, als in der Realität womöglich entdecken zu müssen, daß wir zu verschieden waren, um uns anderswo als auf der Insel der Göttin zu verstehen.

Daß wir überhaupt fuhren, hatten wir in erster Linie unserer Hündin zu verdanken, die sich in Sehnsucht nach ihrer Freundin Laika verzehrte. Und da wir auf dem Weg in die Herbstferien sowieso durch Connis Dorf kamen, nahm ich schließlich die Einladung an.

Kurz vor der Haustür in dem kleinen, idyllisch gelegenen Dorf auf der Schwäbischen Alb wurde mir klar, daß es meine Angst vor Enttäuschung war, die mich zögern ließ. Immer wieder ertappte ich mich dabei, daß möglichst alles so bleiben sollte, wie es war, ohne genaues Hinschauen, ohne Veränderung, denn bei genauerem Hinschauen warteten doch nur Enttäuschungen, und nach Veränderungen kam ohnehin nichts Besseres nach.

Die zwei Frauen hatten mich auf Kreta begeistert mit ihrer Art zu sein und mit Lust und Offenheit ein ungewöhnliches Leben zu meistern. Es hatte mir Mut gemacht, hatte mich inspiriert. Ich hatte mir auch schon angewöhnt, mich selbst und mein Leben nicht ständig durch die Brille der Frauenliebe verachtenden Moralisten zu betrachten. Wenn nun das alltägliche Leben von Conni und Johanna meiner skeptischen Betrachtung nicht standhielte... Würde ich dann nicht auch mein Leben wieder mit der alten Skepsis betrachten? Und tat ich das nicht ohnehin schon wieder? Waren nicht alle Entwicklungen zwischen Jule und mir dazu angetan, unsere Liebe mit Skepsis zu betrachten?

„Mit Skepsis sind alle Beziehungen zu betrachten, die so tun, als kennen sie keine Konflikte, als laufe alles glatt und gut, in denen der Teppich aber gute zwanzig Zentimeter über dem Parkett schwebt, weil all der darunter gekehrte Dreck ihn im Lauf der Zeit auf dieses Niveau angehoben hat. Das verdient Skepsis."

Das war die Weisheit unserer Gastgeberinnen.

Nach herzlicher Begrüßung saßen wir in Connis gemütlicher Küche, und es ging unvermutet leicht und schnell, den Kontakt neu zu knüpfen und den beiden meinen Kummer zu zeigen.

Mitten auf den liebevoll gedeckten Kaffeetisch legte ich ihn, und beide betrachteten ihn von allen Seiten und zeigten mir, wo er durch meine Fußtritte Beulen bekommen hatte und wo er glatt und schön war, poliert von meinen Tränen, die sie nicht verachteten, im Gegenteil. Sie lachten mich jedenfalls nicht aus.

Draußen tobte ein Herbststurm, der die letzten Blätter von den Bäumen riß, Regen prasselte an die Fensterscheiben. Drinnen war es gemütlich warm, im Herd knisterte ein Holzfeuer. Conni hatte einen Topf darauf gestellt, in dem etwas eigens für uns Erdachtes vor sich hin köchelte. Die beiden Hunde lagen aneinander geschmiegt unter dem Tisch, und Laikas genußvolle Seufzer verrieten, daß sie nur so tat, als zierte sie sich, von Lara geküßt zu werden...

Auch ich zierte mich etwas, als Johanna anbot, meinen verspannten Nacken zu massieren, in dem sich alle Ängste der Welt zu einem dicken Knoten verdichtet hatten. Während die Hundemütter in die liebevolle Betrachtung ihrer schmusenden Vierbeiner vertieft waren, führte Johanna mich in den oberen Stock zu einem Bett, auf dem ich mich ausstrecken und meinen Kopf in ihren Schoß legen sollte.

Was für ein Ort: ihr Schoß! Hatte ich mir tatsächlich in all den Monaten seit Kreta gewünscht, ihr so nah zu sein? Wenn ja, war dieser Wunsch ganz tief in mir vergraben gewesen neben anderen Dingen, die, wie ich argwöhnte, am Leben nur hinderten.

Da lag ich hingestreckt, meinen Kopf in Johannas Schoß und ihre Hände auf meinen Schultern, um sie zu kneten. In mir stieg eine große Verwirrung auf, die ich zu verbergen suchte, so gut es ging. Das wiederum ging nur über weitere Verknotungen, und so kam es, daß ich hinterher verknoteter war als vorher. Ich lag da, schloß die Augen und hoffte inständig, daß Johanna nicht fähig sein möge, meine Gedanken von meiner Stirn abzulesen oder aus irgendwelchen anderen Partien meines Gesichtes, das ausgebreitet und ausgeliefert unter ihr lag wie die Tageszeitung.

So könnte es sein, schoß es mir durch den Kopf. So mich gehalten fühlen, geborgen, von Händen umsorgt, die Sicherheit verrieten und wußten, was sie taten. Ich fühlte, wie Tränen in mir aufsteigen wollten, und verknotete mich schnell noch ein bißchen mehr, um sie nicht weiter als bis zur Brust kommen zu lassen oder höchstens bis in die Kehle, wo sie sich in einem ungewollten Seufzer breit machten, den Johanna gründlich mißverstand.

„Tu ich dir weh?"

Ich merkte, daß alle Härchen im Nacken und auch die fast unsichtbaren im Gesicht sich unter Johannas Berührungen aufrichteten. Ich fühlte die Versuchung, mich einfach in diesen Schoß fallen zu lassen und mich ganz ohne Bedenken in diese Hände zu legen. Ich fühlte, daß sie in der Lage sein könnten, meine Sorgenfalten glattzubügeln, mich zu trösten und sogar zum Lachen zu bringen, wenn nicht gar zum Leben. Gleichviel gab ich mir alle Mühe, solche Gefühle in irgendwelche Unterwelten zu verbannen, was schwierig war, so eingehüllt in Johannas Gegenwart und ihren Duft.

Ich hatte mal gelesen, daß die Grundsubstanz aller Parfüms aus Walfischinnereien hergestellt wird. Es klang sehr unappetitlich, und dankbar verfolgte ich jetzt diesen Gedankenstrang, der versprach, mich aus verbotenen romantischen Phantasien herauszuführen.

„Nein, du tust mir nicht weh. Aber ich glaube, die ganze Massage hat nicht viel Sinn, es löst sich gar nichts."

„Komisch. Kannst du nicht mal ganz loslassen?"

Wenn du wüßtest, was passieren könnte, wenn ich ganz loslassen würde! Allein die Vorstellung machte mich schwindelig und bewog mich, die Prozedur so schnell wie möglich abzubrechen, ohne Johanna zu beleidigen.

Am Abend war ich dann so verkrampft, daß ich nicht mal mehr den Kopf drehen konnte, und ich fragte mich insgeheim, ob das ein Zeichen des Himmels war, hatte ich doch irgendwie gerade begonnen, meinen Kopf nach anderen Frauen zu verdrehen. Dennoch wurde es ein sehr heiterer Abend. Nachdem ich meine Verwirrungen in den Griff bekommen hatte – um den Preis eines immer steifer werdenden Genicks –, konnte ich die freundliche und offene Gegenwart der beiden Frauen genießen, mir mit einem Mal sogar vorstellen, meinen Kampf gegen Jules Reise aufzugeben, denn ich bekam eine Ahnung davon, daß das Leben auch ohne sie weitergehen könnte. Immerhin gab es Frauen, die mich begleiten würden. Damit kam tatsächlich wieder Licht in mein Dunkel.

Die romantischen Gefühle verschwanden endgültig, als Jule und ich noch mal in die Küche gingen, um unsere Hilfe beim Abwasch anzubieten, den unsere Gastgeberinnen mit viel Geklapper begonnen hatten, als sie uns in die Gästebetten verfrachtet wußten. Bei unserem Auftauchen erstarrten sie, dann brachen sie in herzliches Gelächter aus. Wir wußten nicht, was so komisch war, und wurden aufgeklärt, sobald Conni und Johanna wieder Luft schöpfen konnten: Unsere Nachtmode entsprach wohl nicht dem neuesten Trend, genausowenig wie unsere altmodischen Brillengestelle, die wir nur abends brauchten, wenn die Kontaktlinsen aus den Augen gepopelt waren. Die Verdoppelung machte unseren Auftritt wahrscheinlich so komisch. Ich konnte zwar mitlachen, aber ein bißchen irritiert war ich schon, daß mein Erscheinen offenbar nicht sehr verführerisch wirkte.

„Wir könnten ja mal miteinander losgehen und neue Brillen aussuchen", murmelte ich später Jule zu, die neben mir schon ganz tief atmete.

„Hm."

Ich hielt das für Zustimmung. „Jule, bist du ganz furchtbar müde?"

„Falls das ein Antrag sein soll, heißt die Antwort: müde ja, aber nicht *zu* müde."

Und so kam es, daß wir uns in dieser Nacht zum ersten Mal seit langer Zeit wieder liebten. Vielleicht weil wir uns in unseren unmöglichen Nachthemden so vereint fühlten.

„Vielleicht sollten wir uns auch neue Nachthemden leisten", murmelte Jule hinterher.

„Vielleicht sollten wir uns jeden Abend lieben, dann brauchen wir keine Nachthemden mehr", schlug ich vor. Unsere Nachthemden waren irgendwo am Fußende zusammengeknüllt.

Und dann schlief ich mit einem Lachen im Gesicht ein – zum ersten Mal seit vielen Wochen. Jule zu lieben hatte mich nicht traurig gemacht, wie ich befürchtet hatte, weshalb ich es schon lange vermied. Es war schön und aufregend gewesen. Das Leben würde weitergehen, und es würde auch in Jules Abwesenheit lebenswert sein.

✱

Im Haus der Tante unter den Kiefern war Ruhe eingekehrt, mehr, als mir lieb war. Die Tanten Martha und Martl hörten ihre Musik irgendwo im Himmel, schwor die Tante, wenn die Wehmut mich überfiel. Oma Lena hörte dort zwar wahrscheinlich keine Musik, aber auch sie war an diesem Ort, der schön sein sollte, von dem ich aber nichts wissen wollte; mir wären die Tanten und die Oma auf der Erde lieber gewesen. Sie fehlten mir alle miteinander. Der halbe Opa wohnte bei uns in der Neubausiedlung, damit meine Mutter, seine

Tochter, sich um ihn kümmern konnte. Die Tante mußte ja in die Schule. Es war still im Haus, und die Omatage, die auch ohne Oma noch so hießen, machten keinen richtigen Spaß mehr.

Tante Edith wurde noch merkwürdiger als sonst, verschloß sich tagelang in ihrem Zimmer und empfing Besuch von einer Dame, von der ich nur wußte, daß sie furchtbar schrill lachen und kreischen konnte. Tante Edith lachte nie mit, im Gegenteil, wenn die Dame gegangen war, blieb sie traurig und still zurück, und ich konnte den demütigen und verschleierten Blick nicht leiden, den sie dann trug. Es dauerte immer mehrere Tage, bis sie wieder schimpfte und den Kopf in den Nacken warf wie sonst, die Türen schlug und sich über alle und das ganze Haus aufregte. Wenn es soweit war, stellten die Tante und ich glücklich fest, daß sie wieder normal war. Erleichtert zwinkerten wir uns zu. Aber lustig war sie nicht, die Tante Edith. Die Tante war es auch nicht mehr. Das lag an dem Mannsbild, das immer noch nichts von sich hören ließ.

„Pfeif auf die Mannsbilder! Die bringen alle nur Unglück! Mach's wie ich..." riet Tante Edith. Sie sprach in Rätseln.

„Bist du denn glücklicher als ich?" fragte die Tante, und ich fand, sie hätte sich die Frage sparen können. Sogar ich hätte sie beantworten können.

„Ich könnte glücklich sein, wenn du nur wolltest und mich..."

„Fang nicht wieder damit an!" unterbrach die Tante. „Wir haben oft und lange genug darüber gesprochen. Ich bitte dich, tu dir nicht wieder weh. Ich wünschte, du würdest endlich eine Freundin finden, die dich glücklicher macht als diese Damen, die dich doch nur ausnutzen."

„Ich habe sie ja längst gefunden, aber diese Dame läßt sich ja lieber von einem Mannsbild ausnutzen, von dem man nicht mal weiß, ob es noch lebt oder schon im Schurkenhimmel ist. Wahrscheinlich sitzt er irgendwo hinter schwedischen Gardinen, bei seinen undurchsichtigen Geschäften kein Wunder." Tante Edith war wirklich gemein. Bis jetzt wußte ich lediglich von der schwedischen Frau. Von schwedischen Gardinen hatte mir niemand etwas erzählt. Vielleicht saß er ja mit seiner schwedischen Frau hinter schwedischen Gardinen; aber daß er es dort so lange aushielt! Er gehörte zu den Menschen, die Gardinen nicht leiden konnten. Wie oft zog er, wenn ich morgens im Schlafanzug zu ihm ins Zimmer schlich, mit einem Ruck die Vorhänge auf, um sich und mir all die wunderbaren Dinge zu zeigen, die Tantes Garten zu bieten hatte.

„Guten Morgen, meine schönen Kiefern!" schrie er zum Fenster hinaus. „Guten Morgen, ihr Vögel! Euer heutiges Konzert uns zu Ehren ist besonders wundervoll abgestimmt in Dur und Moll! Guten Morgen, du ganze wunderbare Welt! Was hast du heute vor mit mir und dem Tierchen hier?"

Er knuffte mich in die Seite und sagte lachend: „Wir müssen uns schnell anziehen. Die Welt wartet auf uns, damit der Tag losgehen kann. Los, Äffchen, spring in deine Kleider!"

Manchmal hatten wir es so eilig, daß wir gar nicht erst in unsere Kleider, sondern gleich in den Garten sprangen, mit ausgebreiteten Armen unter den Kiefern unsere Runden drehten und uns in freundlichen Morgengrüßen überboten, die wir jedem Blümchen, jedem Grashalm und jedem Käfer darbrachten und manchmal auch den Menschen, die am Zaun vorübergingen. Die meisten lachten beim Anblick eines halbnackten Mannes und eines kleinen Mädchens, das mit einer Hand die Schlafanzughose vor dem Absturz bewahrte, in der anderen eine Blume für die Tante hielt. Manche schüttelten den Kopf, aber das waren die, die uns sowieso nicht interessierten.

„Die müssen sich auf ihre ernsten Geschäfte vorbereiten", sagte das Mannsbild. „Geldverdienen ist eines der ernstesten Geschäfte, die es gibt. Es verdreht den Charakter und läßt einen das Lachen verlernen. Außer man verdient sein Geld wie deine Tante mit Kindern, von denen man das Lachen erst richtig lernen kann."

Wenn das so war, wollte ich auch Lehrerin werden. Das nahm ich mir fest vor.

Aber auch die Tante hatte inzwischen das Lachen verlernt, und es machte keinen Spaß mehr, in ihrem Häuschen zu sein. Vielleicht machte es mich am traurigsten, daß ich sie nicht trösten konnte, und ich begann, ihr Haus zu meiden.

Die Reisen im Doppeldecker mit meiner Freundin Jutta wurden länger und häufiger und schweißten uns zu einem unzertrennlichen Paar zusammen. Die Tage waren zu kurz, also trotzten wir unseren Eltern auch noch gemeinsame Nächte ab. Wir wohnten im selben Haus, einem rosarot gestrichenen Betonklotz mit sechs Aufgängen, in jedem Aufgang wohnten acht Familien. Wir wohnten im ersten, Juttas Familie im letzten.

Eigentlich war es keine richtige Familie, das Wichtigste fehlte: der Familienvater. Juttas Vater war Trommler. Juttas Mutter und Jutta nannten ihn Schlagzeuger, für mich war er der Trommler, und weil er auf dem Bild im Wohnzimmer so klein aussah, viel kleiner als seine Frau, war er für mich der „kleine Trommlerjunge" aus dem Weihnachtslied. Die Trommel schlug er auf dem Ozean, ich hörte ihn also nie. Er trommelte in einer Kapelle auf einem Schiff, das „Bremen" hieß und das ich mir vorstellte wie die „Titanic". Ich weiß nicht, ob Jutta und ihre Familie sich manchmal Sorgen machten, daß er eines Tages mit Mann und Maus und Trommel untergehen könnte. Mich beschäftigte seine abwesende Existenz sehr, ich kam zu der Einsicht, daß ein abwesender Familienvater sehr praktisch war. Es gab ihn, man war also nicht vaterlos, was ein schrecklicher Makel war, aber er konnte einem nichts verbieten. In Juttas Fall übernahm die Mutter allerdings die Rolle des Vaters mit und spielte in ihrem und damit auch in meinem Leben perfekt die Doppelrolle des gestrengen Vaters und der liebevollen Mutter. Es war ein bißchen anstrengend, und wenn ich nach unserem Erkennungspfiff in Juttas Welt eingelassen wurde, mußte ich immer zuerst herausbekommen, in welcher Rolle die Mutter sich gerade befand: In der einen konnten wir mit ihr Pferde stehlen, in der anderen war mit ihr nicht gut Kirschen essen. Aber Kirschen gab es bei Jutta sowieso fast nie, die waren viel zu teuer. Sie waren nämlich arm, sagte mein Vater, und das sei ja auch kein Wunder, wenn der Mann sich auf allen sieben Meeren herumtrieb, statt für die Familie zu sorgen. Ihm würde das nicht im Traum einfallen! Ich dachte, daß sie ihn auf so einem wunderbaren Schiff wahrscheinlich gar nicht haben wollten, wer würde da schon einen Arzt brauchen? Oder einen Schwarzseher, wie er nun mal einer war?

Jutta hatte eine ältere Schwester und einen Bruder. Die Schwester wurde zum Objekt meiner geheimen Sehnsucht, aber aus Erfahrung klug geworden, unterließ ich es, ihr meine Liebe schriftlich oder mündlich zu offenbaren. Ich hatte auch Angst, Jutta könnte verletzt sein, wenn ich ihre Schwester ein kleines bißchen mehr liebte als sie, oder war es nur eine andere Art Liebe? Juttas Bruder indessen erkor mich zum Objekt seiner pubertären Liebesanfälle, und das war für mich manchmal ziemlich schmerzhaft. Jungen zeigten ihre Liebe nie durch poetische Briefe – man könnte glatt meinen, sie hätten in der Schule nie schreiben gelernt –, sondern durch Knüffe und Püffe, die wohl ihre Art von Zärtlichkeit ausdrücken sollten. Mir machten sie blaue Flecke, ich konnte gut darauf verzichten.

Außerdem gehörte zu Juttas Familie die Boxerhündin Assi.

„Typisch", befand mein Vater. „Selber nichts zum Beißen haben, aber einen Hund durchfüttern."

Ich fand das sehr liebenswert, daß sie den Hund fütterten, denn Assi kam aus dem Tierheim, und wer weiß, ob sie sie dort ewig durchgefüttert hätten oder ob sie als Waisenkind elend verhungert wäre! Man wußte nie, wen Jutta mehr liebte – ihre Mutter, wenn die in der Mutterrolle war, Assi oder den abwesenden Vater, der auf dem Meer trommelte.

Als er zu alt wurde zum Trommeln, kam er nicht nach Hause, sondern blieb in irgendeinem Hafen bei irgendeiner Frau, die auch seine Frau war und mit der er auch eine richtige Familie mit Kindern hatte. Ob es dort auch einen Hund gab, wußte niemand. Als ich Juttas Mutter danach fragte, warf sie mir nur einen komischen Blick zu und überlegte sichtlich, in welche Rolle sie schlüpfen sollte. Sie entschied sich Gott sei Dank für die sanftere, und so bekam ich zwar keine Antwort, aber ein herzhaftes Lachen statt Schimpfen.

Manchmal fragte ich mich, ob das Mannsbild der Tante auch in einem fremden Hafen geblieben war. Aber er hatte ja noch die Schwedin, und daß ein Mann *drei* Frauen haben konnte, schien mir zwar unvorstellbar, aber nicht unmöglich. Mir schien mittlerweile bei den Erwachsenen gar nichts unmöglich zu sein. Unmöglich fand ich, daß sie bei all ihren Unmöglichkeiten immer noch meinten, sie hätten den lieben Gott auf ihrer Seite. Aber auch das war nicht auszuschließen, hatte ich doch erkannt, daß auch der nur ein Mann war.

Juttas Schwester Karin war wirklich Kommunistin und machte kein Hehl daraus. Ich liebte sie trotzdem, ich hatte ja bisher mit Kommunistinnen auch nur gute Erfahrungen gemacht. Ich kannte nur sie und die Tante, und beide waren irgendwie ähnlich. Die Lieder, die Karin mir beibrachte, klangen entweder wie Marschmusik oder erzählten von einsamen Frauen oder Männern in einem Land, das Steppe hieß oder Taiga oder so ähnlich. Um möglichst viel mit Karin zusammenzusein, wurde ich auch kommunistisch, das heißt ich lernte von ihr Gitarrespielen und Singen. Wenn wir gerade ein wehmütiges Lied lernten, dessen Text aus „Tschs" und „Ks" und „Grks" bestand und von dem ich nur die Melodie wirklich verstand, weil ich auch so eine wehmütige Ecke in meinem Herzen hatte, schmolz ich fast hin vor Karin und hatte alle Mühe, daß sie es nicht merkte.

Karin und Jutta hatten ein Zimmer, das hatten meine Schwester und ich auch, obwohl wir nicht arm waren. Aber bei uns war der Abstand zwischen den beiden Betten so groß, daß wir eine ganze Rolle Lakritze dazwischen aufwickeln konnten. Wir fraßen uns von unseren Betten zur Mitte hin durch, und dort stießen wir manches Mal heftig mit den Köpfen zusammen, weil jede mehr Lakritze kriegen wollte, als sie der anderen gönnte. Wir waren keine guten Kommunistinnen, wir teilten nicht gern. Gute Kommunisten wollten alles teilen, sagte die Tante, und wahrscheinlich liebte mein Vater sie deshalb nicht: Er teilte auch nicht gern; er wollte immer alles für sich allein, besonders meine Mutter.

Bei Jutta und Karin waren die Betten nur durch einen schmalen Gang getrennt, und ich hätte Karin mühelos von Juttas Bett aus berühren können, was ich wohlweislich unterließ. Aber ich tat es in Gedanken und Träumen, und die regten mich so auf, daß ich mich nicht traute zu atmen, aus Angst, mein aufgeregter Atem könnte mich verraten. So verbrachte ich viele Nächte mit Jutta in einem Bett und nahm doch mehr die Gegenwart aus dem anderen Bett wahr. Niemand hatte mir etwas von Aura oder Energiefeldern erzählen müssen, damit ich wußte, daß Karin und ich uns auf geheimnisvolle Art doch berührten, daß unsere Energien zu einer einzigen, sehr explosiven Energie verschmolzen, ich brauchte die Berührung ihrer Hände nicht zu spüren, um mich zu sehnen, mich in diese Hände fallen zu lassen.

Ich tat gut daran, mich zu hüten und meine Liebe geheim zu halten, denn Karin brachte bald einen jungen Mann mit, und es gab immer mehr Nächte, in denen ihr Bett leer blieb und ich mich neben meiner Freundin Jutta vor Sehnsucht nach ihrer Schwester verzehrte und der Kummer mich am Schlafen hinderte. Mit offenen Augen ins Dunkel starrend betete ich, die Mutter möge endlich in die Rolle des Vaters schlüpfen, um der *Unzucht* – wie mein Vater das nannte – ein Ende zu machen. Aber sie hielt es lange in der sanftmütigen Rolle aus und wechselte diese nur, um Jutta und mir klarzumachen, daß Hunde nicht ins Bett gehörten.

Meine unausgesprochene Sehnsucht nach Juttas Schwester weckte nämlich Juttas Sehnsucht nach ihrem Vater, die sowieso immer nah unter der Oberfläche lauerte, und da wir uns in unseren sehnsüchtigen Zuständen unmöglich gegenseitig trösten konnten, holten wir Assi ins Bett, um unsere tränenfeuchten Gesichter in ihr Fell zu schmiegen.

✶

Jules und meine Liebesnacht unter Connis Dach auf der Alb hinterließ keine bleibenden Spuren, höchstens eine Spur Sehnsucht mehr in meinem Herzen.

Als Jule sich verliebte, konnte ich mich nicht in Laras Fell vergraben mit meinem Kummer und meiner Eifersucht, denn Lara schien mehr Trost zu brauchen als ich. Ihre Hundeseele war durch die lang anhaltende miese Stimmung im Haus ziemlich strapaziert. Sie verbrachte die Tage auf ihrer Decke unter der Treppe und kam nur noch in die Küche, um ihr Futter abzuholen. So hatte sie unsere Auf- und Abgänge über die Treppe im Blick, wahrscheinlich wollte sie verhindern, daß eine unbemerkt verschwand. Zumindest schien die Hündin fest daran zu glauben, daß sie von diesem Platz aus alles unter Kontrolle hatte.

Es verschwand aber vorerst keine, sondern es kam eine dazu.

Ich hatte mich nach dem Besuch bei Conni und Johanna aufgemacht, neue Räume zu erkunden, und Maria war die erste Fremde, die ich an mein vorsichtig geöffnetes Herz heranließ. Wir lernten uns bei Gottesdiensten der Friedensbewegung kennen. Ich hatte mich wieder mal auf die Suche nach dem Gott der Erwachsenen gemacht. Die vielen ungeweinten Tränen bei diesem Gott abzuladen, schien mir zunehmend praktisch.

Vielleicht war er beleidigt, daß ich ihn so zum Hüter meines privaten Schuttabladeplatzes machte. Jedenfalls schickte er mir Maria ins Haus, die ich attraktiv, klug und überhaupt bemerkenswert fand. Wir verloren uns in langen Gesprächen über Gott und die Welt, bis ich merkte, daß ihre Besuche gar nicht mir galten, sondern meiner Geliebten.

„Ich habe dir etwas mitgebracht, das dich auf deiner Reise nach Kanada beschützen soll", sagte Maria leise zu Jule, als ich ins Zimmer kam.

Jule hatte inzwischen ihren Flug nach Kanada gebucht. Ich selbst hatte zur Verwirklichung ihrer Pläne beigetragen, ich hatte mit Jule zusammen den Brief verfaßt, in dem sie um ein Jahr Beurlaubung vom Dienst bat. Ich wurde den Verdacht nicht los, daß es sich dabei auch um eine Beurlaubung von mir handelte. Dieser Verdacht wurde jetzt im wahrsten Sinn des Wortes in einem Augen-Blick bestätigt.

„Und dann ist hier noch ein Brief. Damit du mich nicht vergißt."

Damit überreichte Maria Jule – *meiner* Jule – ein Kuvert. Mehr als die Worte befremdete mich die Farbe, die Jule bei diesen Worten annahm. Ihre ohnehin gute Gesichtsfarbe verwandelte sich in tiefes Rot, ihre Augen bekamen jenen Glanz, den am liebsten nur ich da hinein zaubern wollte.

Es schien ihr die Sprache verschlagen zu haben. Aber das war ja schließlich auch eine Sprache, eine ziemlich deutliche sogar. *Damit du mich nicht vergißt...* ich hatte bis dahin nicht mal bemerkt, daß Maria bei ihren Besuchen Jule überhaupt wahrgenommen hatte.

Ich verschwand leise, so daß die zwei nicht merkten, daß ich Zeugin dieser Szene geworden war.

Es war wahrscheinlich wie bei vielen Dingen: Hundertmal gehst du daran vorbei, und eines Tages entdeckst du einen Krug, einen Sprung im Holz, ein Bild, eine Falte in deinem Gesicht oder in dem deiner Geliebten. Plötzlich ist es da, weil du einen Blick dafür bekommen hast. So ging es mir mit Marias Besuchen. Plötzlich sah ich den Blick zwischen den beiden, der mir klarmachte, daß sie nicht meinetwegen zu uns kam. Oder wenigstens nicht nur.

Was stimmte bei uns nicht? Was hatten wir falsch angepackt? Warum war alles so anders gekommen, nachdem ich hierher gezogen war?

Ich hatte ausgiebig Zeit, über diese Fragen nachzudenken, aber trotz allen Nachdenkens fand ich keine Antwort. Ich hatte Zeit, weil Jule mit Maria, mit den Gefühlen zu ihr oder den Reisevorbereitungen beschäftigt war. Sie war da, aber eigentlich war sie nicht da; dieser Zustand stürzte mich in schreckliche Ohnmacht. Ich hätte sie schütteln mögen.

Es war Hochsommer, aber wir lebten überwiegend bei geschlossenen Fenstern, damit die Nachbarn so wenig wie möglich von unseren täglichen Auseinandersetzungen mitbekamen. Dabei hätten wir sie uns sparen können. Das Seil zwischen uns, an dessen beiden Enden wir mit aller Kraft zogen, war zum Zerreißen gespannt, und ich hatte Angst, daß es zerriß. Noch größere Angst hatte ich davor, daß Jule gehen könnte, bevor die Angelegenheit mit Maria geklärt war. Die Zeituhr lief: Die Flugtickets lagen in Jules Schreibtisch, auch sonst waren alle Vorbereitungen getroffen. Und ich wußte genau, wie die Klärung unserer Probleme auszusehen hatte: eine möglichst schnelle Beendigung der Affäre. Immer weiter rutschte ich in die Rolle der vorwurfsvollen Bittstellerin, dabei hätte ich mich, statt in dieser Tragikomödie mitzuspielen, ruhig im Sitz zurücklehnen und den Ausgang des Spektakels abwarten können. Der war nämlich so wenig beeinflußbar wie der Fernsehkrimi am Freitagabend.

„Hör auf!" schrie ich, wenn Jule mit verklärt-abwesendem Blick und in einen lächelnden Kokon des Glücks eingesponnen, von einem ihrer Treffen mit Maria zurückkam. Ich wollte Maria nicht mehr in unserem Häuschen sehen, ich fühlte mich von ihr doppelt verraten. Ich dachte, sie sei im Begriff, meine Freundin zu werden, statt dessen klaute sie mir klammheimlich die Freundin. Nach einer Aussprache, in der sie lakonisch feststellte, daß es die ewige Liebe wohl nicht gebe, und wir beide feststellten, daß wir verschiedene Sprachen benutzten, beschlossen wir stillschweigend, uns aus dem Weg zu gehen. Also mußte Jule sich außer Haus mit ihr treffen. Daß damit die Angelegenheit meiner Kontrolle entzogen war, machte mich fast verrückt – wie gesagt, ich konnte mich schlecht in meinen Sessel zurücklehnen und den Ausgang des Melodrams abwarten. Ich wollte Regie führen, aber die Darstellerinnen gehorchten anderen Anweisungen als den meinen.

Ich hatte damals noch nicht begriffen, daß jeder Mensch machtlos ist gegen die Macht der Liebe. Ich glaubte noch an Treueversprechungen, es war mir nicht klar, daß Treue ein freiwilliges Geschenk ist, das niemand einklagen darf. Ich ahnte aber, daß ich mit Jules Entfernung von mir etwas zu tun hatte, und diese Ahnung, die langsam zu einer schmerzlichen Klarheit heranwuchs, nagte an meinem Selbstwertgefühl. Was hatte ich versäumt? Was konnte ich meiner Geliebten nicht geben, daß sie sich immer mehr entfernte?

Als ich unsere Gespräche auf diese Ebene zu lenken versuchte, mußte ich einsehen, daß Verliebte sich außerhalb jeder Logik bewegen. Ich aber, weit davon entfernt, verliebt zu sein, argumentierte logisch.

„Hör auf, Jule", flehte ich. „Du machst unsere Beziehung kaputt!"

„Ich habe sie ein- oder zweimal geküßt, was ist dabei?"

„Es kommt nicht darauf an, wie oft ihr euch geküßt habt oder noch küssen werdet! Es kommt darauf an, daß ich dich nicht mehr spüre, daß du weggegangen bist, bevor du abgeflogen bist, daß du mir helfen mußt, mich zurechtzufinden!"

„Stell dich nicht so an. Es bleibt alles, wie es war. Ich will mit dir zusammenleben und alt werden."

„Aber wir leben doch schon längst nicht mehr zusammen, wir teilen lediglich ein Haus."

„Das tun die meisten; das ist Zusammenleben."

„Ich bin aber nicht zufrieden damit! Ich will mehr! Ich will unseren Traum von wirklicher Liebe und wirklichem Glück nicht begraben!"

„Hab Geduld. Es wird sich wieder ändern. Warte, bis ich zurück bin. Laß mir Zeit, mich zu ordnen, ohne dich und ohne Maria."

Dabei sah sie mich liebevoll und bekümmert an wie früher, und ich wußte ja auch, daß das ein vernünftiger Vorschlag war, indessen befand ich mich längst in einem Zustand jenseits jeder Vernunft und verlangte, daß Jule die Angelegenheit mit Maria *vor* ihrer Abreise klärte. Ich wußte in einem vernünftigen Winkel meines Herzens, daß es so nicht gehen konnte, aber ich war nicht mehr vernünftig.

Wenn ich abends allein in meinem Bett unter dem schrägen Dach lag, mit offenen Augen in die Dunkelheit starrte und mich selbst bemitleidete, meldete sich die Tante zu Wort.

„Glaubst du wirklich, es würde dich glücklich machen, wenn du deine Jule zum Hierbleiben zwingst?" fragte sie.

„Blöde Frage", erwiderte ich genervt, „sie läßt sich ja nicht zwingen."

„Zum Glück nicht. Ich hoffe, sie bleibt dabei."

„Sag mal, liebe Tante, bist du eigentlich für mich oder gegen mich?" schnaubte ich entrüstet.

„Ich bin für dich, seit du in mein Leben geschneit bist. Ich habe kaum einen Menschen so geliebt wie dich – und deine Mutter. Die Liebe zu dem Mannsbild und allen anderen Männern war etwas ganz anderes. Und weil ich für dich bin, bin ich dagegen, daß du um Zweitbestes kämpfst."

„Du findest, Jule sei etwas Zweitbestes? Ich dachte, du liebst sie?"

Ich konnte mir die Genugtuung, die Tante so in die Enge getrieben zu haben, nicht verkneifen.

„Jule ist nicht das Zweitbeste, Quatsch! Mißversteh mich doch nicht absichtlich! Das Zweitbeste ist eine Liebe, um die du betteln mußt. Selbst wenn du sie bekommen solltest, wird sie dich nicht glücklich machen."

„Aber Jule hat mir ihre Liebe *versprochen*."

„Sie liebt dich auch. Aber sie ist anders als du. Frag dich mal, ob du sie liebst..."

„Aber liebe Tante, hier geht es doch um..."

„Unterbrich mich nicht. Ob du sie liebst, wie sie ist. Mit ihren Plänen, ihrer Flatterhaftigkeit und allem, was dir so unverständlich erscheint."

Ich erinnerte mich daran, wie oft Jule sich in unseren Streitereien dagegen gewehrt hatte, so zu werden, wie ich sie haben wollte, was für sie gleichzeitig bedeutete, so zu werden, wie ich war.

„Wenn ich dir nicht recht bin, dann leb doch mit deinem Spiegelbild", sagte sie oft.

Das mit dem Spiegelbild fiel ihr ein, weil wir ans Klonen noch nicht dachten. Aber etwas in der Art meinte sie wahrscheinlich.

„Unsinn, ich liebe deine Andersartigkeit, deine Leichtigkeit, ich will keine Partnerin, die ist wie ich."

Ich lernte von ihr, ich genoß ihre Art, das Leben zu sehen. Ich liebte es, durch ihre Brille Menschen, die Welt und Tiere – ihre geliebten Tiere – zu betrachten. Durch diese

Brille bekam alles etwas Liebenswürdiges, was mein eher skeptischer Blick, ungeliebtes Erbe meines Vaters, den Dingen nicht zu verleihen vermochte. Aber ich liebte es nur, wenn es mir nicht wehtat. In Wirklichkeit wollte ich eine Partnerin, die war wie sie *und* ich. Eine Mischung aus uns beiden. Was für ein Unsinn mir durch den Kopf ging!

„Tante, ich fürchte, du bist nicht mehr ganz von dieser Welt. Ich weiß nicht, ob du dir vorstellen kannst, wie weh Liebeskummer tut."

„Und ob ich das kann. Aber ich kann nicht verstehen, daß du aufhörst, zu glauben, zu hoffen und dich selbst zu lieben, nur weil Jule eine Zeitlang eigene Wege gehen will. Immerhin bekommst du schon graue Haare. Man könnte erwarten, daß du begriffen hast, daß du dein Glück nicht aus Jule beziehen kannst, sondern nur aus dir selbst und dem Wunder deines Lebens."

Das Wunder meines Lebens – welch große Worte! Dazu hätte ich an Wunder glauben müssen. Und das hätte ich auch können, denn Wunder hat es in meinem Leben immer wieder gegeben. Aber ich hatte die Angewohnheit, das immer dann zu vergessen, wenn es ganz besonders nötig gewesen wäre, mich daran zu erinnern.

★

In Tantes Häuschen ereignete sich das Wunder zu einer Zeit, als wir alle nicht mehr daran glaubten.

Die Tante und ich waren allein zu Hause. Wir waren beide in unsere Traurigkeit eingesponnen, die Tante wegen des Mannsbildes, ich wegen meines Liebeskummers. Karin schlief nicht nur regelmäßig bei ihrem Freund, sie hatte sogar die Absicht, ihn zu heiraten. Das teilte Juttas Mutter uns mit ihrer sanftesten Mutterstimme mit. Es würde das Ende der Unzucht bedeuten, mein Vater sagte immer, die Ehe sei ein heiliger Stand und heilige alles. Was immer das sein sollte: *alles!* Es bestand jedenfalls kein Grund mehr, darauf zu warten, daß die Mutter in der Vaterrolle mal ordentlich dazwischenfahren würde, um Karin in ihr Bett zurückzuscheuchen. Wohin sie schließlich gehörte, aber davon war anscheinend nur ich überzeugt. Jutta war es recht, daß sie das Zimmer für sich allein haben sollte, sie hatte sogar vor, das zweite Bett nach der Heirat hinauszustellen, um sich mehr ausbreiten zu können. Sie brauchte den Platz, und ich gönnte ihn ihr – aber doch nicht so!

Da ich nach wie vor niemanden in meine Gefühle einweihen wollte, mußte ich auf Verbündete verzichten und mich mit meiner Niederlage abfinden. Es leuchtete sogar mir ein, daß kein Mensch mir zuliebe auf die Ehe verzichten würde, wenn ich ihm meine Liebe nicht mal gestand. Das aber wollte ich um keinen Preis, mir war klargeworden, daß Mädchen keine Mädchen lieben durften, Frauen keine Frauen und Männer keine Männer. Das gab es nur in blöden Witzen, die die Erwachsenen sich erzählten. Wenn ich dabei war, wurde ich rot vor Scham. Meistens war ich nicht dabei. Witze wurden nach der dritten Flasche Wein erzählt, wenn irgendwelche Freunde meines Vaters uns besuchten und ich schon längst ins Bett geschickt worden war. Ich fragte mich, wie es diesem *Detlef,* von dem die meisten Witze handelten, ginge, wenn er wüßte, daß meine Eltern sich über ihn lustig machten. Ich wußte aber nicht, wer er war und wo er wohnte. Sonst hätte ich ihn fragen und vor allem hätte ich ihn meiner Sympathie versichern können, denn ich fand nichts Witziges an ihm. Als ich meinen Vater danach fragte, sagte er nur: „Du solltest dich nicht soviel bei den beiden Frauen herumtreiben, sonst wirst du es nie verstehen."

Mit den beiden Frauen meinte er die Tante und Tante Edith, und was die mit Detlef zu tun haben sollten, war mir erst recht schleierhaft.

Bei all den Schleiern war mir aber doch klar, daß ich mein Geheimnis nicht lüften durfte. Sie würden mich auslachen wie Detlef, und darauf wollte ich es nicht ankommen lassen. Nichts verletzte mich mehr als ausgelacht zu werden.

Die Tante und ich versuchten, Mensch-ärgere-dich-nicht zu spielen, aber es war so ein Abend von der Sorte, wo man ganz still und trödelig wird, weil die Kiefern draußen den Atem angehalten hatten.

„Es liegt ein Wetter in der Luft", sagte die Tante und schmiß mich raus.

„Woran merkst du das?"

„Weil die Welt den Atem anhält. Horch mal – man hört nichts..."

Genau in diesem Moment hörten wir Schritte auf dem Kiesweg im Garten. Mir wurde ganz gruselig, und ich glaube, die Tante hatte auch ein bißchen Angst, denn sie legte den Finger auf die Lippen, um genau hinzuhören und mich am Weiterplappern zu hindern.

„Es ist doch noch viel zu früh für Edith", stellte sie fest.

„Wer kann das sein?" Ich traute mich nur zu flüstern.

In dem Moment wurde die Tür unten aufgerissen, die Stimme des Mannsbildes dröhnte: „Ich bin's!" Als wäre er vor ein paar Stunden fortgegangen und nicht vor zwei Jahren.

Die Tante schnappte nach Luft und wurde blaß. Im nächsten Augenblick wurde sie rot wie eine Tomate, und mit der Farbe hatte sie auch ihre Stimme wiedergefunden.

„Wag dich ja nicht herein, ohne dir die Füße abzutreten, und häng den Mantel ordentlich auf unten!" schrie sie in ihrer schönsten Generalsstimme.

„Na, hier hat sich ja nichts verändert", bemerkte das Mannsbild nur.

Ich wunderte mich sehr über die Erwachsenen. Da weinten sie sich fast zwei Jahre lang die Augen nacheinander aus, und dann taten sie, als sei nichts gewesen, als sei die Zeit zwei Jahre still gestanden wie die Kiefern vor einem Gewitter. Ich wollte mich damit jedenfalls nicht zufrieden geben und rief hinunter: „Wo warst du? Warum bist du nicht gekommen? Was ist passiert?"

Ich konnte gar nicht so schnell reden, wie die Fragen aus mir heraussprudelten, bei der letzten Frage war das Mannsbild bei uns oben angekommen, den Mantel hatte er gar nicht erst ausgezogen, er sah aus wie immer, nur die Haare waren etwas dünner und weniger geworden. Vielleicht war die Zeit ja wirklich stehen geblieben, und ich hatte mir nur eingebildet, daß er so lange weggewesen war.

„Mein Tierchen, wie habe ich dich vermißt!" Ich hatte mir also doch nicht eingebildet, daß er lange weg war, früher hatte er mich nie vermißt. Er hob mich hoch und drehte sich mit mir übermütig im Kreis.

„Du bist groß geworden, und schwerer. Oder ich habe nicht mehr soviel Kraft wie früher. Puh!" Schnaufend setzte er mich ab und wandte sich der Tante zu.

„Untersteh dich, dem Kind jetzt all die Fragen zu beantworten", schnaubte sie und baute sich vor dem Mannsbild auf wie ein richtiger, fuchsteufelswilder General. „Das ist wie mit dem Heiraten: Erst komme ich dran!"

Anscheinend würde doch etwas aus den Hochzeiten werden, fast verflog die Traurigkeit, die ich wegen Karins Hochzeit hatte. Dann fiel mir noch eine Hochzeit ein.

„Fast hätte die Tante geheiratet, dann wärst du zu spät dran gewesen und hättest gleich mich nehmen müssen!" sprudelte es aus mir heraus. Das Mannsbild zog die Augenbrauen hoch, und die Tante tat etwas, was sie noch nie getan hatte: Sie schickte mich ins Bett. Ich nahm es ihr nicht übel. Ich wußte inzwischen, wie schön Zweisamkeit war, ich gönnte ihr das Mannsbild an diesem ersten Abend allein.

Als ich im Bett lag, hatten die Kiefern aufgehört, den Atem anzuhalten. Das Gewitter war da, der Wind pfiff durch die Zweige, riß ein paar Zapfen herunter, rüttelte an den Fensterläden und fegte den Regen in wilden Böen an die Scheiben.

Wie gut es war, bei diesem Wetter bei der Tante im Bett zu liegen, unter ihrem Dach, geborgen in der Anwesenheit der beiden geliebten Menschen, deren Stimmen mich murmelnd in den Schlaf begleiteten.

Und wie gut, daß das Mannsbild rechtzeitig vor dem Wetter nach Hause gekommen war!

★

Das Wetter bei uns zu Hause brach zwar nicht überraschend über uns herein, dafür aber nicht minder heftig. Unser Häuschen, wir und selbst die Tante im Dach hatten den Atem angehalten. Jule wohl in erster Linie, weil sie nichts Falsches mehr sagen wollte. Ich denke, sie traute sich ganz einfach nicht mehr richtig durchzuatmen, weil jeder Atemzug von ihr eine Explosion bei mir auslösen konnte. Damit mußte sie rechnen. Ich traute mich nicht mehr, durchzuatmen, weil es viel zu weh tat. Mit jedem Atemzug wollte der Schmerz um unsere Trennung aus mir herausgeschrien werden. Nicht nur der um die aktuelle Trennung für ein halbes Jahr oder länger, sondern vor allem der um die *innere* Trennung.

Die Tante hielt wahrscheinlich den Atem an, weil die Luft im Haus und unter dem Dach zu dick war. Weil sie aber den Atem anhielt, fehlte der gute Geist, der Wind, der unsere vernagelten Seelen und Hirne durchlüftete, der die Hoffnung hätte wachsen lassen können.

So verbrachten wir die letzten Tage mit angehaltenem Atem, und als ich am Mittag des Tages, an dem Jule morgens weggeflogen war, die Haustür aufschloß, erwartete mich die ganze angestaute Traurigkeit, es fühlte sich an, als wenn sich all das zu einer Gegenwart verdichtet hätte, die fortan mit mir unter dem Dach leben wollte.

Ich schloß also die Haustür auf, froh, dem Oktoberregen entkommen zu sein, und fast im gleichen Moment siedelte sich der Kloß in meinem Hals an, der monatelang bleiben sollte. Gegenüber der Haustür sah ich mich im Spiegel, sah, daß mein Mund zusammengepreßt war und die Augen jeden Glanz verloren hatten. Die ungeweinten Tränen machten sie stumpf, die Angst war zum Dauergast geworden.

Lara freute sich zwar, daß wenigstens ich nach Hause gekommen war – ich vermute, sie glaubte damals an gar nichts mehr –, gleichzeitig war sie enttäuscht, daß nur ich kam und nicht ihr geliebtes Hauptfrauchen.

„Wir werden uns daran gewöhnen müssen, Lara."

Ich würde mich daran gewöhnen müssen, mich in Zukunft mit einem Hund zu unterhalten. Lara legte ihren Kopf schräg und sah mich fragend von unten an.

„Wir bleiben eine Weile allein, weißt du. Herbst, Winter und das ganze Frühjahr. Mindestens! Es lohnt sich jetzt noch nicht zu warten. Wir müssen es allein schaffen."

Aus Laras braunen Hundeaugen liefen Tränen. Ich hatte nicht gewußt, daß Hunde weinen können. Ich kniete mich zu ihr und legte mein Gesicht in ihr Fell, dankbar den Duft und die Wärme atmend. Den eigenen Tränen konnte ich noch nicht freien Lauf lassen. Ich hatte Angst, die aufgestaute Traurigkeit würde zu einem solchen Strom führen, daß er mich einfach fortschwemmte wie bei diesen schrecklichen Unglücken, wenn die Mauer eines Stausees bricht. Ich hütete meine Mauer und machte sie täglich höher und stabiler. So schluckte ich nur, und Lara weinte wie ein Mensch.

Die Traurigkeit war wie ein bitterer Geschmack im Mund. Ich mußte aufpassen, daß ich den Geschmack nicht hinunterschluckte, ich würde unweigerlich daran ersticken. Die Traurigkeit war wie ein Geruch, der sich im Haus festsetzte. Wenn ich draußen war, konnte ich den Geruch vergessen, aber nie den Geschmack in meinem Mund. Sobald ich die Haustür aufschloß, überfiel mich der Geruch. Er kroch in alle Poren und der Hündin ins Fell. Es ist der Geruch nach Hoffnungslosigkeit, der einsame Menschen umgibt und sie noch einsamer macht. Der Geruch, der in alten Wolldecken hängt, und wie eine alte Decke legte sich die Traurigkeit über das Haus. Die Decke war gewebt aus der Angst, eben doch keiner Liebe wert zu sein, zumindest nicht soviel wert, daß jemand meinetwegen auf eigene Lebenspläne verzichten würde. Liebe würde ich nur erfahren, wenn ich mich widerstands- und reibungslos in das Lebenspuzzle eines Menschen einfügen lassen würde, nicht wenn ich mich als zu kantig erwies. Das dachte ich, wenn ich mich in meinem Bett, in dem ich ja mal sterben wollte, zusammenrollte.

„Quatsch", sagte dann die Tante aus dem Dach herunter. „Du bist dein eigenes Lebenspuzzle. Schau es dir an: Es ist reich und bunt und schön. Und niemand wird es übersehen, wenn nur du selbst es siehst. Kein Mensch sollte Steinchen im Lebensmosaik eines anderen Menschen sein. Du darfst Jule aber auch nicht zu einem Puzzleteilchen in *deinem* Leben machen! Jeder Mensch legt sein Mosaik, webt seinen Teppich, andere können höchstens helfen, die passenden

Farben zu finden, gerissene Fäden neu zu verknüpfen. Das ist alles, und das ist genug."

„Du hast es gut", erwiderte ich ihr wohl an diesen verregneten Herbstabenden. „Du hast die lebenslangen Beziehungsprobleme hinter dir. Wahrscheinlich ist das dort, wo du jetzt bist, kein Thema. Hier aber ist es anscheinend das einzig wichtige."

Und ich dachte, daß es vielleicht nicht schlimm wäre, mit dem Sterben in diesem Bett nicht mehr lange zu warten. Aber kein Tod erlöste mich. Menschen erlösten mich aus der Traurigkeit und den Selbstzweifeln, und ich bin mir nicht sicher, ob Menschen in solchen Momenten nicht die Engel sind, von denen Oma Bertha immer sprach, auch wenn sie keine Flügel haben. Jedenfalls keine sichtbaren.

★

Schon früh hatte ich Bekanntschaft mit meinen Schutzengeln gemacht, niemand mußte mich von ihrer Existenz überzeugen, ich war sicher, ich hätte meine Kindheit nicht überlebt, wenn es sie nicht gegeben hätte. Ich war auch sicher, daß es sich um eine ganze Schar handeln mußte, denn ein Engel allein hätte mich kaum aus all dem Unheil retten können, in das ich mich immer wieder begab.

Wovor mich allerdings kein Schutzengel bewahren konnte, waren die Pläne meiner Eltern.

„Hier wird's zu eng", stellte mein Vater eines Tages beim Mittagessen fest.

„Ich finde es auch zu eng!" stimmte ich ihm erfreut zu und dachte, er würde einen Umzug in eine größere Wohnung vorschlagen, in der ich dann endlich ein Zimmer für mich allein haben würde. Allein, ohne die Neuanschaffung, die inzwischen so neu nicht mehr war. Ich hatte mich an sie gewöhnt und überschüttete sie, wenn es niemand sah, mit der Zärtlichkeit, die ich nur für sie empfand und die ich vor anderen niemals eingestanden hätte. Ich liebte sie, wie eine Henne ihre Küken liebt oder eine Hundemutter ihre Welpen, mit dem gleichen Wunsch zu beschützen. Ich hatte mich auch damit angefreundet, daß die Neuanschaffung einen

Namen hatte: Cornelia. Damit war sie ein ernstzunehmendes Familienmitglied für mich geworden.

Aber ein Zimmer für mich allein wäre nicht schlecht.

„Einen Garten könnten wir auch gebrauchen, oder?" frohlockte ich und sah mich wieder auf Kirschbäumen sitzen, wenn auch nicht nackt wie damals bei Oma Bertha und ihrem Mann. Ich wußte inzwischen, was sich gehörte und was ich meinem knospenden Busen schuldig war. Allerdings sah ich diesem Knospen eher in ärgerlicher Ohnmacht zu: Ich konnte absolut nichts dagegen tun, aber ich hätte gut darauf verzichten können. Wenn ich also nicht mehr nackt sein wollte, entsprang das keinesfalls dem Stolz auf meine keimende Weiblichkeit, vielmehr kam es aus dem unbestimmten Bedürfnis, sie zu verstecken. Aus unerklärlichen Gründen schämte ich mich für sie und hielt sie auch nicht für ungefährlich. Ich hatte festgestellt, daß die Jungs in der Schule mich anders anguckten. Und ich fand schon immer, daß alles, was sich änderte, potentiell Gefahren in sich barg.

Ein Umzug in eine größere Wohnung mit Garten schien aber ganz und gar ungefährlich.

„Wir könnten Salat anbauen und eine Hängematte aufhängen, damit Mami sich ausruhen kann..." Ich konnte gar nicht so schnell sprechen, wie mir die Ideen in den Kopf schossen, meine Mutter war in der Tat oft müde und erschöpft. „Wir könnten doch neben die Tante ziehen, in den Grunewald!"

Dies schien mir die Krönung aller guten Ideen zu sein. Mein Vater zuckte die Schultern und sah mich mit hochgezogenen Augenbrauen von der Seite an. Die Mutter starrte auf ihren Teller und pflügte wortlos die Bratkartoffeln darauf um. Cornelia gab ihren eigenen Beitrag.

„Nee, ich will nicht so weit weg von Reschkes! Dann kann ich ja nicht mehr jeden Tag zum Spielen hin!"

Reschkes wohnten in der Wohnung unter uns, Cornelia hatte sie so sehr in ihr Herz geschlossen, daß sie beschlossen hatte, so gut es ging, bei ihnen zu wohnen. Wie eine junge Katze war sie ihnen eines Tages einfach zugelaufen.

Jedenfalls sagte Herr Reschke das immer und lächelte. Meine Eltern fanden das sehr praktisch.

„Man muß sie nicht wie dich aus Ruinen zusammensuchen, wenn es Zeit zum Schlafengehen ist", sagte meine Mutter vorwurfsvoll. „Man weiß immer, wo sie ist."

Es war so praktisch, daß sie nicht mal die Wohnung verlassen mußte, denn Reschkes wußten, daß sie Cornelia hochzuschicken hatten, wenn meine Mutter mit dem Besenstiel dreimal klopfte.

„Naja", sagte mein Vater, und ich war gespannt, was er an den Reschkes auszusetzen hatte, „ich weiß nicht, ob das der richtige Umgang ist..." Leider verriet er nicht, warum er das meinte. Das verriet meine Schwester selber.

„Warum hat Onkel Hans eigentlich zwei Frauen?" fragte sie ins Essen hinein; sie war gerade hochgeklopft worden und hing offensichtlich noch den Gedanken nach, die sie von Reschkes mitgebracht hatte. Bevor mein Vater seinen Mund geleert hatte – mit vollem Mund spricht man nicht! –, ergriff meine Mutter entschieden das Wort, denn sie mochte die Reschkes inzwischen auch und war fast schon genauso viel unten wie Cornelia.

„Er hat nur *eine* Frau. Die andere ist eine Freundin von seiner Frau und ihm. Sie mögen sie beide so gerne, daß sie bei ihnen wohnen darf. Sie hilft ja auch viel", fügte sie hinzu, als sie das Grinsen auf dem Gesicht meines Vaters sah.

Ich merkte, daß ich nicht mal wußte, welche von den beiden Frauen seine richtige Frau war. Das war ja wirklich ungeheuer spannend, das gab es in anderen Familien nicht. „Welche ist denn seine Frau? Die Reni oder die Ellen?"

„Tante Reni natürlich!" krähte Cornelia. „Die ist doch die Mutter von Cora, und die ist die Tochter von Onkel Hans, also muß Tante Reni die Frau von Onkel Hans sein." Für Cornelia waren die Zusammenhänge ganz klar.

„Naja", räusperte sich mein Vater, „wenn das man so sicher ist..."

„Scht! Nicht vor den Kindern!" warnte die Mutter und fiel gleich darauf in ihr Schulfranzösisch; aus lauter Gemeinheit, damit ich die Fortsetzung der Unterhaltung nicht verstand. Das war der Grund, warum ich mich freute, als ich schließlich irgendwann Französisch in der Schule lernen durfte.

Merkwürdigerweise hörte mein Vater auf die Warnung meiner Mutter und sagte nur noch schmunzelnd: „Opernsänger müßte man sein."

Ich war froh, daß mein Vater kein Opernsänger war, es reichte, daß Herr Reschke einer war und ich jeden Tag hundertmal die Tonleiter hören mußte, wenn er Gesangsunterricht gab. Herr Reschke war klein, hatte einen runden Bauch, eine rosige Gesichtsfarbe und weiße Haare. Er war immer freundlich und sprach mit einer warmen, ruhigen Stimme, was man von meinem Vater nicht behaupten konnte. Um den Hals trug er im Winter und im Sommer einen Seidenschal, und als wir einmal abends im Bett mit meiner Mutter sangen „Der Mond ist aufgegangen..." und zu der Zeile kamen: „...und unsern kranken Nachbarn auch...", war für mich klar, daß damit nur Herr Reschke gemeint sein konnte.

„Wird der denn nie gesund?" erkundigte ich mich.

„Wer?" fragte meine Mutter. Erwachsene können ziemlich schwer von Begriff sein.

„Na, der kranke Nachbar, Herr Reschke!"

„Sein Hals ist schließlich sein Kapital, den muß er schonen", sagte mein Vater erklärend. „Drum läuft er immer mit einem Tuch herum. Naja, eigentlich ist das kein Grund dafür, daß es ein *Seidentuch* sein muß. Wenn er nicht zwei Frauen hätte, würde ich denken, daß er gar keine Frauen mag..."

„Scht!" fiel meine Mutter ihm ins Wort. Immer wenn es spannend wurde!

Aber diesmal wußte ich, was mein Vater meinte, er dachte, daß Herr Reschke einer sein könnte wie Detlef.

„Ich sag ja, er ist ganz normal, er hat ja gleich zwei Frauen." Vater mußte immer das letzte Wort haben.

Schade, dachte ich, ich hätte gern mal jemanden wie Detlef kennengelernt. Aber anscheinend gab es solche Männer nur im Witz, nicht im richtigen Leben; ich jedenfalls kannte keinen. Ich kannte nur zwei Frauen, die wie verheiratet zusammenlebten. Sie waren die „Eltern" einer Klassenkameradin, rochen ständig nach Wein und liefen in alten Trainingshosen herum. Ich ging ihnen aus dem Weg und vermied es, über sie nachzudenken. Dachte ich trotzdem an sie, wurde mir das Herz eng. Ich wußte nicht, warum.

„Wenn ich nicht zwei Töchter hätte, könnte ich mir vielleicht auch zwei Frauen leisten."

Meine Mutter schnaubte, und ich fand das auch allerhand. Ich wußte allerdings um den Ideenreichtum meines Vaters und erinnerte mich an den Anfang des Gesprächs.

„Ziehen wir nun um oder nicht?" fragte ich, um die Dinge wieder auf den Punkt zu bringen.

„Ich halte es für das beste, aus Berlin wegzuziehen", sagte mein Vater. Einfach so. Mutters Mundwinkel zuckten verräterisch, sie sah sehr blaß aus. Mir verschlug es die Sprache, während Cornelia krähte: „Au ja! Ans Meer!" Das war das einzige, was sie außer Berlin kannte.

Daß sie fürs Meer ihren geliebten Onkel Hans verlassen würde, machte mich genauso betroffen wie der Plan an sich. Ich wußte, wenn Vater einen Plan hatte, hatten wir anderen nichts zu sagen, nicht einmal Mutter. Er schmiedete seine Pläne allein und benutzte uns wirklich wie Puzzleteilchen. Ohne große Hoffnung, aber um nichts unversucht zu lassen, sagte ich: „Aber Berlin ist doch gar nicht eng. Wenn wir im Bus herumfahren, ist es ganz groß. Komm doch mal mit!"

Ein großzügigeres Angebot konnte ich ihm nicht machen, und ich wußte auch nicht, ob Jutta damit einverstanden sein würde. Schließlich war das eine Sache nur zwischen uns. Aber Vater nahm die Einladung sowieso nicht an.

„Ich weiß, wie groß Berlin ist", sagte er. „Aber ich weiß auch, daß ich hier nie eine eigene Praxis eröffnen darf, denn für weitere Ärzte ist es zu eng. Eine andere Arbeit gibt es für mich auch nicht. Und außerdem rücken die Kommunisten immer näher. Wenn das so weitergeht, sperren sie uns alle ein wie in einem riesigen Gefängnis. Und wenn sie erst mal zumachen, wer weiß, ob wir dann noch herauskommen."

Die Tante hatte immer gesagt, mein Vater sei ein notorischer Schwarzseher, und seine Kommunistenangst war mir hinlänglich bekannt. Ich fürchtete, ich konnte gegen seine Schwarzseherei nichts tun. Ich würde mich, ob ich das wollte oder nicht, seinen Plänen fügen müssen; bei der bloßen Vorstellung, was das heißen würde, zerriß es mir das Herz.

Weg aus meiner Stadt. Weg von der Tante. Weg von meiner Freundin Jutta. Weg, weg, weg. Konnte es wirklich sein, daß mir mein Vater das antäte?

„Ja, das könnte sein", sagte meine Mutter beim Gute-Nacht-Kuß. „Er fragt ja nicht mal, ob er *mir* das antun kann."

Damit wußte ich zwar, daß ich eine Verbündete hatte, aber ich wußte auch, wie gering unsere Macht war gegen die Pläne meines Vaters.

„Kann ich nicht bei dir bleiben, wenn er unbedingt umziehen will?" fragte ich die Tante bei nächster Gelegenheit.

„Ihr solltet alle bei mir bleiben", sagte die Tante mit ungewohnter Schärfe. „Kein Mensch sollte für andere Menschen eine so schwerwiegende Entscheidung treffen. Kein Mensch hat das Recht, einen anderen Menschen gegen seinen Willen zu entwurzeln und umzupflanzen wie einen Baum."

„Also wenn er das nicht darf, dann können wir doch bei dir bleiben. Hier ist Platz genug, und ich würde ihn auch gar nicht so sehr vermissen, wenn das Mannsbild da ist."

Die Tante seufzte. „Deine Mutter würde ihn vermissen. Sie liebt ihn so sehr, daß sie überallhin gehen würde, auch wenn es ihr das Herz zerreißt. Und Kinder gehören zur Mutter, auch wenn dieser Gedanke mir das Herz zerreißt."

Die Tante und ich saßen auf der Bank vor dem Haus, es war dunkel geworden, und die Kiefern schwankten vor dem Himmel wie beschwipste alte Damen. Genauso schauten sie auf uns herab, und allein ihre Gegenwart tröstete mich wie immer. Seit ich klein war, hatten sie sich nicht verändert; keine war gestorben, keine auch nur krank geworden, und weggehen konnten sie zum Glück ja nicht. Zwischen ihren Zweigen erhob sich die halbe Mondsichel, auch ihr Erscheinen tröstete mich. Manche Dinge blieben immer gleich, auch wenn man das nicht auf den ersten Blick sah; schließlich sah der Mond auch nicht immer gleich aus, aber das wenigstens mit verläßlicher Regelmäßigkeit.

Die Tante hatte meine Hand ergriffen, ich wußte nicht genau, ob sie mich trösten wollte oder selber Trost suchte.

„So ist's mit manchen Sachen, die wir getrost belachen, weil unsre Augen sie nicht sehn..." sagte sie, den Mond anschauend und mit soviel Wehmut in der Stimme, daß ich sie ablenken wollte.

„Weißt du, warum Herr Reschke zwei Frauen hat?"

Mir war der kranke Nachbar eingefallen.

„Natürlich weiß ich das." Manchmal konnte man sich über Tantes Antworten nur wundern. „Er hat zwei Frauen, weil er ein so großes Herz hat, daß darin Platz und Liebe für zwei Frauen ist."

Klar, sie war schließlich Expertin. Immerhin hatte das Mannsbild auch noch eine Frau in Schweden.

„Aber sind die denn nicht eifersüchtig aufeinander?" wollte ich wissen. Eifersucht war ein Gefühl, das ich inzwischen kannte. Ich dachte an Juttas Schwester.

„Wenn sie ein ebenso großes Herz haben, nicht. Dann verbindet sie die Liebe zu dem Mann. Leider kommt das sehr selten vor."

Das konnte ich mir gut vorstellen, daß das selten vorkam. Erstaunlich, daß ich gleich zwei solche Beziehungen mitbekam, wo es die doch so selten gab, schoß es mir durch den Kopf. Womöglich kommt es doch öfter vor, als man annimmt. Ich hatte längst begriffen, daß viele Dinge in meinem Leben nur deshalb nicht vorkamen, weil niemand darüber redete. Wenn all die Dinge nicht vorkamen, über die die Erwachsenen nicht redeten, wäre das Leben viel langweiliger und farbloser, als es in Wirklichkeit war. In Wirklichkeit war es ganz schön bunt, fand ich. Und wenn ich mein Leben mal selbst in der Hand hätte, würden auch keine schwarzseherischen Pläne eines notorischen Skeptikers es mehr bedrohen. Ich würde einfach machen, was ich wollte, lieben, wen ich wollte. Ein Leben mit zwei Frauen schien auch mir eine verlockende Zukunftsvision, aber das wollte ich an diesem Abend nicht mal der Tante verraten.

★

Indessen hatte ich nicht mal mehr *eine* Frau. Das heißt, die eine, die ich hatte, war so weit weg, daß wir es bald aufgaben, unsere Konflikte am Telefon auszutragen – es überstieg ganz entschieden unsere finanziellen Möglichkeiten.

Ich zog los, mir einen Walkman zu kaufen, eines jener Geräte, die ich jeden Morgen meinen Schülern aus dem Ohr reißen mußte, um mit meinen Weisheiten zu ihnen vorzudringen. Schließlich wurde ich dafür bezahlt, daß sie etwas lernten bei mir.

Ich kaufte also einen Walkman und sprach meine Ängste und Hoffnungen auf das Band, das ich dann nach Kanada schickte. Ich fürchte, ich sprach nicht nur von meinen Ängsten und Sehnsüchten, sondern hauptsächlich von Vorwürfen, weil ich mich in einer Lage befand, die mir Unbehagen bereitete und für die ich Jule verantwortlich machte. Ich war noch längst nicht bereit, mir anzuschauen, was auch ich dazu beigetragen hatte, uns in diese Lage zu bringen.

Dabei hatte ich mich mittlerweile in meinem Leben ohne Jule eingerichtet, auch Lara hatte sich mit mir abgefunden. Sie hatte begriffen, daß ich imstande war, ihr Fressen zuzubereiten und sie auszuführen, ganz wie sie es gewöhnt war.

Ich entdeckte die guten Feen in meinem Leben. Sie hatten es sich zur Aufgabe gemacht, mich vor dem Untergang in meiner Traurigkeit zu bewahren. Drei von ihnen wohnten in meiner Nähe und verwöhnten mich: Zwei bekochten mich täglich mit meinen Lieblingsgerichten, die dritte wandte sich unermüdlich meiner Seele zu. Anna-Maria war eigentlich in erster Linie Jules Freundin, um so bemerkenswerter fand ich ihre Zuwendung, als Jule weg war. Anna-Maria hatte ihre eigene Art, mich aufzubauen, ohne Jule abzuwerten, und ließ mich nie im Zweifel darüber, daß ich *in Ordnung* war mit meinen Ängsten, meiner Trauer. Sie sagte, sie wünschte, ich würde diesen Gefühlen noch eine gesunde Wut hinzufügen.

„Du hast allen Grund, wütend zu sein", meinte sie und blies, fast selber wütend, eine Rauchwolke aus. Da wir beide bei unseren Gesprächen viel Dampf ablassen mußten und dies in Form von unzähligen Zigaretten taten, verkrochen wir uns ins oberste Stübchen, während die beiden anderen zwei Stockwerke tiefer die leckersten Gerichte zauberten.

„Ich kann doch nicht wütend sein, weil Jule mich verlassen hat", zweifelte ich.

„Doch", war Anna-Marias lakonische Antwort.

Und ich merkte, daß Wut eine gute Medizin gegen die Melancholie ist. Die Wut hatte etwas, das mich in Gang setzte, die Melancholie lähmte mich nur.

Die Gespräche im verrauchten Dachstübchen hatten etwas fast Gemütliches, manchmal saß ich neben mir, schaute mir zu und sagte zu mir: „Schau, das würdest du nie erlebt haben, wenn Jule nicht weggegangen wäre." Womit ich natürlich recht hatte.

So eine Zweierkiste macht ganz schön blind für den Rest der Welt, stellte ich mit Erstaunen fest.

Ich hatte mich damit abgefunden, Bad, Küche, Eßzimmer und meine Seelenschmerzen mit Meike zu teilen, die inzwischen Jules Zimmer bewohnte. Meike war uns von Johanna und Conni vermittelt worden. Sie trat eine Professur in unserem Städtchen an und suchte zwar langfristig eine eigene Wohnung, war aber vorerst mit Jules Zimmer zufrieden. Ich war mit Meikes Anwesenheit zufrieden, wenn unsere Tagesrhythmen auch sehr unterschiedlich waren. Sie kam nach Hause, wenn ich schon im Bett war; am Wochenende, wenn ich frei hatte, fuhr sie zu ihrer Freundin irgendwo in Norddeutschland. Wenn ich sie sehen wollte, verließ ich mein Bett bei ihrem Kommen, das Laras Bellen mir ankündigte, zog den Bademantel über und begab mich in die Küche, wo sie meistens noch irgend etwas aus Kartoffeln zauberte. Meike liebte Kartoffeln über alles, und manchmal erkaufte ich mir ein nächtliches Schwätzchen, indem ich rechtzeitig für eine gute Portion Bratkartoffeln sorgte, bei deren Verzehr ich ihr dann Gesellschaft leistete.

Aus irgendwelchen nicht erklärbaren Gründen gelang es Meike, meine bösen Geister zu vertreiben, einfach durch ihre Gegenwart. Sie war überaus vernünftig und lebenstüchtig. Ihr Beruf war ihr auf eine Art wichtig, wie ich das bisher nicht kannte. Also fing ich an, meinen Beruf auch mit anderen Augen zu betrachten.

Ich entwickelte Ideen, und da Meike diese Ideen nicht nur gut, sondern genial fand, gefielen sie auch mir. Meike machte mir Mut, unter meiner Decke aus Wehmut und Angst hervorzukriechen und wieder etwas anzupacken.

Die Begegnungen mit den vier Jungen, die ich zu der Zeit unterrichtete, gestalteten sich sehr schwierig, ich hatte nicht die Kraft, gegen ihren Widerstand anzukämpfen.

„Ich werde *nie* schreiben lernen", sagte Holger resigniert, und ich teilte seine Resignation. „Aber wenn Sie mir einen Automotor geben, baue ich den aus und genauso wieder ein; das kann ich." Ich hatte nicht vor, ihn das an meinem eigenen Motor beweisen zu lassen, aber ich horchte auf.

„Können wir nicht mal was *Richtiges* tun?" fragte Eugen, und ich fragte mich, was das Richtige sein könnte.

„Mir ist die Schule zu eng. Nicht mal der Tisch paßt noch, meine Knie stoßen an die Platte. Können wir nicht mal woanders lernen?" fragte Dietmar, und ich überlegte, wo dieses Woanders sein könnte.

„Sie würden staunen, was ich leisten könnte, wenn ich was tun dürfte, was ich *gerne* tu!" Andy stimmte in das Konzert ein.

„Geh raus mit ihnen aus der Schule", riet Meike.

Raus – aber wohin? Was anderes machen – aber was?

Eine Idee begann in mir zu reifen wie eine Tomate, Meike begoß sie und beschleunigte so ihr Wachstum, und als sie reif war, präsentierte ich sie meinem Chef.

„Ich gehe mit den Jungs eine Woche raus aus der Schule. Zu mir. Sie wollen arbeiten, also lasse ich sie das Haus streichen, vom Keller bis unter das Dach."

Da die Klasse nicht nur aus den Jungen bestand, sondern auch noch ziemlich brave Mädchen dazugehörten, die ich diesmal nicht mitnehmen wollte, war ich auf Unterstützung angewiesen. Ich hatte Angst, der Chef und das Kollegium könnten denken, ich wollte unser Häuschen billig renovieren; wie hatte ich mich in ihnen getäuscht!

„Dein schönes Haus in den Händen von Vandalen?" fragten sie; auch die, die die Idee gut und sehr pädagogisch fanden, fürchteten, es könnte hinterher nicht wiederzuerkennen sein. Niemand konnte sich vorstellen, daß es schöner werden würde. Ich fing an, von Graffiti an meinen Wänden zu träumen. Von Parolen gegen Lehrerinnen und Aufklärungssprüchen, wie ich sie von der Deutschlandhalle kannte. Aber ich bekam grünes Licht und beruhigte mich damit, daß ich das Projekt ja jederzeit abbrechen könnte.

Die einzige, die ich noch nicht gefragt hatte, ob sie in ihrer Ruhe unter dem Dach durch eine Bande lauter Jungs gestört werden wollte, war die Tante. Schließlich war sie aber zu ihren Lebzeiten mit Leib und Seele Pädagogin gewesen, vielleicht hätte sie sogar Spaß daran, vielleicht konnte ich von ihr Unterstützung erwarten. Ich erinnerte mich, daß ich mir unter ihrer Anleitung die Finger wundbuddeln mußte, sie war die erste Lehrerin, die durchsetzte, daß wir neben unserem Klassenzimmer Beete bekamen, die wir bestellten und bepflanzten. Die Tante liebte ihren Garten unter den Kiefern, und zu einem ganzen Menschen gehörte für sie, daß er die Natur lieben lernte.

Am ersten Tag kamen drei verschlafene Jungs zur ausgemachten Zeit, einer zwei Stunden später. Mein üppiges Frühstück, das ihren Arbeitseifer steigern sollte, verschwand zwar erstaunlich schnell in gähnenden Mündern, aber sonst tat sich nichts. Die Müdigkeit wollte nicht weichen, und ich zweifelte an meiner Idee, noch bevor der erste Pinselstrich getan war. Sie würden mir eine Woche lang die Haare vom Kopf fressen, aber keinen Finger rühren, um etwas „Richtiges" zu tun. Keine Arbeit würde jemals so richtig sein, daß sie sich für sie erwärmen würden. Genau das sagte ich ihnen ziemlich enttäuscht, als sie die zweite Zigarette ansteckten und gelangweilt im Gärtchen herumlümmelten, nachdem ich mich dafür hatte auslachen lassen, daß ich im eigenen Haus zum Rauchen nach draußen ging.

Ich mußte wirklich ein bißchen bekloppt sein, auch ich zweifelte nicht mehr daran, aber aus anderen Gründen als die Jungen.

„Am besten machen wir erst mal einen Plan", schlug Holger nach der dritten Zigarette vor.

„Aha", war alles, was mir darauf einfiel. „Na gut."

Schließlich konnte nichts unfruchtbarer sein als dieses Rauchen unter der Magnolie. Außerdem nieselte es.

„Also wir fangen unten an, Flur, Bad, Klo. Ich rücke die Möbel weg, Andy klebt ab, Dietmar streicht vor, und Eugen geht mit einem Pinsel hinterher."

Ein Aufstand würde in meinem Garten ausbrechen, gut zu hören zwischen den umliegenden Häusern, gut zu sehen für die neugierigen Augen, die sich gleich aus vielen Fenstern auf uns richten würden! Meine Jungs waren allergisch gegen jede Art von Befehlen, ich hätte mich nie getraut, wie Holger mit ihnen zu reden.

Nichts dergleichen geschah.

„Okay", murmelten die Eingeteilten und zeigten mir überdeutlich, daß ich die falschen pädagogischen Mittel benutzte. Ich konnte von Holger lernen. Einteilen statt diskutieren; das wollte ich mir merken.

„Und was tu ich?" Ich fühlte mich ausgeschlossen.

„Sie kümmern sich schon mal ums Mittagessen, schlage ich vor. Ich mag am liebsten Gulasch, schön scharf."

Etwas verdutzt über den plötzlichen Aufbruch stand ich allein im Nieselregen und beschloß, erst mal mit Lara den üblichen Morgengang zu absolvieren.

„Das mach ich." Eugen nahm mir die Leine aus der Hand. „Ich kann ja doch noch nichts tun. Um mit dem Pinsel hinterherzugehen, müssen erst mal die anderen pinseln." Gegen seine Logik war nichts einzuwenden.

Ich kam aus dem Staunen nicht heraus. Irgendein Ehrgeiz hatte die Jungs ergriffen, sie rückten und klebten und pinselten und verschoben sogar das Mittagessen, weil sie unbedingt mit dem Bad fertig werden wollten, bevor sie Pause machten. Mit roten Backen verrichteten sie Großartiges und steckten mich mit ihrem Eifer an: Ich zauberte das beste Szegediner Gulasch, das ich jemals kochte, obwohl dieses Essen ohnehin meine Spezialität ist und im Freundinnenkreis begehrt und berühmt. Sie arbeiteten, bis abends das Untergeschoß fertig war. Als sie weg waren, sah ich, welche Arbeiten sie *mir* hinterlassen hatten: hier Farbe wegwischen, da eine Schalterabdeckung wieder anbringen, Pinsel auswaschen, die Farbe versorgen und und und....

Ich war bis weit nach Mitternacht beschäftigt und zweifelte, ob ich das eine Woche lang durchhalten würde. Der Gedanke, daß es mit richtigen Handwerkern auch nicht viel besser wäre, tröstete mich ein bißchen.

Am nächsten Morgen befielen mich, als ich zur ausgemachten Zeit allein in den Brötchenkorb starrte, Zweifel, ob das Projekt mit dem Untergeschoß sterben würde. Naja, immerhin dort hatten sie gute Arbeit geleistet. Alles glänzte in unglaublichem Weiß, wenigstens das würde ich der Häme meiner Kolleginnen entgegensetzen können.

„'tschuldigung, wir mußten noch was besorgen."

Sie waren wiedergekommen, obwohl ihnen die Schultern, die Arme, die Füße von der ungewohnten Anstrengung weh taten, und machten sich nach dem Frühstück an die Arbeit, während Eugen wie selbstverständlich zur Hundeleine griff. Lara freute sich, sie mochte die Jungs, obwohl sie laut waren, ruppig und wild. Sie begrüßte sie schwanzwedelnd. Daß mit dem Weiß und dem Lärm die Trauer aus dem Haus gescheucht wurde, haben wir ihnen zu verdanken, sagten ihre klugen Augen.

Als wir am fünften Tag unter dem Dach bei der Tante angekommen waren, liebten die Jungen das Haus wie ich, als wäre es ihr eigenes. Ich wurde in einen Stuhl gesetzt und durfte zusehen, wie sie mit farbfleckigen Händen behutsam Bilder und Blumen und Nippes abnahmen und später wieder genau an den gleichen Platz brachten. Sie hatten sich den Platz jedes Bildes gemerkt! Jeder Pflanze, jeder Vase und all der anderen Dinge, die nur herumstanden und meines oder anderer Leute Geld gekostet hatten; Geld, das ihre Eltern niemals haben würden. Sie liebten das Haus, mich und den Hund und vertrieben alle bösen Geister. Die Tante stimmte in ihr Gelächter ein und ließ die Beine fröhlich vom obersten Balken baumeln, auf den sie sich zurückgezogen hatte, weil sie den Geruch der frischen Farbe nicht mochte.

Eine einzige Panne gab es, aber die war eigentlich ich.

Erfinderisch bauten die Jungs ein Gerüst aus der Stehleiter und Latten, die unter dem Dach im Treppenhaus lagen. Und genau dort, auf dem Gerüst, fiel der Farbeimer um, so daß das Weiß sich das Treppenhaus hinunter ergoß wie ein weißer Wasserfall. Fassungslos starrten die Jungs dem Farbstrom hinterher, ich fing mich schneller und schimpfte wie ein Rohrspatz. Das hatten sie nicht verdient, aber sie wehrten sich nicht. Andy verließ, als er sich wieder gefaßt hatte, seinen Hochsitz, ging wortlos an die Garderobe, nahm die Leine vom Haken und gab sie mir.

„Wenn Sie in einem halben Stündchen wiederkommen, ist das erledigt. Es ist sowieso Zeit zum Spazierengehen, und von uns kann ja jetzt niemand weg. Also, kommen Sie in einer halben Stunde wieder!"

Ich ging und schämte mich den ganzen Weg über. Unterwegs kaufte ich den besten Kuchen, den ich auftreiben konnte, meine Entschuldigung wurde einstimmig angenommen, und wir feierten an diesem Abend die Verschönerung des Hauses, als gehörte es uns gemeinsam. Die Jungen hatten wirklich gearbeitet, etwas Richtiges getan und es gut gemacht. Sie machten es gut, weil ich ihnen mein Haus anvertraut hatte und weil sie stolz waren über das, was sie sichtbar darin veränderten. Was sie unsichtbar veränderten, konnten sie nicht wissen, deshalb konnte es sie nicht mit Stolz erfüllen, aber mich erfüllte es mit soviel Wärme und Zuneigung zu dieser Gruppe, daß sie in meiner Erinnerung unter meinen Schülern immer einen besonderen Platz haben werden. Sie werden immer die „Maler" sein, die das düstere Grau aus dem Haus und meinem Leben zauberten.

Die Tante war begeistert; sowohl über das äußere als auch über das innere Leuchten.

„Man muß den Menschen nur etwas zutrauen, dann können sie es auch", sagte sie, und Meike sagte nach ihrer Rückkehr aus den Ferien mit anderen Worten das gleiche. Sie sagte auch noch, daß ich eine gute Pädagogin sei mit Mut und außergewöhnlichen Ideen und daß die Schulen solche Leute brauchten und ob sie in ihren Vorlesungen mein Projekt erwähnen dürfe.

An diesem Abend kuschelte ich mich ganz zufrieden unter meine Decke und hatte nicht das Gefühl, daß mir eine Hälfte, eine ganz wichtige Hälfte, fehlte. Ich fühlte mich schön ganz und rund und war froh, daß ich trotz meiner Wünsche nicht in diesem Bett gestorben war. Ich hörte, wie Meike unten noch einmal in die Küche ging, vielleicht, um sich eine kalte Bratkartoffel zu holen, und dann ihre Tür schloß. Diese Geräusche waren in diesem Moment mein Zuhause, meine Familie, meine Geborgenheit, und ich fühlte, daß das Leben mehr zu bieten hatte als Liebeskummer, Liebeskonflikte und Beziehungsstreß.

„Na endlich", gähnte die Tante unterm Dach. „Du fängst an, deinen eigenen Teppich zu weben. Wird auch Zeit."

„Manchmal nervst du ganz schön mit deinen Lebensweisheiten, aber ich hab dich lieb. Und ich freue mich, daß du wieder gern bei mir lebst."

★

Solange ich meine Beine unter den Tisch meines Vaters stellte – merkwürdigerweise gehörten alle Möbel ihm, und bei all meinen Freundinnen war es dasselbe, Müttern gehörte offensichtlich gar nichts –, hatte ich „immer schön auf dem Teppich zu bleiben". Auf einem langweiligen, abgetretenen, farblosen Teppich, über den Generationen von Vorfahren geschlurft waren und eine gut sichtbare breite Spur hinterlassen hatten. Ich fand es zunehmend schwieriger, in der Spur zu bleiben, sah aber auch keinen anderen Weg und hatte schon gar keinen Mut, die Richtung zu ändern, zumal ich keine Ahnung hatte, in welche Richtung ich denn wollte. Außer mir schien niemand zu bemerken, daß die Webfäden neben dem ausgetretenen Pfad leuchtender waren, eine ständige Versuchung, mich auf Seitenpfade zu begeben.

Auf Seitenpfaden wandelten Jutta und ich im Park gegenüber, in dem wir unsere ersten Zigaretten rauchten, nachdem die Freßorgien, die wir als Räuberbräute veranstaltet hatten, eingestellt werden mußten. Unsere Gespräche wurden aus den Doppeldeckern ins „Häuschen" verlegt, eine Blockhütte am See. Ähnlich wie die Deutschlandhalle war sie mit Aufklärungsmaterial bestückt. Unsere Gespräche drehten sich nicht nur deshalb, sondern auch weil wir in das Alter gekommen waren, um das gleiche Thema.

„Hast du schon was für deine Aussteuer?" fragte Jutta zwischen zwei Zigarettenzügen. Dick vermummt saßen wir auf der Bank an der Rückseite des nach vorn geöffneten Häuschens, bliesen blaue Rauchwolken und unseren Atem in die winterliche Luft und sahen den vom Sommer übrig gebliebenen Enten am Ufer zu, wie sie sich gegen die Kälte aufplusterten und zierliche Abdrücke im Schnee hinterließen.

„Was für 'ne Aussteuer?" erkundigte ich mich.

Alle Mädchen in der Schule und in der Straße schien die gleiche Krankheit ergriffen zu haben: Sie sammelten Babywäsche, Bettwäsche, Handtücher und Besteck für ihr Leben in der Welt der Erwachsenen, auf das wir wohl oder übel zusteuerten. An sich war nichts gegen das Erwachsenwerden einzuwenden – mir war es auch zu eng zu Hause, aber ich merkte in den Gesprächen mit meinen Freundinnen, daß meine Vorstellung vom Leben ganz anders war als ihre.

Das grundlegend andere war, daß ich keinen Mann neben mir sah und keinen Kinderwagen vor mir. Für alle anderen waren das die wichtigsten Attribute der Zukunft. Natürlich hatte auch ich meine Visionen, aber sie waren so weit neben der Spur, daß ich sie nicht mal vor mir selber bis in alle Einzelheiten ausmalte. Ich hätte mir vorstellen können, mit Jutta ein Häuschen in der Schrebergartenkolonie Hasenheide zu bewohnen, wo wir manchmal auf unseren Fahrrädern Juttas Oma besuchten, die ganzjährig in einem kleinen Blockhaus, ähnlich dem hier im Park, wohnte. Ich konnte mir vorstellen, mit Jutta zur Tante zu ziehen, für sie morgens den Ofen anzuheizen, Holz zu hacken, Kartoffeln zu setzen, Salat zu pflanzen, Rosen zu züchten und ihren Hund zu adoptieren. Ich konnte mir vorstellen, ihr abends aus der Zeitung den Fortsetzungsroman vorzulesen und dann mit ihr unter die Federdecke zu schlüpfen. Und spätestens dann hörte ich auf, mir irgend etwas vorzustellen.

An diesem Punkt, das merkte ich wohl, fingen meine Freundinnen erst an, sich etwas vorzustellen. Da tauchte der schwarzgelockte, breitschultrige, hochgewachsene Märchenprinz auf, der in ihren Zukunftsbildern die Hauptrolle spielte. Zumindest so lange, bis die Windeln aus der Aussteuer damit gefüllt waren, wofür sie gedacht waren: einem schreienden Bündel, das keinen anderen Lebenszweck verfolgte, als diese Windeln mit schöner Regelmäßigkeit zu füllen, was einen Rattenschwanz von Regelmäßigkeiten nach sich zog, in denen meine Freundinnen die Rollen fleißiger Ameisen einnahmen.

Es war mir schleierhaft, weshalb sie sich *darauf* freuten. Ich hatte nicht den Eindruck, daß ihre Mütter mit der Rolle glücklich waren. Es schien aber eine Art Naturgesetz zu sein, in die Fußstapfen der Mütter zu treten, auch wenn wir bisher für unsere Mütter nur ein mitleidiges Schulterzucken übrig gehabt hatten. Vielleicht hatten meine Freundinnen ja jede für sich die Hoffnung, daß sie alles ganz anders machen würden. Mir war allerdings klar, daß sie damit die Rechnung ohne den schwarzgelockten Helden machten. Da machte ich doch meine Rechnung lieber gleich ohne einen Helden, der eigene Träume hatte, nämlich wie unsere Väter zu werden.

„Die Aussteuer für die Hochzeit natürlich", klärte Jutta mich auf. Aber es war mir ja längst klar.

„Ich weiß nicht, ob ich heiraten will. Willst du?"

Ich wußte wieder einmal nicht, wohin mit meinen Händen. In dieser Lebensphase schienen sie nur unnütz in der Gegend baumelnde Anhängsel zu sein, die nie das tun durften, was sie wollten. Ich glaube, das war der Grund, warum ich mir das Rauchen angewöhnte. Alles, was ich mit ihnen hätte machen wollen, war verboten; zum Beispiel Jutta streicheln. Dabei bin ich sicher, sie hätten das ganz gut gekonnt. Die Enten schauten uns gespannt an und warteten darauf, gefüttert zu werden. Leider hatten wir nur Zigaretten dabei.

„Du stellst Fragen! Natürlich will ich. Alle tun das."

„Quatsch! Die Tante ist nicht verheiratet, und die anderen Tanten waren es auch nicht. Es geht also auch ohne."

„Naja, deine alten Tanten haben keinen abgekriegt. Kein Wunder, sie waren ja wirklich ein bißchen wirr im Kopf. Und die Tante würde bestimmt gern heiraten, wenn das Mannsbild nicht schon verheiratet wäre."

Diese Logik war nicht von der Hand zu weisen. Leider ging die Tante, was diese Frage betraf, in die Richtung über den Teppich, in die sich alle Welt zu bewegen schien, auch wenn sie in anderen Fragen durchaus eigene Wege suchte.

„Denk doch mal an deinen Vater. Deine Mutter ist zwar verheiratet, aber was hat sie davon?"

„Uns hat sie davon. Mich zum Beispiel."

Ich fand es schon damals sehr ungerecht, daß immer die, die sich auf den ausgetretensten Wegen befanden, Recht hatten. Vielleicht war das Recht eine Sache von Mehrheitsbeschlüssen. Ich hatte immer gehofft, Recht und Wahrheit seien dasselbe, vielleicht stimmte das ja gar nicht.

„Ich bin ja auch ehrlich froh, daß es dich gibt", lenkte ich ein. „Aber vielleicht wäre das auch anders gegangen..."

„Etwa wie bei Marion? Du spinnst wohl! Kein Mensch will was mit ihr zu tun haben!"

„Aber nicht, weil niemand ihren Vater kennt, sondern weil sie doof ist. Deinen Vater kenne ich ja auch nur vom Bild. Vielleicht hat deine Mutter ihn ja aus der Zeitung ausgeschnitten, und er ist gar nicht dein Vater."

Das war gemein, aber ich wollte dieses Gespräch nicht. Und wenn es trotzdem stattfinden mußte, wollte ich es in andere Bahnen lenken. „Meinst du, man muß immer einen Mann heiraten?" fragte ich leise, als wünschte ich, Jutta würde mich gar nicht hören.

„Nein, du Esel. Wenn man ein Mann ist, heiratet man natürlich eine Frau."

„Dann wäre ich lieber ein Mann. Ich würde auch gern eine Frau heiraten."

Mit Jutta darüber zu reden war viel schwieriger, als ich gedacht hatte. Es war, als schämte ich mich vor ihr.

„Du wirst aber eine Frau und mußt einen Mann heiraten."

„Und wenn ich nicht will?"

„Dann wirst du eine alte Jungfer oder fängst an zu saufen wie die Mutter von Renate."

Das Gespräch fing an, mich doch noch zu interessieren.

„Meine Mutter sagt, die säuft, weil sie mit einer Frau zusammenlebt, wie man das nur mit einem Mann tut. Ich weiß ehrlich gesagt nicht, wie ich mir das vorstellen soll."

Ich wagte nicht laut zu sagen, daß ich mir das gut vorstellen konnte, wenn ich auch nicht so heruntergekommen aussehen wollte wie Renates Mutter und deren Freundin.

„Meinst du denn, daß man da unbedingt saufen muß? Ich meine, hältst du es für eine Notwendigkeit?"

„Meine Mutter sagt, daß man unglücklich ist, wenn man anders lebt als alle anderen."

Also nicht nur das Recht, auch das Glück schien sich auf der Seite der Mehrheit zu befinden.

„Aber unsere Mütter sind doch auch nicht immer glücklich", gab ich zu bedenken.

„Das ist was anderes", beschloß Jutta.

Da ich solche Antworten von den Erwachsenen zur Genüge kannte, wurde ich den Eindruck nicht los, daß sie auf dem Weg zum Erwachsenwerden ganz schön vorangekommen war. Da war immer alles etwas anderes. Es hatte keinen Zweck, mit ihr darüber zu reden. Ich würde die Tante fragen müssen, wie das ist mit Männern und Frauen.

Der Schnee fing an zu tauen, und vom Dach des Häuschens tropfte es. Die Tropfen fraßen schwarze Löcher in die Schneedecke, die Löcher sahen irgendwie traurig aus, und ich merkte, wie traurig und einsam ich war. Nicht mal meine beste Freundin verstand mich, das war neu.

Wir versteckten unsere gemeinsame Zigarettenschachtel unter dem losen Brett in der Wand und machten uns schweigend auf den Heimweg.

„Wußten Sie, daß Ihre Tochter heimlich raucht?" schnaubte der Nachbar von oben empört, nachdem er eigens geklingelt hatte, um meinem Vater diese Frage zu stellen. Eine rein rhetorische Frage übrigens, eine richtige Erwachsenenfrage. Ich war auf ein gehöriges Donnerwetter gefaßt, denn mein Vater wußte natürlich nichts, und deshalb war ich sprachlos vor Staunen, als ich seine Antwort hörte.

„Natürlich weiß ich das. Sie hat meine Erlaubnis, im übrigen geht Sie das wohl kaum etwas an, nicht wahr?" sprach mein Vater und machte dem Petzer die Tür vor der Nase zu.

Und selbst dann blieb das Donnerwetter aus.

„Du solltest nicht zuviel rauchen. Das ist nicht gesund, ich bin als Arzt verpflichtet, dich darauf hinzuweisen. Aber ab jetzt darfst du immer nach dem Mittagessen eine Zigarette mit uns rauchen. Schließlich bist du bald erwachsen."

Wenn selbst mein Vater das bemerkt hatte, war ich wohl auch schon ganz schön weit vorangekommen auf dem Weg zum Erwachsenwerden. Im übrigen wirkte er weder krank noch betrunken und machte es wahr: Gleich nach dem Mittagessen bot er mir eine Zigarette aus seiner Packung an.

Ich stellte fest, daß selbst mein altvertrauter Vater sich manchmal neben dem ausgetretenen Weg über den Teppich bewegte, so daß er mich noch überraschen konnte.

Vielleicht hatten andere Männer ja auch Seiten, die nicht so offenkundig waren und die ich deshalb bisher einfach noch nicht entdeckt hatte. Vielleicht käme es ja doch in Frage, einen Mann zu heiraten.

★

„Ich habe nichts gegen Männer, ich mag sie sogar gern, aber irgendwie kann ich sie nicht so lieben, wie ich das sollte."

Meike und ich saßen uns gegenüber, eine Pfanne mit Bratkartoffeln zwischen uns, und unterhielten uns wie so oft über Gott und die Welt. Und Männer... und Frauen...

„Ich war sogar mal verlobt", gestand ich.

Eine Erinnerung wie an ein anderes Leben – aber doch *mein* Leben. Lange vorbei, aber nicht vergessen. Warum kam es nicht zur Hochzeit? „Warum hörte alles auf, bevor es richtig anfing?"

„Weil du deinen Gefühlen treu geblieben bist und ein guter Geist verhindert hat, daß du dich und einen Mann, möglicherweise sogar noch Kinder, verletzt hättest, indem du ihnen eine, *deine* Lebenslüge aufgezwungen hättest."

„Aber ich wollte so gern sein wie alle anderen: normal."

„Du *bist* normal. Normalität ist kein Mehrheitsbeschluß, sondern Ausdruck deiner Gefühlswelt. Was sich für dich richtig anfühlt, ist normal. Ich kenne einen Ort, wo sich jährlich zu einer Tagung zweihundert frauenliebende Frauen treffen. Wenn du dich *normal* fühlen willst, komm mit."

Meike kaute hingebungsvoll auf einer knusprigen Kartoffel. Ich wußte, daß sie diese Tagungen mit ins Leben gerufen hatte.

„Ich habe davon gehört, aber hinzugehen kam mir vor wie das endgültige Eingeständnis, dazuzugehören."

„Die Angst kenne ich", sagte Meike. „Wie lange saß ich zwischen allen Stühlen! Irgendwann hatte ich das Gefühl, wenn ich mich nicht endlich setze, zerreißt es mich. Glaub mir, das Ende des Spagats ist absolut fantastisch! Du hast zwar noch lange Muskelkater, aber du machst es dir endlich auf deinem Stuhl bequem. Probier es mal!"

Am nächsten Tag schickte ich meine Anmeldung zu dieser unerhörten Tagung ab und hatte das Gefühl, damit etwas Entscheidendes in meinem Leben vollbracht zu haben.

✱

Die Überraschung über das Verhalten meines Vaters hielt nicht lange. Er war eben doch ein rechter Mann, das heißt einer, der alle Macht hatte – zumindest in unserer Familie.

Er packte unsere Sachen ein, ließ sie auf einen Lastwagen laden, der verplombt wurde, damit bei der Durchfahrt durch die arme DDR niemand etwas von unserem Reichtum klauen konnte, und schickte den Laster auf die Reise. Wir sollten am nächsten Tag hinterherfahren, im Käfer.

In dieser letzten Nacht in Berlin tat ich kein Auge zu. Die Trauer in mir war so groß, daß kein Wort der Mutter oder der Tante sie auszulöschen vermochte. Es war auch kein Trost, daß ich diese Nacht im Haus der Tante verbringen durfte – bei uns gab es sowieso kein Bett mehr. So saß ich im Garten und nahm Abschied von jeder einzelnen Kiefer. Ich wunderte mich, daß keine vor Schreck über meine Nachricht umfiel und der Mond am Himmel hängenblieb und die Welt sich weiterdrehte. Klar, es war ja nur meine kleine Welt eingestürzt, und plötzlich wußte ich, das war der Moment, in dem ich gerade erwachsen geworden war.

„Tut Erwachsenwerden eigentlich immer so weh?" fragte ich die Tante, die sich neben mich gesetzt hatte.

„Ja, das tut verdammt weh." Die Tante mußte sich die Antwort nicht lange überlegen.

„Tut Erwachsen*sein* denn auch die ganze Zeit über weh?" wollte ich wissen.

„Nicht die ganze Zeit, aber oft. Am meisten wahrscheinlich denen, die ihre Kinderseelen vergessen haben, die so furchtbar erwachsen sind, daß ihr Rückgrat ganz steif geworden ist, so steif wie ihre Anzüge."

„Die kenne ich, die haben nie gegrüßt, wenn wir morgens im Schlafanzug im Garten herumgelaufen sind..."

Die Tante nahm meine Hand und summte das Lied vom Mond. Ich liebte es sehr, aber es machte mich nur noch trauriger, als ich begriff, daß wir auch den kranken Nachbarn zurücklassen würden. Zwar wußte ich inzwischen längst, wie das mit dem Nachbarn gemeint war, aber ich dachte an all die Menschen, von denen ich Abschied nehmen mußte, ob ich wollte oder nicht. In mir fühlte sich alles so schrecklich an, daß ich selbst der kranke Nachbar war. Jeder Knochen tat jetzt schon weh vor Heimweh, und ich hatte das Gefühl, daß die beste Zeit meines Lebens hinter mir lag. Ich fühlte mich uralt; viel älter, als die Tanten Martha und Martl jemals geworden waren, sie hatten nie die Schwere gehabt, die mich auf einmal bedrückte.

„Kann man nichts dagegen tun?"

„Gegen die Beschlüsse deines Vaters nicht, gegen das traurige Erwachsensein schon. Man muß einfach im Herzen Kind bleiben, so wie deine Tanten Martl und Martha – sie waren mit neunzig noch so vergnügt, weil sie in ihren Herzen Kinder waren."

„Und wie kann man im Herzen Kind bleiben, wenn man immer faltiger wird?"

„Vielleicht indem man aufpaßt, daß man nicht das Staunen verlernt. Indem man die Welt jeden Tag neu entdeckt. Ja, vielleicht bleibt sie so ein Paradies. Erwachsene wundern sich nicht mehr, während Kinder sich über vieles wundern, weil sie es zum ersten Mal erleben. Erwachsene meinen irgendwann, es gäbe nichts Neues mehr. Sie merken nicht, daß alles ein bißchen anders ist und deshalb jedesmal ganz funkelnagelneu. Ich nehme an, wer sich nicht mehr wundern kann, schleppt sich durchs Leben, und eines Tages macht es keinen Spaß mehr. Der liebe Gott will aber nichts dringender, als daß wir Spaß haben."

„Ich finde, er kann einem ganz schön den Spaß verderben. Ich hatte bisher den Eindruck, er gönnt nur den Jungen Spaß. Und warum läßt er zu, daß Vater uns einfach umzieht? Kannst du mir *das* erklären?"

„Manchmal fürchte ich, wir halten den Allmächtigen für viel allmächtiger, als er in Wirklichkeit ist. Aber ich könnte nicht behaupten, daß ich verstehe, was er sich dabei denkt."

Ein Wind strich durch die Baumkronen, die zu nicken begannen und so Abschied von mir nahmen. Der Mond war wieder nur halb zu sehen, aber ich wußte inzwischen, daß er immer ganz da war. Es roch nach Grunewald, so sehr, daß sich mein Herz zusammenzog und enorm weh tat.

„Was machst du denn ohne uns?" fragte ich die Tante.

„Ich verspreche dir, daß ich nachkomme, sobald ich weiß, wo ihr gelandet seid."

Das einzig Spannende an unserem Umzug war, daß weder mein Vater noch meine Mutter wußten, wohin sie mit uns zogen. Das durfte ich nicht mal meiner Lehrerin sagen. Ich war von der Schule abgemeldet, und mein Vater versprach, mich sofort in Westdeutschland anzumelden, aber er verschwieg den Lehrern, daß es keine Schule gab, weil es nicht mal eine Stadt oder eine Arbeit gab, die auf uns warteten. Wir zogen „ins Blaue", wie manche sagten. Sie fanden das verantwortungslos, in Wirklichkeit war dieser Umzug ins Blaue das einzige, das mich mit meinem Schicksal aussöhnen konnte. Es war spannend, keine Möbel mehr zu haben und nicht zu wissen, wo man schlafen würde in den nächsten Nächten. Ein bißchen wie Zigeunersein.

„Naja, ganz so schlimm wird es wohl nicht", sagte die Tante. „Ich hoffe, ihr werdet immer ein Kopfkissen haben, auf das ihr euer müdes Haupt legen könnt. Ach, ich darf gar nicht daran denken, was auf euch wartet, was alles passieren kann... und wie weit weg ihr sein werdet..."

Ich bekam die verrückte Idee, daß *ich* die Tante trösten müßte, nicht sie mich, wie bisher. Vielleicht gehörte es zum Erwachsensein, daß man nicht mehr erwarten konnte, immer getröstet zu werden. Also fing ich schon mal an damit und nahm die Tante in den Arm. Sie fühlte sich heute abend zerbrechlich und sehr klein an, aber das war vielleicht die neue Perspektive.

Hoffentlich kam das Mannsbild bald, damit es das Trösten übernehmen konnte, wenn ich weg war.

„Kein vernünftiger Mensch zieht einfach weg. Jedenfalls nicht, wenn er nicht mal weiß, wohin."

„Ich dachte, Vater sei ein vernünftiger Mensch, er kann die Unvernünftigen doch nicht leiden."

„Er kann die Unvernünftigen nicht leiden, weil er selber soviel Unvernunft in sich hat, daß er allen anderen Unvernünftigen aus dem Weg gehen muß, weil die Unvernunft sonst überhand nehmen würde, weißt du."

So hatte ich das noch nie gesehen, aber ich erinnerte mich, wie er mich manchmal überraschen konnte.

„Außerdem steckt hinter allem seine Kommunistenangst. Er hat Angst, daß etwas Schlimmes passiert, und er will weg, bevor es passiert. Er will aber vor allem euch weg haben, denn er ist ein guter Vater. Aber daß er noch nicht mal eine

Arbeitsstelle in Westdeutschland hat – daß er nicht mal so lange warten konnte, das verstehe, wer will!"

„Ich will ja."

Ich verstand allmählich, daß unser Umzug nicht nur etwas Tragisches, sondern auch etwas Ungewöhnliches hatte, und dieses klitzekleine Verstehen ließ frischen Wind in mein Herz wehen. Es hatte sich ein bißchen geöffnet, und ich merkte, daß ich doch noch nicht durch und durch erwachsen und aus dem Paradies vertrieben war.

„Ärgerst du dich über Vater, oder wunderst du dich?" fragte ich die Tante.

„Warum willst du das wissen?" fragte sie zurück.

„Ich habe gerade gedacht, daß du dich ärgern würdest, wenn du durch und durch erwachsen wärst, und dich wundern würdest, wenn du noch ein bißchen von deiner Kinderseele hättest. Jedenfalls hast du das so gesagt, oder?"

Die Tante lachte. „Das kommt davon, wenn die Kinder einem über den Kopf wachsen! Du hast recht. Laß uns nicht nur trauern, sondern gespannt sein auf das, was kommt. Und daß *ich* komme, sobald ich weiß, wohin, steht fest."

„Und das Mannsbild?"

„Na, wenn es für den hier kein Zimmer mehr gibt, wird er auch kommen. Wo soll er denn sonst hin? Aber vielleicht kommt er ja auch meinetwegen."

„Oder meinetwegen?"

„Klar, schließlich bist du die zweite Heiratskandidatin."

Ich wollte der Tante in diesem Moment nicht sagen, daß ich leider schon viel zu erwachsen war, um an solche Scherze zu glauben. Ich wollte es nicht, weil ich merkte, daß wir – zumindest mit einem Fuß – wieder in unserem Kinderparadies waren. Und plötzlich hatte ich eine Idee.

„Vielleicht können wir das Paradies mitnehmen? Oder du bringst es mit, wenn du kommst?"

„Versprochen."

Plötzlich sah alles nicht mehr ganz so schwarz aus. Wenn jemand das Paradies transportieren konnte, dann die Tante. Ein bißchen Paradies würde immer dort sein, wo sie war.

...oder wo du geschlafen hast...

So stellte ich mir das Paradies vor! Ein Raum, in dem ich sein konnte, wie ich war, in dem ich geachtet wurde, in dem ich keine Erklärungen abgeben mußte und aufhören konnte, darüber nachzugrübeln, warum ich so war, wie ich war.

Ich war so, und es war gut. Gut. Gut. Gut.

Die zweihundert Frauen füllten die Räume mit Gelächter, Wohlwollen und guter Laune. Ich stand manchmal am Rand, mir meiner Rolle als „Neue" bewußt, und staunte. So viele tolle Frauen konnten sich nicht irren, konnten nicht auf einem kollektiv schlechten Weg sein, wie manche uns weismachen wollten. Sie sahen nicht wie Sünderinnen und schon gar nicht widernatürlich aus. Sie sahen ganz normal aus.

Die Luft sprühte Funken, ein immerwährendes Feuerwerk der Lebenslust und Lebensfreude. Die geballte Energie von Menschen, die sich bejahten, denen das nicht in die Wiege gelegt war, die sich nicht hinter Traditionen verstecken und ihren Zug auf altbekannten Gleisen fahren lassen konnten. Jede Frau hier hatte sich einen Weg suchen müssen, war gezwungen gewesen, sich aus Vorurteilen – denen anderer und den eigenen – zu befreien. Jede hatte einmal in ihrem Leben vor der Entscheidung gestanden, wen sie wichtiger nehmen wollte: sich selbst oder das Gesicht in dem Spiegel, den andere ihr vorhielten und der sie nur verzerrt widergab. Jede hat sich gegen die Fratze entschieden. Mühsam mußte sie ihr wirkliches Gesicht entdecken – allein, mit Hilfe der Geliebten oder in Räumen wie diesem. Es war sinnlos zu fragen, weshalb ich den Weg hierher nicht eher gefunden hatte. Die Zeit war wohl noch nicht reif gewesen. Ich bin sicher, man muß auch für das Paradies reif werden.

Johanna und Conni waren da, und ich fühlte mich, von beiden in die Mitte genommen, schon bald nicht mehr als „Neue".

Als wir am Sonntagmorgen eine Liturgie miteinander feierten, schaute ich mich glücklich in der Runde um und hatte das Gefühl, dieser Gott, von dem ich bisher geglaubt hatte, daß er nur Knaben und Männer liebte, zwinkerte uns in größtem Einvernehmen zu. Sollte Oma Berthas Gott ganz andere Seiten haben, als ich bisher dachte – sollte er, oder gar sie, eine Schwäche für die haben, die sich außerhalb der ausgetretenen Pfade bewegten? Wir waren zwar im Paradies, aber in einem subversiven Paradies.

„Steine in unserem Weg" hieß das Thema unserer Liturgie. Steine hatte ich mir selbst oft genug in den Weg gelegt. Aber nicht nur ich.

„So ist man nicht. So kann man nicht sein."

„Du bist krank."

„Du kannst so nicht glücklich werden."

„Wir wollen nur dein Bestes. Geh zum Arzt, damit er dich kuriert."

„Deine Gefühle sind schlecht."

„Du bist ein Irrtum der Schöpfung, ein Webfehler sozusagen, eine Laufmasche, die stört und auffällt."

„Und wenn du schon so bist, dann leb es gefälligst nicht."

„Und wenn du es schon leben mußt (mit Betonung auf *mußt*), dann leb es heimlich."

Das sagten die, die mir als Kind gesagt hatten, Heimlichkeiten machten krank. Und bei denen, die „nur mein Bestes" wollten, wurde ich den Verdacht nicht los, daß sie es mir eher nehmen als geben wollten.

Der größte Brocken aber war dieses: Sei so, aber um Himmels willen leb nicht so. Und niemand konnte mir sagen, wie das zu bewerkstelligen war, ohne zu zerbrechen.

Viele sind zerbrochen, einige habe ich gesehen. Hier sitzen die, die nicht zerbrochen sind, deren Lebens- und Liebeswille stärker war als der Fluch.

Während der Liturgie gab es Tränen, vor allem bei den Fürbitten für die, die auf der Strecke geblieben waren. Aber es gab auch das Netz, das feinmaschig genug war, keine herausfallen zu lassen.

Wir spielten mit den Steinen, die in unserer Mitte lagen, benannten sie und nahmen ihnen so das Gewicht, schoben sie herum, bauten Brücken aus ihnen oder Fundamente für stabile Häuser. Und alles bekam ein neues Gesicht. Die Lieder bekamen einen neuen Klang, keine falschen Töne waren zu hören.

Auch ich bekam ein neues Gesicht, als Conni und Johanna mich mit duftendem Öl salbten, eine die linke, die andere die rechte Gesichtshälfte, und mich so segneten. Es war durchaus angebracht, ein paar Tränen zu vergießen.

Im Lauf der drei Tage bekamen alle Gesichter Namen: Gisela, die einen Leierkasten drehte und fröhlich dazu sang. Jemand erzählte mir, daß sie gerade die Diagnose Krebs erfahren hatte. Und ich ahnte, daß das Netz hier auch ihren Krebs mittrug.

Anke, die von ihrer Tochter abgelehnt wurde, weil Anke eine Frau liebte. Aber sie konnte lachen wie keine andere!

Svenja, die von ihrer Gemeinde vor die Wahl gestellt worden war: Gott oder ihre Geliebte. Sie konnte diese Wahl nicht treffen, weil sie Gott liebte und ihre Geliebte und das eine vom anderen nicht zu unterscheiden war.

Eva, die von einem Exorzisten behandelt wurde, und Gabi, die an ihrem Arbeitsplatz die Hölle erlebte. Offenbar ging jemand davon aus, daß man mit lesbischen Händen schlechter Brötchen backen könne als mit heterosexuellen.

Ich erinnerte mich an die Worte der Tante, die damals noch unverständlich für mich waren: Jeder Mensch muß sich irgendwann entscheiden, ob er sich selbst oder anderen gefallen will. Ich wünschte, sie wäre hier, auch wenn sie eine Frau war, die ihr Mannsbild über alle Maßen liebte, was gut und recht war. Sie hätte trotzdem ihren Spaß mit uns. Auf der Suche nach ihr entdeckte ich ihre Kinderseele und ihre wachen, rebellischen Augen in vielen Gesichtern um mich herum.

„Warum habt ihr mich nicht eher überredet, mitzukommen?" fragte ich Johanna und Conni.

„Wir haben es versucht, aber du warst taub auf dem Ohr."

„Egal, jetzt bist du hier, und ich freue mich sehr darüber. Da sind noch zwei, die dazugehören. Darf ich vorstellen: Katja und Lea, die beiden Frauen, mit denen wir auf Kreta verabredet waren, als wir uns so schnell von euch verabschiedet haben."

„Aha, du bist also die, von der ich soviel gehört habe, daß ich schon eifersüchtig war." Katja streckte mir ihre Hand entgegen. Sie war überaus sympathisch und sehr schön.

„Na, da hatten wir ja allen Grund, eifersüchtig zu sein – alle Schwärmereien stimmen!" Lea nahm mich gleich in den Arm, und ich fühlte mich an ihrer mütterlichen Brust auf Anhieb wohl. Ich wurde rot bei so vielen Komplimenten, aber innerlich wuchs ich in ungeahnte Höhen. Ich gehörte dazu! Ich merkte, wie mein Gang aufrechter wurde.

Ich glaube, der Vorschlag kam von Katja. „Da wir uns alle über Kreta kennengelernt haben, könnten wir uns zu einem griechischen Abend treffen, was meint ihr? So richtig mit griechischer Musik, griechischem Essen, Klönen, Bilder anschauen... Lea hat nicht nur fotografiert, sie *malt* auf Kreta. Sie ist Malerin." Das letzte sagte sie zu mir gewandt und nicht ohne Stolz auf ihre musische Geliebte.

Ich stimmte sofort zu. „Ich lade euch alle zu mir ein, das liegt etwa in der Mitte zwischen euch, wenn ich nicht irre. Und wir haben Platz in unserem Haus..."

„*Wir?*" fragte Lea.

Conni nahm mir die Antwort ab. „Jule, ihre Partnerin, ist gerade in Kanada. Ich schlage vor, wir treffen uns, wenn sie dabei sein kann, also im Frühjahr. Wir könnten sie mit unserem griechischen Fest begrüßen."

Connis Vorschlag wurde angenommen, und ich war glücklich, all die netten Frauen nicht gleich wieder aus den Augen zu verlieren.

Und auf einmal war Jule wieder in meinem Kopf. Sie würde kommen. In diesen Tagen hatte ich meine Trauer um sie glatt vergessen. Auf eine andere Art, als die Jungen beim Malen oder Meike beim Bratkartoffelessen mich meine Traurigkeit hatten vergessen lassen.

Da war kein Kloß im Hals, der wehtat beim Gedanken an meine abwesende Geliebte. Ich war plötzlich sicher, ein eigenständiger Mensch zu sein, nicht amputiert, wenn die Partnerin eigene Wege ging. Ich wußte nicht, ob unsere Wege sich wieder treffen würden, aber das war eine berechtigte Ungewißheit und hatte nichts mit der Panik zu tun, ohne sie nicht leben zu können. Oder zumindest nicht in der gewohnten Qualität.

Ich wußte nicht, ob Jule die Menschen, die ich in ihrer Abwesenheit ins Herz geschlossen hatte, mögen würde. Ob sie die Räume für sich erobern wollte, die für mich wichtig geworden waren. Aber das waren die normalen Ungewißheiten, die das Miteinanderleben mit sich brachte. Keine Trauer, keine Angst, kein Kloß im Hals.

Conni und Johanna waren mir sehr ans Herz gewachsen, und die Trennung nach dem Wochenende fiel mir schwer. Aber auch Lea und Katja hatten mein Herz im Sturm erobert; Gisela, Anke und wie sie alle hießen...

Der Aufbruch am Sonntag war wie eine kleine Vertreibung aus dem Paradies; aber eben nur eine kleine – ich würde in Zukunft wissen, wo das Paradies liegt. Nicht weit weg, nicht mal eine Autostunde.

✱

„Das *ist* das Paradies! Denkt nur, wie viele euch beneiden würden, wenn sie hier sein könnten, statt in der Schule zu sitzen und Mathematikaufgaben zu lösen!"

Als mein Vater genug mit uns durch Westdeutschland, das gelobte Land auf der anderen Seite des Eisernen Vorhangs, gezogen war, kam er zu der Einsicht, daß die Familie ein Klotz am Bein und viel zu teuer war. Er lud uns, nachdem wir an drei verschiedenen Orten das Ergebnis seiner Probezeit an neuen Arbeitsstellen in mehr oder minder gut beleumdeten, jedenfalls billigen Pensionen abgewartet hatten, in den Käfer, holte mit uns zusammen die Zeltausrüstung vom Speicher, auf dem unser Hausrat untergebracht war, und fuhr uns über den Brenner nach Italien. Dahin, wo wir seit ein paar Jahren unsere Ferien verbrachten.

„Campingplatz ist billiger. Ich suche weiter nach einer Arbeit, und im Herbst hole ich euch ab – bis dahin habe ich bestimmt was gefunden."

Mutter schwieg mit zusammengekniffenen Lippen. Schließlich wurde ihr eine Art Zigeunerleben zugemutet, das ihr nicht auf den Leib geschneidert war.

„Ihr habt es gut! Ich beneide euch direkt! Ihr könnt monatelang am Strand faulenzen, während ich mir die Hacken nach einer neuen Arbeitsstelle ablaufen muß."

Mutter öffnete ihren Mund keinen Spalt breit, und wahrscheinlich dachte sie dasselbe wie ich, nämlich daß das alles ja gut und schön wäre, wenn wir Frauen der Familie nur auch ein *kleines* Stimmrecht gehabt hätten. Dann hätten wir das Gefühl haben können, unser Schicksal mitzugestalten. So kamen wir uns ein bißchen vor wie die Läufer in seinem Schachspiel, mit dem er gegen die drohende kommunistische Gefahr zu Felde zog.

„Wir hätten mit dem Umzug ja auch warten können, bis du eine Arbeit gefunden hast." Wenigstens das zu sagen, konnte Mutter sich nicht verkneifen. Wahrscheinlich wäre sie sonst erstickt.

Um ebenfalls nicht zu ersticken, fügte ich hinzu: „So wie normale Leute das getan hätten."

„Seit wann liebst du denn die normalen Leute?" fragte mein Vater nicht ganz zu unrecht. „Ich hatte bisher den Eindruck, je unnormaler, desto beliebter bei dir. Vielleicht habe ich ja jetzt Chancen, in deinem Herzen einen Platz zu finden, in dem es nur so wimmelt von Kommunisten, Spinnern, Weltverbesserern und so weiter." Zufrieden schaute mein schlauer Vater auf die Straße, die gerade durch ein Tiroler Alpendorf führte; in dieser Schlacht gebührte der Sieg jedenfalls ihm.

Das Meer und der Campingplatz erwarteten uns in ungewohntem Gewand; es war ja auch eine andere Jahreszeit. Sonst kamen wir im Hochsommer. Jetzt war März, und wir hatten keine Mühe, für unser Zelt den schönsten Platz in der ersten Reihe zu ergattern. Es war weit und breit das einzige.

Wir waren überrascht, daß es auch in Italien Jahreszeiten gab, in denen man nicht schwitzte.

Don Fernando, der Besitzer des Platzes und ein Dauerpatient meines Vaters, der sich nicht nur im Sommer von ihm gegen alle möglichen eingebildeten Krankheiten behandeln ließ, sondern im Winter den weiten Weg nach Berlin nicht gescheut hatte, um die Behandlung fortzusetzen, sah auch noch winterblaß und zum ersten Mal wirklich krank aus.

„Willkommen, Dottore, willkommen!" rief er und vergaß ganz, daß die Familie nicht nur aus dem Dottore bestand. Sein trauriger Schnauzbart hob sich nur wenige Millimeter, es war einfach noch nicht die Zeit für geschäftsmäßig enthusiastische Begrüßungszeremonien.

„Alles Platz für euch!" Mit einer Handbewegung stellte er uns seinen Platz zur Verfügung. „Bitte, bedienen!"

Wir bedienten uns und stellten uns gleich hinter den proforma-Zaun aus dünnen Bambusstöcken. Das war ein Fehler, wir hätten es sehen können, wenn wir auf das Meer geschaut hätten: Es lag da wie ein graues, schlecht gelauntes Tier, das jeden Moment seinen Winterschlaf abschütteln konnte, um uns Eindringlinge wegzuspülen.

Don Fernando machte pflichtgemäß ein paar Einwände, die mein Vater unangebracht optimistisch wegfegte. Als das Meer sich tatsächlich gegen uns erhob, war er allerdings über alle Berge, im wahrsten Sinn des Wortes. Solange er da war, waren Himmel und Meer zwar bleigrau, aber ruhig.

Beim Abschied legte er mir das Leben seiner Frau, meiner Mutter, und seiner Tochter, meiner Schwester, ans Herz, das dadurch nicht unerheblich an Gewicht gewann. Er verabschiedete sich mit den filmreifen Worten: „Ich vertraue dir das Liebste an, was ich habe!"

Vor lauter Stolz begriff ich nicht, was für eine Hypothek das war. Ich war gewillt, auf sein Liebstes aufzupassen wie ein Schießhund, und es traf sich gut, daß es auch mein Liebstes war, seit die Tante unter der Obhut des Mannsbildes in Berlin zurückgeblieben war.

★

Das Liebste, das ich hatte, war indessen immer noch über alle Meere, und das Schlimmste war, daß ich kein Gefühl mehr dafür hatte, ob es auch immer noch das Liebste *war*. Vielleicht, weil ich keine Lücke mehr verspürte dort, wo das Liebste hingehörte.

Nachdem ich einmal das Paradies gefunden hatte, entwickelte sich mein Leben in rasanten Sprüngen, mit denen ich selber kaum Schritt halten konnte. Ich hatte überhaupt keine Zeit mehr, in Sehnsucht auf das Liebste zu warten. Das Leben war bunt und machte Spaß, seit ich eine „Familie" gefunden hatte, Frauen, die fühlten wie ich.

„Du kannst was für die Familie tun", sagte Meike bei einem unserer seltenen gemeinsamen Frühstücke. „Ich soll als Vertreterin der lesbischen Pfarrerinnen und Vikarinnen auf die Landessynode gehen, auf der es um Lebensformen geht. Ich habe aber einfach zuviel zu tun. Wie wäre es, wenn du deine Familie vertrittst?"

Ich traute Augen und Ohren nicht. „Das traust du mir zu?"

„Das traue ich dir nicht nur zu, ich bin sogar überzeugt, daß du dafür sehr geeignet bist."

Seelenruhig goß Meike Kaffee nach und schien sich nicht bewußt zu sein, daß sie soeben ein mittleres Erdbeben in meinem Dasein ausgelöst hatte.

„Ich soll in aller Öffentlichkeit für andere einstehen? Ich habe gerade erst damit angefangen, für mich selber einzustehen. Ich meine, so mit allem..."

„...damit, daß du Frauen liebst und das langsam immer normaler findest? Wenn du sie liebst, dann tu was für sie, für dich, für uns. Du kannst sprechen, du machst einen guten Eindruck, wie man so sagt, und du bist der Kirche verbundener als andere, die sich längst daraus gelöst haben."

Das stimmte. Irgendwo hatte ich noch eine Nische in einer Institution, die mich eigentlich nie so wollte, wie ich bin, in der ich aber immer Menschen gefunden hatte, die mich achteten, sich sogar für mich und meinesgleichen einsetzten. Immer würde ich an die Friedensmärsche denken, an Gottesdienste gegen den Rüstungswahnsinn, an Menschen, die mehr Angst vor Aufrüstung und Omnipotenzphantasien hatten als vor Frauen, die Frauen liebten, oder Männern, die sich lieber küßten als sich in irgendwelchen Kriegen gegenseitig totzuschießen. Diese Menschen gab es unter dem Dach der gleichen Kirche, die mich in die finsterste Hölle verbannte, weil ich nicht für den Fortbestand der Schöpfung sorgte, wie sie das von mir erwarten konnte. Daß ich sehr wohl den Fortbestand der Schöpfung im Auge hatte, wenn ich gegen die Nachrüstung auf die Straße ging, das sah diese Kirche nicht.

„Im Grunde bin ich froh, wenn ich es akzeptiere, *eine* Frau zu lieben. Ich wollte nicht gleich die ganze Familie lieben. Die kennen mich doch gar nicht. Vielleicht wollen sie gar nicht von mir vertreten werden."

Meinen Einwand fand ich berechtigt. Andererseits wußte ich, wie wenig wählerisch sie sein konnten, denn Frauen, die sie in der Öffentlichkeit vertreten wollten, gab es nicht wie Sand am Meer. Und sich selber konnten die Pfarrerinnen nicht vertreten, weil sie um ihre Anstellung fürchten mußten.

Bei aller Angst regte sich ein frohes und sehr lebendiges Prickeln in mir, das mir zuflüsterte: Versuch es doch, es verspricht spannend zu werden.

Daran dachte ich, als ich mit Johanna durch die Pfälzer Weinberge spazierte. Der Boden war vom Regen aufgeweicht, der vor einer halben Stunde erst aufgehört hatte. Er hatte mich auf der Fahrt hierher begleitet, es tropfte noch von Bäumen und Büschen, meine Schuhe wurden naß und schlammig. Conni und Johanna waren zusammengezogen, ich besuchte sie zum erstenmal in ihrem Häuschen im Hof eines alten Weinguts, bezaubernd und hochromantisch.

Johanna und ich spazierten also durch die matschigen Weinberge, um die beiden Hunde auszuführen, und ich berichtete von Meikes Idee.

„Sie hat recht", sagte Johanna. „Du bist die richtige Frau für so etwas."

„Aha." Ich war sprachlos, es erinnerte mich daran, wie mein Vater mir das Liebste, das er hatte, etwas pathetisch anvertraute. Ich erinnerte mich aber auch, daß die Verantwortung mich damals wachsen ließ.

„Natürlich ist es eine Herausforderung, aber du wirst daran wachsen."

Verfügte Johanna über den sechsten Sinn und konnte Gedanken lesen? Hoffentlich nicht, denn der Vollmond, der jetzt, von einem eigentümlichen Hof umgeben, hinter den Wolken hervortrat, ließ Gedanken in mir auftauchen, die sie nicht unbedingt lesen sollte. Es war, als bewegten wir uns in einem romantischen Gemälde, und mein Wunsch, der schönen Frau neben mir einen Kuß zu geben, war in diesem Rahmen ganz selbstverständlich. Mein Kopf allerdings wußte, daß Conni mit dem Abendessen auf uns wartete und Jule in zwei Monaten aus Kanada zurückkehren würde. Und so verbannte ich meine Gedanken ganz schnell in irgendwelche Herzenswinkel.

„Findest du es denn überhaupt sinnvoll, etwas innerhalb der Kirche verändern zu wollen?" fragte ich meine Begleiterin, die nach dem Theologiestudium der Kirche den Rücken gekehrt und sich ganz der Musik verschrieben hatte.

„Es ist sicher schwierig, die Kirche zu erobern, aber ich glaube, wir müssen alle Räume erobern. Und so wie ich vielleicht die Gabe habe, ein Publikum mit meiner musikalischen Botschaft zu erreichen, bist du geeignet, die Kirche mit deiner Botschaft zu erobern. Deine Sprache ist eine, die die Kirche versteht."

Vor allem verstand Johanna meine Sprache. Ich genoß das Zusammensein mit ihr und Conni. Sie waren auch schon fast ein Stück Familie für mich. Wir verbrachten halbe Nächte damit, uns die Geschichten unseres Lebens zu erzählen und die Erkenntnisse mitzuteilen, die wir dabei gewonnen hatten; wir hatten sogar den Mut, uns unsere Wunden zu zeigen und unsere Visionen. Conni und Johanna zum Beispiel hatten die Vision, eines Tages mit anderen Frauen wie in einer richtigen großen Familie zusammenzuwohnen. Sie nannten das „Wohnprojekt", und um es voranzubringen, trafen sie sich regelmäßig mit anderen Frauen.

Mir kam das alles ein bißchen phantastisch vor, aber solche Ideen aus sicherer Distanz wachsen zu sehen, war ungefährlich und spannend.

Auf die Synode zu gehen, war sicher auch spannend, aber nicht ungefährlich. „Jemand wird mich erkennen und es meinem Chef oder meinem Kollegium erzählen."

Johanna lachte laut und herzlich. „Und du denkst, daß das für sie eine Überraschung wäre?"

„Na, eigentlich schon. Ich habe ihnen bisher nichts von meiner Frauenliebe erzählt."

„Aber sie wissen, daß du mit deiner Freundin zusammen ein Haus gekauft hast?"

„Ja, schon, aber halt mit einer *Freundin*..."

„Und das ist ja auch ganz üblich, nicht wahr?"

„Naja..."

„Und deine Kolleginnen haben keine Augen im Kopf und können nicht eins und eins zusammenzählen? Sie wissen es längst, und da sie dich schätzen, werden sie es auch schätzen, es endlich offiziell wissen zu dürfen."

Ich war nicht so sicher, ich hatte erlebt, daß Menschen gar nicht so recht wissen *wollten*. Es ist immer weniger anstrengend, nichts zu wissen. Aber, schoß es mir durch den Kopf, wer fragt danach, wie anstrengend es für *mich* ist, immer nur halb sichtbar zu sein und nicht sagen zu können, warum ich in den letzten Monaten so traurig war, so verzweifelt, während zwei Kolleginnen, die in Ehekrisen steckten, selbstverständlich darüber redeten und das Mitgefühl aller hatten.

„Ach, übrigens: Ich lebe auch gerade in Trennung", hätte ich sagen können, und meine Phantasie malte sich aus, wie alle sich mir zuwandten.

„Ich sage das nur, um zu erklären, warum ich gerade nicht so belastungsfähig bin", würde ich hinzufügen.

„Trennung?" Unverständnis auf den Gesichtern. „Du bist doch gar nicht verheiratet."

Aufatmen, die Gesichter wandten sich wieder ab. Wahrscheinlich wollte ich mich nur wichtig machen.

„Ich bin nicht verheiratet, weil ich nicht heiraten *darf.* Aber innerlich bin ich ebenso verheiratet wie ihr."

Erstaunt öffneten sich die Münder in den Gesichtern.

„Ihr kennt meine Partnerin, Jule. Ihr seid doch bei uns gewesen, damals zur Feier meines Dienstjubiläums. Erinnert euch doch, wie sie euch mit mir zusammen bewirtet hat."

Alle Augen würden sich von mir wenden, das Schweigen würde diesen peinlichen Beigeschmack bekommen.

„Jule hat mich verlassen, und ich weiß nicht, ob sie wiederkommt oder ob sie zu mir zurückkommt, wenn sie kommt. Ich bin seit Monaten allein, allein, allein. Ich habe Freundinnen, die das wissen, aber an meiner Arbeitsstelle muß ich tun, als sei nichts passiert."

An dieser Stelle würde sich jemand räuspern und daran erinnern, daß die Pause zu Ende sei und die tobenden Kinder in den Klassenzimmern der Aufsicht bedürften.

„Verdammt noch mal, ich will, daß alle zur Kenntnis nehmen, daß es mir genauso beschissen geht wie denen von euch, die gerade in Scheidung leben. Ich will, daß ihr begreift, daß es *dasselbe* ist!"

Natürlich würde dieses Gespräch nie stattfinden, weil ich zu feige war. Aber allein die Vorstellung, daß es irgendwann in irgendeinem Lehrerzimmer Wirklichkeit sein könnte, ließ meinen Puls schneller werden. Es wäre unglaublich!

Wir waren inzwischen angekommen, zogen die schmutzigen Schuhe aus, und als Conni uns mit Essensdüften und liebevollem Lächeln in Empfang nahm, war ich froh, meine absurden Vollmondgedanken nicht in die Tat umgesetzt zu haben. Wir hatten den Spaziergang ohne Kuß beendet. Natürlich. Ich würde nie den Mut haben, einfach eine Frau zu küssen! Ich gehörte nun mal zu denen, die warteten, daß sie geküßt werden.

Es war dann auch Conni, mit der ich mich die halbe Nacht am Küchentisch unterhielt, während Johanna mit Rückenschmerzen ins Bett ging. Über Gott und die Welt redeten wir und darüber, wie Beziehungen zu leben seien. Ich erfuhr bei dieser Gelegenheit, daß es nicht so einfach war, mit Johanna zusammenzuleben, wie ich mir das ausgemalt hatte. Johanna würde sich öfter mal verlieben und hier und da eine Affäre haben.

„Und du, Conni?"

„Ich mach es ihr dann nach, weil ich keine Lust habe, allein zu sein und nur auf sie zu warten."

Komisch, das hätte ich von den beiden nicht gedacht.

„Habt ihr nicht ausgemacht, daß ihr euch treu sein wollt?"

„Ach, was ist denn Treue? Johanna behauptet, daß ihre Affären nichts mit Treue und ihrer Liebe zu mir zu tun haben... und wahrscheinlich hat sie recht. Es ist halt einfach im Lauf der Zeit so gekommen. Vielleicht ist es wirklich nicht so wichtig..."

Ich wußte, *mir* würde es immer wichtig sein, daß meine Partnerin mir treu war. Aber auf eine andere Art, als ich das bisher verstanden hatte. Ich wollte, daß sie mich nicht deshalb nicht betrog, weil sie es mir versprochen hatte, sondern *weil sie kein Bedürfnis danach hatte*. Ich wünschte, sie wäre so glücklich mit mir, daß keine andere Frau sie anzog. Ich wünschte, sie merkte, daß sie mit mir das große Los gezogen hatte...

Wenn ich nicht aufpaßte, würde ich größenwahnsinnig werden. Aber die Gedanken machten Spaß. Ich würde sie natürlich nie laut aussprechen, wer würde denn schon zugeben, so von sich eingenommen zu sein – aber es tat gut. Wirklich!

Später stand ich noch lange am Fenster in meinem Zimmer und schaute in den Hof. Wen meinte ich eigentlich mit „sie", überlegte ich. Jule? Eine zukünftige Partnerin? Oder war das nur meine neue Philosophie über Beziehungen?

Über einer alten hohen Zeder waren Sterne zu sehen. Der Vollmond machte die Nacht hell, die Wolken hatten sich verzogen. Wir würden morgen einen schönen Tag miteinander haben. So und so, das heißt auf jeder Ebene.

★

Hier zogen sich die dunklen Wolken immer mehr zusammen. Sie türmten sich über einem kochenden Meer, das alle

Farben von schwarz bis türkis hatte. Eine brodelnde Wolkenmasse, die von Wetterleuchten fast ununterbrochen beleuchtet wurde. Dabei herrschte unheimliche Stille. Ich ärgerte mich über unsere Sorglosigkeit, uns in die erste Reihe zu stellen, während ich um unsere beiden Zelte herumging und nach den Schnüren und Häringen schaute. An allen vier Ecken brachte ich zusätzliche Schnüre an, mir wohl bewußt, daß ich die Verantwortung für das Liebste meines Vaters hatte, das auch mein Liebstes war. Ich fühlte mich dieser Verantwortung durchaus gewachsen. Sie machte mir Spaß, denn ich konnte meine Kraft an ihr messen. Ich fragte mich keine Sekunde lang, warum mein Vater nicht meiner Mutter die Verantwortung übertragen hatte. Ich verstand ihn, sozusagen von Mann zu Mann. Der Mann in mir freute sich und wurde stark und wuchs mit der Verantwortung und Organisation des Alltags am Meer. Meine Mutter war durch und durch Frau, meine Schwester ein mickriges Mädchen; aber ich, im Vollbesitz fünfzehnjähriger Kraft, konnte ganz das leben, was ich mir schon immer gewünscht hatte: Ich durfte schützen und beschützen, Gräben ausheben und Seile festzurren, Verbesserungen für unsere Zeltburg erfinden und zum Unterhalt unserer reduzierten Kleinfamilie beitragen.

Inzwischen waren natürlich längst die Urlauber da. Ich hatte in der Zwischenzeit so gut Italienisch gelernt, daß ich zu allen möglichen Übersetzungen herangezogen wurde. Es war noch nicht die Zeit, da alle Italiener auf mein Italienisch mit Herablassung deutsch antworteten. Wer sich mit den Einheimischen verständigen wollte, mußte das in ihrer Sprache tun, was alle auch ganz in Ordnung fanden. Da die Einheimischen das einzige waren, bis auf meine Familie, das nicht alle zwei bis drei Wochen wechselte, suchte ich mir meine Freunde unter ihnen.

Mein bester Freund war Paolo. Paolo war ein bemerkenswert häßlicher rothaariger Italiener, der eine große rothaarige Familie hatte. Er war der älteste Sohn, und uns verband wohl unsere Verantwortung. Paolos Familie hatte einen alten Fischkutter zum Restaurant umgebaut. Er lag in der Mündung der Piave, einem idyllischen Fluß, der unweit unseres Platzes ins Meer floß und dessen unterschätzte Strömung jeden Sommer ein paar Todesopfer forderte. Auf dem Schiff ging immer ein kühler Luftzug, wenn alle Fenster geöffnet waren, und es gab immer Arbeit: beim Kartoffelschälen und beim Bedienen. Beides lernte ich und verdiente mir, neben vielen Extraportionen Spaghetti und Vino, ein paar Lire, die ich nicht immer mit meiner Familie teilte. Etwas anstrengend war, daß Paolo mich unbedingt heiraten wollte. Ich hätte mir den Rest meines Lebens zwar auf dem umfunktionierten Kutter und dem Fluß vorstellen können, aber nicht an Paolos Seite oder zumindest nicht in der Rolle als seine Frau, was dann auch zu Komplikationen zwischen uns führte.

Meine anderen Freunde waren die Händler und Fischer. Die Fischer begleitete ich nachts auf das Meer, das ich zu meiner beständigsten und besten Freundin erklärt hatte. Die Händler und ich machten uns zu Verbündeten im Kampf um die touristischen Devisen. Dank meiner Sprachkenntnisse wurde ich von den Urlaubern zu den üblichen Marktbesuchen angeheuert, meine Aufgabe war, Pullover, Handschuhe und Lederwaren für sie herunterzuhandeln. Was ich unterließ, war, ihnen zu verraten, daß die Händler meine Freunde waren und die Preise von vornherein feststanden. Niemand wurde dabei geschädigt, im Gegenteil: Beide Seiten waren zufrieden. Die Touristen, die am Ende weniger zahlen mußten, als am Anfang gefordert wurde, und die Händler, die dankbar waren, daß ich die Touristen zu ihnen führte. Die einen belohnten mich mit einem Mittagessen oder zumindest einer Cola, wenn uns allen von einem langen Marktvormittag die Füße wehtaten, die anderen mit einem prozentualen Anteil am Verdienst. Es war sehr erfreulich, wie sich mein Geschäftssinn entwickelte, realistischer als damals beim Verkauf von Butterbroten und Gänseblümchen. Und erfreulich war, daß selbst meine Mutter keine Einwände hatte.

Lediglich die Tante und Jutta fehlten mir. Letzterer schrieb ich alle zwei Tage einen Brief und bekam genausoviel Post. Wenn ich nicht mit irgendwelchen Geschäften zugange war, machte ich lange Spaziergänge am Meer, an dem man damals noch richtige große Muscheln finden konnte, die sich auch gut verkaufen ließen. Aber das war ein Nebenprodukt meiner Wanderungen, auf denen ich über mein Leben nachdachte. Ich war längst in dem Alter, in dem man mehr denkt als handelt, und ich war am glücklichsten, wenn ich allein war. Die beiden, mit denen ich meine Gedanken gern geteilt hätte, waren ohnehin weit weg.

Ich dachte darüber nach, warum ich mich nicht freute, daß Paolo unermüdlich um mich freite. Ich wußte, daß es weder an seinen roten Haaren noch an meinen jungen Jahren lag. Irgendein Geheimnis war um mich, das ich selber nicht zu entschlüsseln vermochte, und ich ahnte, daß es nichts Einsameres gab im Leben, als sich selbst ein Geheimnis zu sein. In den Dünen führte ich unbefriedigende Zwiegespräche mit der Tante, ich ahnte, daß sie die einzige sein könnte, mein Dilemma zu lösen oder es wenigstens zu verstehen. Ich erinnerte mich an Tantes Beihilfe bei der Beförderung meines ersten Liebesbriefes, und ich vermißte sie sehr, weil sie als einzige mir bei der Beförderung meines innerlichen Geheimnisses hätte behilflich sein können.

Jutta hatte mir zum Abschied eine kleine Mundharmonika geschenkt, die ich in der Fülle der Zeit, die mir täglich zur Verfügung stand, spielen lernte. Es gab ja keine Schule, in der ich etwas hätte lernen können, also lernte ich Mundharmonika spielen und Italienisch. Beides freiwillig und fast perfekt. Meine treuesten Zuhörerinnen waren zwei Eidechsen, die bei den ersten Tönen kamen und sich zutraulich neben mich setzten. Vielleicht sind Eidechsen ja verwandt mit Schlangen, und ich war die Schlangenbeschwörerin. Manchmal saß ich im warmen Sand der Dünen, dachte sehnsüchtig tausend Kilometer oder mehr nordwärts, sehnte mich nach Sauerkraut, einer Badewanne – was mich sehr überraschte – und sogar nach der Schule. Und manchmal wurde ich dann Zeugin der Spiele, die hier stattfanden: Jungen und Mädchen, Männer und Frauen trafen sich, um Dinge zu tun, die zu sehen mich einerseits sehr erregte, andererseits verwirrte. Wenn ich so ein Liebespaar beobachtete, fiel es mir nicht im Traum ein, mich mit den Frauen zu identifizieren; aber es gelang mir spielend, mich mit den Männern zu identifizieren. Merkwürdigerweise gab es in mir ein Gesetz, das solche Phantasien streng verbot. Einen Mann *wollte* ich nicht, auch nicht einen von den wirklich schönen Italienern, die nach und nach neben Paolo um mich warben, und eine Frau *konnte* ich nicht haben. Wahrscheinlich würde ich ins Kloster gehen, um ein für alle Mal mit diesen Gedanken Schluß zu machen. Ich sah mich vor Marienerscheinungen knien, die mir natürlich widerfahren würden, sah mich wundertätig wirken wie Mutter Theresa, die gerade in Mode kam, oder Albert Schweitzer im Urwald, wozu ich dann auch den Beruf erlernen wollte, den mein Vater ausübte... Und doch sah ich in solchen Visionen immer nur einen Teil meiner selbst. Der andere Teil sehnte sich nach Umarmungen statt nach Marienerscheinungen, nach Geborgenheit und Glück zum Anfassen.

All das spielte im Moment keine Rolle, denn die Welt machte sich zum Untergang bereit. Die Wolkenberge waren bedrohlich herangekrochen, und auch das Meer kam näher, was mein Verantwortungsgefühl schlagartig steigerte. Die Schnüre waren festgezurrt, als die erste Sturmböe mich fast umwarf. Mit einem letzten Blick auf das Inferno kroch ich zu meinen beiden Frauen, die froh waren, einen so tüchtigen Vater- und Mannesersatz zu haben.

Gott spielte in den kommenden drei Tagen, so lange sollte dieses Unwetter dauern, auf allen Registern seiner Orgel der Elemente, und ich nahm an, daß er nichts weiter wollte als mir den Marsch blasen. Ich nahm mir vor, eine richtige Frau zu werden, wenn nur diese Hölle uns und unsere windigen Behausungen verschonen würde.

★

Die mir aufgezwungene Klosterzeit neigte sich ihrem Ende zu. Jule würde bald zurückkommen, und ich beschäftigte mich unablässig in Gedanken mit dieser Rückkehr. Wer mir vor einem halben Jahr gesagt hätte, dieser Tag würde mich nicht nur in Freudentaumel, sondern auch in Ängste stürzen, wäre von mir ausgelacht worden – aber so war es. Ich hatte Angst. Angst, ob wir noch mal einen gemeinsamen Weg finden würden, denn mir war bewußt, daß inzwischen auch ich unseren gemeinsamen Pfad verlassen hatte. Dazu mußte man offensichtlich nicht unbedingt nach Kanada gehen. Ich hatte mich nicht von der Stelle gerührt und war doch plötzlich auf einem ganz anderen Weg als vor einem halben Jahr. Und ich war mir nicht sicher, ob Jule *Lust* auf meine Wege hatte und auf die Menschen, die mit mir unterwegs waren. Ich war mir nicht mal sicher, ob ich sie dort haben *wollte*. Ich stellte es mir anstrengend vor, zwischen ihr und meinen neuen Wegbegleiterinnen zu vermitteln, ähnlich wie eine Dolmetscherin, die einen Sachverhalt in verschiedene Sprachen transportieren soll. Ob das, worauf ich mich eingelassen hatte, jemals Jules Sache sein würde, bezweifelte ich.

Meike hörte nicht auf, von den Pfarrerinnen und Vikarinnen zu erzählen, die so enttäuscht waren, weil keine sie auf der Synode vertreten wollte. Gisela, die ich auf der Tagung als die Frau hinter dem Leierkasten kennengelernt hatte, wollte nur gehen, wenn eine zweite sie begleitete. Zwei schwule Männer hatten sich gefunden. Die hatten es da wohl leichter, aber Männer haben es immer leichter; und auch schwule Männer sind schließlich Männer.

„Es hat viel Überzeugungsarbeit gekostet, die Synodalen dazu zu bringen, sogenannte Betroffene zu dieser Klausurtagung einzuladen. Den meisten wäre es lieber gewesen, *über* uns zu sprechen statt *mit* uns. Es wäre jammerschade, wenn wir dieses Angebot nicht annehmen würden, nur weil sich keine findet, die über ihren Schatten springt. Ich würde ja liebend gerne gehen, wenn ich die Zeit hätte..."

„Ich habe die Zeit auch nicht – oder soll ich meinem Chef sagen, daß ich frei haben muß, um auf der Synode zu demonstrieren, wie eine Lesbe aussieht und denkt?"

„Warum denn nicht? Du wärst auf einen Schlag geoutet und müßtest nie mehr Versteck spielen, was dir ja, wie du sagst, ganz schön auf die Nerven geht."

Meike sagte das ganz cool und goß sich Tee nach.

Ich war mir nicht sicher, ob Versteckspiel nicht doch besser wäre als Vorpreschen in aller Öffentlichkeit. Das heißt, ich war mir eigentlich sicher, *daß* es besser ist. „Allein die Vorstellung macht mich schwindelig. Aber ich kann ja mal zu diesen Pfarrerinnen gehen und hören, was sie von der Frau, die sie vertreten soll, erwarten. Damit kann ich mich dann nach so einer Frau umsehen. Zumindest das kann ich tun."

Ehrlich gesagt wollte ich nicht, daß Meike nach meiner tollen Malaktion plötzlich die Achtung vor mir verlor und merkte, daß ich nur ein ganz gewöhnlicher Feigling war, auch wenn ich ab und zu mal eine gute Idee hatte...

Diese lustigen, lachenden, schwatzenden Frauen sollten Pfarrerinnen sein? Unglaublich. Aber passierten mir nicht seit einiger Zeit fast nur noch unglaubliche Dinge? Ich fühlte mich auf Anhieb wohl. Ein bißchen schade war es schon, daß ich ihnen nur jemanden vermitteln wollte, denn damit würde ich sie wieder aus den Augen verlieren.

„Was hast du denn zu verlieren?" Sonja schien Gedanken lesen zu können; vielleicht gehörte das ja zu ihrem Beruf. „Wir haben unsere Stellung zu verlieren, möglicherweise. Wir können es jedenfalls nicht probieren, weil es uns die Stelle kosten kann. Das trifft doch auf dich gar nicht zu."

Was hatte ich wirklich zu verlieren? Eine Maske, die, ehrlich gesagt, auf den Sperrmüll gehörte. Trotzdem konnte ich mir nicht vorstellen, meine Ängste vor einer vielleicht sehr ungnädigen Öffentlichkeit zu überwinden.

„Ich kann nicht frei nehmen dafür. Ich müßte mich sonst an meiner Schule zu erkennen geben. Ich habe Angst."

„Und gerade deshalb bist du die Richtige."

Ich sah Claudia mit offenem Mund an.

„Naja, wir brauchen keine aggressive Kämpferin, sondern eine, die die Herzen anrührt und so die Hirne wachrüttelt."

„Aha. Und ihr meint, so eine bin ich."

Das war eher eine Feststellung als eine Frage. Ich wußte ja nicht mal, ob das ein Kompliment sein sollte, daß sie mich als so eine sahen.

„Ja, so siehst du aus. Ich wäre froh, meine Angelegenheit in deinen Händen zu wissen."

Von dieser Frau, die überaus leuchtend rote Haare hatte, hatte ich nicht mal den Namen behalten, aber sie war offensichtlich bereit, mir ein Stück ihres Schicksals in die Hände zu legen. Irgendwie war ich gerührt und fast traurig, daß ich diesen wunderbaren Frauen ihren Wunsch nicht erfüllen konnte. Dabei wäre es auch für mich ein verlockendes Gefühl, die Maske abzunehmen, frischen Wind an die Haut zu lassen, wenn da nicht gleichzeitig die Befürchtung wäre, daß er auch unter die Haut blasen könnte.

Na und?

Wie zur Untermalung meiner Gedanken hob ein frischer Frühlingswind die Zipfel der Tischdecke, die die Kaffeetafel im Pfarrhausgarten bedeckte. Zwölf Frauen warteten gespannt auf meine Entscheidung.

„Feigling! Feigling!" schrie irgendein aufmüpfiger Vogel aus der Hecke.

Ich versuchte ihn zu ignorieren, wohl wissend, daß die Frauen dasselbe dachten. Und wenn ich ehrlich war – ich dachte es auch. Hatte ich nicht mehr zu gewinnen als zu verlieren? Die Zeiten, als Frauen wie ich auf Scheiterhaufen verbrannt wurden, waren lange vorbei. Ich mußte höchstens ein Lächeln, ein Tuscheln, ein Aus-dem-Weg-Gehen befürchten. Aber auch das machte Angst, tat weh. Ich wußte es. Ich kannte es. Ich wußte aber auch von der Befreiung, die es bedeutete, wenn ich bei einem Menschen meine Maske absetzen durfte und er mir *nicht* aus dem Weg ging, mich *nicht* auslachte, für meine Ehrlichkeit sogar schätzte.

„Feigling! Feigling!" spottete der Vogel, und ich hatte Lust, meine Kuchengabel nach ihm zu werfen.

Ein kleiner – oder auch großer – Sprung über meine Angst, und der Frühling würde mir gehören; wenigstens in diesem Jahr.

„Feigling! Feigling!" Das Mistvieh ließ nicht ab.

„Ich mach's", hörte ich mich zu meiner Überraschung laut und deutlich sagen. Na, du Mistvieh, was sagst du nun?!

„Bravo! Bravo!"
Ich schwöre, genauso klang es.

Mir wurde ganz schwindelig von all den Umarmungen und Dankesworten, mit denen mein Mut belohnt wurde, und in diesem Moment hatte ich nicht das Gefühl, daß der Preis, zu diesen wundervollen Frauen dazuzugehören und ihnen eine Freude zu machen, zu hoch war.

Ich würde es machen.

Ich wußte noch nicht, wie, aber ich würde es machen. Ich hatte keine Ahnung, was eine Synode war, wie man sich da benimmt und so weiter, aber ich hatte mich auf einen Weg gemacht, der versprach, sehr spannend zu werden, und meine Füße tanzten fröhlich voran.

Das alles ging mir durch den Kopf, während ich die Ankunftstafel im Blick hatte. Es war soweit. Jules Flug würde pünktlich ankommen. Ich saß hinter einem Cappucino und hatte eine rote Rose vor mir auf der Theke liegen. Mehrere Gefühle durchfluteten mich gleichzeitig, und zugegeben, die Vorfreude war nicht das hervorstechendste. Beklommen sah ich mich im Spiegel hinter der Theke und stellte fest, daß ich mich in der Zeit der Trennung verändert hatte. Irgendwie waren meine Schultern breiter und meine Nase vorwitziger geworden. Jule würde sich auch verändert haben, und eigentlich war ich mir sicher, daß ich das *nicht* wollte. Ich liebte Veränderungen nicht. Am liebsten sollte alles immer bleiben, wie es war. Wahrscheinlich wurde ich aus diesem Grund von so vielen Veränderungen heimgesucht wie niemand sonst in meiner Umgebung. Das ging schon los, als meine Eltern siebenmal mit mir umzogen, einmal in ein windiges Zelt – zu Hause am Meer.

★

Die erste Nacht des Unwetters hielten wir im Zelt aus, ganz eng zusammengekauert und uns gegenseitig Mut zuredend. Mutter hatte ihr luxuriöses Zelt verlassen und war zu uns ins Kinderzelt gekrochen. Offenbar war die Nähe der Kinder im Moment wichtiger als der Luxus eines Bettes, das nicht auf der Erde lag, sondern Füße hatte, wenn auch nur aus Blech.

Ich mußte meinen zwei Frauen unablässig versprechen, daß dies nicht der Weltuntergang war. Dabei war ich nicht sicher, ob er es nicht doch war.

Beim ersten Morgengrauen warf ich einen vorsichtigen Blick aus dem Zelt und stellte fest, daß das Meer so nah gekommen war, daß ich mühelos mein Fußbad gleich von hier aus hätte nehmen können.

„Raus!" schrie ich. „Raus! Wir müssen umziehen!"

Und da wir schon dabei waren, hielt ich es für das Klügste, die Koffer gleich in ein richtiges Haus zu verfrachten, in den kleinen Laden. Dort saßen zu meiner Überraschung schon die meisten Urlauber auf gepackten Koffern, auf ihren bleichen, übernächtigten Gesichtern war keine Spur der Urlaubsbräune mehr zu sehen. Na, wenn das so war, konnte ich meine beiden Frauen dazusetzen, sie waren mir ohnehin beim Umsetzen unserer Zelte im Weg.

Alfonso, auf dem Campingplatz zuständig für alles, half mir bei der Aktion, die sich als überaus schwierig darstellte. War ein Zipfel des Zeltes gelöst, zappelte dieser knatternd durch die Gegend und ließ sich nur widerwillig einfangen. Der Sturm riß uns die Worte vom Mund, und wir hatten keine Hand frei, um uns mit ihr zu verständigen. Wir waren darauf angewiesen, daß der andere schon wissen würde, was wir vorhatten. Inzwischen war ich sicher, daß dies der Weltuntergang war, aber ich fand ihn spannend. Wir bauten beide Zelte ein paar Meter weiter hinten wieder auf und warteten gespannt, ob das Meer folgen würde. Es schien aber vorerst mit dem eroberten Platz zufrieden.

Alfonso stand da, das Haar hing ihm wie nasse Wolle bis zur Nase, er lachte. Ich ahnte, warum er lachte: Es machte Spaß, Gott und die Elemente herauszufordern, und in dieser ersten Runde hatten wir gewonnen. Ich lachte mit ihm. Unsere weißen Zähne funkelten in der Schwärze des Unwetters, die nassen Klamotten hingen an uns herunter, aber wir waren stärker als der Sturm, der uns nicht umwarf. Drohend hob Alfonso seine Faust gegen dieses Tier, das Meer, das alle Zähmung abgeschüttelt hatte. Was er schrie, verstand ich nicht, aber wahrscheinlich sagte er ihm den Kampf an.

Ich schmeckte das Salz auf meinen aufgesprungenen Lippen und schwor mir, diesen Moment nie zu vergessen. Ich war kein bißchen schwächer als Meer, Sturm, Blitz und Donner. Die Elemente mochten toben, aber ich würde den Kampf gegen sie immer aufnehmen, sie machten mir weniger Angst als manche Menschen.

Alfonsos Schnauzbart hing naß herunter. Mir wurde plötzlich bewußt, daß wir weit und breit die einzigen Menschen waren. Alle anderen saßen im Laden und beobachteten, wie das Regenwasser unter der Tür hereinfloß. Mehr als nasse Füße hatten sie nicht zu befürchten und daß es keinen heißen Kaffee geben würde, der Strom war ausgefallen.

Ich aber hatte gar nichts zu befürchten, denn ich hatte mich mit den Elementen verbunden. Das war es, schoß es mir durch den Kopf: Nicht der Kampf gegen die Elemente, sondern das Verbinden mit ihnen war es, was diesen Augenblick einzigartig machte. Gott wollte uns nicht untergehen lassen, er zeigte uns beiden, Alfonso und mir, lediglich seine Lichtorgel, alle Farben des Meeres und alle Töne des Sturms, vom kläglichen Winseln junger Welpen bis zum Brüllen hungriger Wölfe. Ich fühlte mich wie in einem Schauspiel, das eigens mir zu Ehren inszeniert wurde. Es war ganz richtig, daß Alfonso sich mir zuwandte und sein nasser Schnauzbart plötzlich ganz nah war. Ich spürte, daß in ihm der gleiche Sturm tobte wie um uns herum, und ich merkte, daß ich schrie. Nicht vor Angst, sondern aus dem Gefühl heraus, daß alles, was mir widerfuhr, absolut richtig war und den richtigen Ort hatte. Diesen Ort, an dem alle Gewalten losgelassen einen unvergleichlichen Schöpfungstanz aufführten. Es war absolut richtig, mitzutanzen, und ich war sicher, mich den Tanzschritten Alfonsos anvertrauen zu können. Sein Bart, seine Lippen, seine Zunge schmeckten nach Salz, wie meine bestimmt auch. Er schlang seine Arme um mich und küßte und küßte und küßte mich in einem endlosen wilden Kuß. Ich war diejenige, die ihn und mich zu

Boden warf, wo wir uns aufeinander und voneinander rollten. Ich wußte nicht, was mir mehr Lust machte: das Toben um uns oder Alfonsos Hände, die unter meinen Kleidern, nassen Fetzen, herumkrochen wie große warme Tiere, innehielten, um zu tasten, zu schmecken, in Aufregung zu versetzen, und dann zwischen meinen Beinen blieben, wo sie einen Aufruhr entfachten, der den entfesselten Naturgewalten entsprach. Ich wußte ohnehin nicht mehr, was außen und innen war, was ich war oder dieser Mann oder Sturm und Meeresdonner. Ich wußte, daß ich das, was geschah, wollte. Ich wollte die Ekstase, die Alfonso mir mit seinen Händen bereitete, ich schrie vor Lust und sah, daß der Mann auch schrie. Zu hören war kein Laut außer dem Chor der Elemente. Und ich hatte das Bedürfnis, diesem Mann die gleiche Lust zu bereiten, die ich empfand.

Meine Hände suchten sich den Weg in seine Hose, die in ihrer Nässe sowieso nichts mehr verbarg, und fanden ein ganz anderes Ding, als ich es von den Doktorspielen kannte oder von meinem Vater, der sich nie genierte, nackt durchs Haus zu laufen. Dieses Ding pulsierte vor Lebenskraft und -freude und streckte sich mir frech und fordernd entgegen. Ich hielt es in der Hand, und dieses Gefühl war so gut wie dem Sturm zu trotzen. Indessen war ich genauso in Alfonsos Hand, und merkwürdigerweise war auch das ein gutes Gefühl. Ich kam mir vor wie eine, die auf den Wellenkämmen des entfesselten Meeres ritt, die vom Wind persönlich in höchste Höhen emporgetragen wurde, und einige Zeugen unserer Lust waren die Blitze, die den Himmel immer noch vielfarbig zerschnitten.

Als sich Alfonso auf mich legte, hatte ich einen kleinen Moment lang Angst, weil wir ja jetzt offenbar das taten, was Kinder erzeugte, aber Alfonso schien meine Angst zu erraten, oder er hatte die gleiche, denn schließlich hatte er schon drei oder vier Kinder; jedenfalls lachte er und schüttelte seinen nassen Kopf.

„Niente paura, nix Angst", las ich von seinen Lippen ab, die direkt vor mir waren.

Der nasse, warme, schwere Körper legte sich sanft auf mich, die Hosen hatten wir längst abgestreift, so daß die Quelle meiner Lust mit der Quelle seiner Lust in Berührung kam, was unbeschreiblich gut war. So lagen wir lachend und zitternd und rieben uns aneinander, bis wir explodierten wie die Welt um uns. Alfonso war Manns genug, mir nicht seine Männlichkeit aufzuzwingen, und so war mein erstes Erlebnis mit einem erwachsenen Mann eher dem Spiel junger Hunde vergleichbar, wenn auch die Begegnung mit meiner eigenen Lust, diesem Tier, das meist ruhig schlief, von ganz besonderer Art war; erregend und erschreckend gleichzeitig. Schließlich stand Alfonso auf, hob mich hoch und lief mit mir in die tosende Brandung. Dort standen wir, er hatte mich immer noch auf seinen Armen, das Wasser schrie und zuckte und warf sich uns entgegen, und ich wußte, daß ich Zeugin von etwas Großartigem war, das dieser Mann mit mir teilte. Und ich wußte, daß alles richtig war, so wie es war.

Es war keine Liebesgeschichte, es war ein Tanz mit den Elementen. Nicht mehr, aber auch nicht weniger.

Vielleicht war der liebe Gott ja jetzt auch beruhigt und glaubte, daß ich eine richtige Frau werden würde. Jedenfalls ging die Welt nicht unter, und nach drei Tagen konnten die blassen Gestalten aus dem Laden wieder in ihre Zelte einziehen. Das Meer beruhigte sich, bald konnte ich mir nicht mehr vorstellen, daß es jemals getobt hatte.

✱

Ich erblickte Jule sofort, als sie aus der Drehtür kam und mit langen Schritten auf das Förderband zuging. Zumindest äußerlich hatte sie sich nicht verändert. Auch auf die Entfernung war ich sofort wieder hingerissen von ihr. Ich weiß nicht, ob sie mich auch schon gesehen hatte, sie warf keinen Blick in meine Richtung. Na, das fing ja gut an.

Lara begann mit dem Schwanz zu wedeln, auch sie hatte ihr Hauptfrauchen entdeckt, obwohl sie es durch das dicke Glas unmöglich riechen konnte. Lara erkannte Jule am Gang und an den Farben, die sie trug. Das führte zu den merkwürdigsten Verwechslungen: Warteten wir vor einem Laden auf Jule, wedelte Lara bei jedem halbwüchsigen Knaben, der mit großen Schritten aus der Tür kam, wenn er nur etwas Grünes oder Blaues anhatte. Jule hatte mehr Ähnlichkeit mit einem Heranwachsenden als mit einer Frau im gesetzten Alter, obwohl sie das ja mittlerweile war. Lara drückte ihre Nase am Glas platt und verschluckte sich fast vor Aufregung.

Meine Aufregung war eher banger Natur, und ich merkte, daß ich anfing, die Rosenblätter zwischen feuchten Fingern zu zerkrümeln. Was würden wir uns sagen, wo würden wir anknüpfen, wie würden wir anknüpfen? Würde Maria noch eine Rolle spielen, in Jules Leben und damit in meinem? Wäre mir das überhaupt noch wichtig? Irgendwann in diesem halben Jahr konnte ich mir vorstellen, mit Jule weiter das Haus zu bewohnen, auch wenn wir nicht mehr das Bett teilen würden. Den Tisch konnten wir ja noch teilen! Aber würde sie so etwas wollen? Und würde ich es können?

„Hör auf zu träumen, ich bin da!"

Vor lauter Gedanken hatte ich gar nicht gemerkt, daß Jule bereits auf der anderen Seite des Glases und neben mir war. Laras Schwanz drehte sich wie ein Propeller, ihre Ohren waren korkenzieherartig verdreht, Ausdruck höchster Verzückung. Da die Rose mich an einer Umarmung hinderte, überreichte ich sie schnell, was für unsere Umarmung nicht weniger hinderlich war. Irgendwie schafften wir es aber doch und begaben uns dann zur Cafeteria, beide wissend, daß ein verlängerter Aufenthalt auf dem Flughafen etwas Entscheidendes hinauszögerte, das erst mit dem Öffnen unserer gemeinsamen Haustür eintreten würde.

Zu zweit saßen wir nun, wo ich eben noch allein gesessen hatte, ich sah unsere beiden Gesichter sich hinter der Theke spiegeln, und ich wünschte, es würde sich wirklich nichts ändern. Ich war so schlecht im Verändern. Aber wie ein aufmüpfiger kleiner Schalk schob sich ein Gedanke in mein Gehirn, der fand, es habe sich doch schon alles verändert. Und ich sei nicht ganz unschuldig daran. Ich hatte nicht übel Lust, ihn zur Raison zu bringen, und sagte innerlich laut und deutlich: *Halt die Klappe!*

„Na?" fragte Jule und blitzte mich aus blauen Augen an. Energisch warf sie ihre Haare aus der Stirn zurück und war ganz die Alte, oder?

„Selber na?" entgegnete ich und beschloß, bestimmt nicht die erste zu sein, die ein schwieriges Thema anschnitt.

„Du siehst gut aus", stellte ich fest. Das war kein schwieriges Thema. Es war auch nicht gelogen: Sie sah verdammt gut aus. Jule liebte Komplimente. Ich liebte Komplimente auch, aber ich würde es niemals so unverfroren zugeben. Ich verstand es, jedes Kompliment zu entzaubern, indem ich versicherte, daß meine Kochkunst, meine glatte Haut, meine Augenfarbe nicht mein Verdienst seien, sondern höchstens ein Zufall, für den ich nichts konnte... Eher ein Versehen.

„Du siehst auch gut aus", sagte Jule und grinste.

Sollte ich versuchen, das Kompliment nicht gleich zu entwerten?

„Naja, ich habe ja auch sehr solide gelebt. Es gab keine, die mir meine Nachtruhe geraubt hätte."

Warum mußte ich das verraten? Mußte ich ihr sofort zu verstehen geben, daß ich nur auf sie gewartet hatte? Und vor allen Dingen: Entsprach es der Wahrheit? Es gab schließlich genug andere, wenn auch in anderem Sinn. Trotzdem beschäftigten mich die anderen Menschen und Dinge. Vielleicht mehr, als jede Affäre mich hätte beschäftigen können.

„Das wäre ja auch noch schöner gewesen." Jule lachte.

Und damit waren die Rollen wieder verteilt.

Am aufregendsten war der Moment, als wir abends ins Bett gingen; wie selbstverständlich gemeinsam, also zur gleichen Zeit und ins gleiche Bett. Dort lagen wir, fremd-vertraut, und wußten nicht, wo und wie wir anfangen sollten; zu reden natürlich – alles andere war noch undenkbar.

Also fing ich trotz meiner guten Vorsätze prompt mit dem Falschen an.

„Wie wäre es, wenn wir am Wochenende deine Sachen von Gundel holen, damit du es dir in deinem Zimmer wieder gemütlich machen kannst?"

„Hm."

Jule klang schon ganz verschlafen. Wohlig reckte sie sich und kuschelte noch ein bißchen näher an mich heran. Ich roch den vertrauten Duft, aber ich spürte kein Begehren. Die Fremdheit war auf jeden Fall größer als die Vertrautheit. Deshalb hatte ich wahrscheinlich vergessen, daß es selten Jules Wunsch war, es sich irgendwo gemütlich zu machen. Es wäre *mein* Wunsch gewesen. Ich plante also immer noch für sie. Und was konnte dieses „Hm" bedeuten?

„Ich würde dir schon helfen."

„Ach, weißt du, ich dachte, das hat noch Zeit."

„Aber Meike ist extra ausgezogen, und es wäre doch schön, wenn du wieder richtig einziehst!"

Es wäre schön für *mich*, es würde *mir* etwas bedeuten. Hör doch, wie wichtig es mir ist! Leider sagte ich die entscheidenden Dinge immer noch nicht laut.

„Ich dachte, ich hab doch noch soviel Zeit bis zum neuen Schuljahr, wenn ich wieder anfange zu arbeiten..."

„Naja, schon, aber du mußt doch wieder hier wohnen, oder?" Meine Gedanken entwickelten sich in schreckliche Bahnen.

„Ich wollte eigentlich mit dem Campingbus noch ein bißchen wegfahren, nach Italien zum Beispiel. Du könntest in den Pfingstferien nachkommen."

„Du willst gleich wieder weg?!" Ich konnte es nicht glauben.

„Naja, ich wollte die Freiheit noch etwas genießen..."

Und genießen heißt weg sein von mir.

„Kannst du deine Freiheit hier nicht genießen?"

„Das ist nicht dasselbe. Hier werde ich immer noch sein."

Daß eines Tages, wenn das so weiterging, vielleicht *ich* nicht mehr hier sein würde, habe ich wahrscheinlich auch nicht laut gesagt. Ich hätte es ja auch selber nicht geglaubt und Jule erst recht nicht. Wir wußten beide, daß ich immer hier sein und Nest bauen würde. Zumindest *das* hatte sich nicht geändert, und eigentlich hätte ich froh sein können. Ich war es aber nicht. *Das* hätte sich ruhig verändern dürfen! Ich hatte keine Lust, wieder die alte Rolle zu spielen.

Ich merkte, wie das Türchen zuging, durch das ich Jule zugewinkt hatte und sie gerade wieder einlassen wollte in mein Innerstes. Ich lag da und wurde das Gefühl nicht los – obwohl ich alles tat, um es loszuwerden –, daß Jule mich in diesem Moment verlassen hatte. Oder ich sie?

Ich merkte, daß das der berühmte Tropfen war, der das Faß zum Überlaufen brachte. Und ich merkte, daß ich allein war, nur daß ich bis jetzt noch keine Bekanntschaft mit den positiven Seiten daran gemacht hatte. Die mußte es doch aber, verdammt noch mal, geben! Schließlich lebten viele Menschen freiwillig allein, wenn man den Statistiken glauben durfte!

Einen letzten Versuch wollte ich dennoch machen.

„Wir bekommen Besuch. Conni und Johanna mit zwei Frauen, die ich auf der Tagung kennengelernt habe, von der ich dir geschrieben habe... Wir haben das Datum extra so gewählt, daß du dabeisein kannst! Alle wollen dich wiedersehen beziehungsweise kennenlernen..."

Welch kläglicher Versuch, Jules Reiselust zu bremsen! Was waren ein paar Frauen gegen die große weite Welt!

„Ich habe mich auch verabredet, mit Elke. Wir wollten miteinander nach Italien fahren", sagte sie noch. Elke war ihre beste Freundin, eine aus Kindergartenzeiten, also außer Konkurrenz.

„Ja, aber so etwas kann man doch ändern, oder?"

„Du weißt, daß ich keine Verabredung absage. Ich habe auch meine Prinzipien."

Das wußte ich. Aber im Moment war es wichtiger, nach uns und unserer Beziehung zu schauen. Fand ich. Für Jule war die Verabredung wichtiger. Das mit den Verabredungen war wie eine fixe Idee, und mir kam der Gedanke, daß selbst der Tod eines Tages keine Chance hätte, wenn Jule im Begriff war, eine Verabredung einzuhalten. Er müßte glatt ein andermal wiederkommen.

Warum dachte ich an Tod? Warum *nicht* an Tod?

Ich hatte das schreckliche Gefühl, irgend etwas war gestorben, sang- und klanglos, wie verwelkt. Dabei hatte ich mich gerade an Jules Rücken gewöhnt, hatte ihn sozusagen neu erobert und kuschelte mich daran wie in alten Zeiten, nach denen ich mich doch so sehr sehnte, wenn sie nur etwas anders wären als früher...

✷

In meinen Dünen dachte ich über alles nach. Ich wartete auf Gefühle, die sich nicht einstellen wollten. Von meinen Freundinnen wußte ich, daß ich hätte verliebt sein müssen. Ich war es nicht. Ich sah Alfonso täglich, wir plauderten unbefangen miteinander, und wenn ein Gespräch mit „weißt du noch...?" begann, bezog sich das auf das gemeinsam bestandene Abenteuer, den Naturgewalten getrotzt und noch Spaß dabei gehabt zu haben. Alfonso versuchte nie wieder, mich zu küssen. Ich wartete auch nicht darauf, im Gegenteil: Es wäre mir abwegig vorgekommen. Ich hatte genausowenig wie er das Verlangen, unser Liebesspiel zu wiederholen.

Ja, es war wohl mehr *Spiel* gewesen als Liebe. Meine Empfindungen hatten sich kein bißchen geändert, höchstens, daß ich jetzt eine Ahnung hatte, wie grandios meine Lust war, wie schön, sie zu teilen und jemand anderem Lust zu bereiten. Und dennoch hatte ich den Verdacht, daß etwas ganz Entscheidendes gefehlt hatte. Vielleicht die *Liebe?*

Dabei hatte ich den drahtigen, braungebrannten Körper, die blitzenden Zähne, den ganzen Kerl in dem Moment, in dem wir uns den Naturgewalten in und um uns hingaben, wirklich geliebt. Seine lachenden Augen, seinen aufgeregten Atem und die Art, wie er mich anfaßte. Aber so wie das Unwetter vorbeiging, gingen meine Gefühle vorbei. Es war ein Spiel. Wir hätten es nicht wiederholen können und auch nicht wollen.

Lieber Gott, ich hoffe, du läßt kein neues Unwetter über uns hereinbrechen, ich kann's einfach nicht *ändern.* Du wirst dir ja vielleicht etwas dabei gedacht haben, mich so gemacht zu haben, wenngleich ich es nicht verstehen kann.

✷

Als der Tag endlich da war, an dem Conni, Johanna, Katja und Lea zum verabredeten griechischen Essen kamen, war das Unwetter schon vorher hereingebrochen. Jule hatte unseren Campingbus genommen und war nach Italien gefahren. Wahrscheinlich merkte sie, daß sie mir wirklich viel zumutete, denn sie rief ab und zu an, und das war mehr, als ich erwarten konnte.

Trotzdem war ich ziemlich neben der Spur, als die zwei Pärchen mich in meiner alten und neuen Klausur aufsuchten. Die Anwesenheit der Frauen machte meine Einsamkeit nur spürbarer. Ich konnte auch keiner erklären, warum Jule nicht da war, obwohl wir doch den Termin ihretwegen so gelegt hatten – ich verstand es ja selbst nicht.

Meine üble Laune hielt die anderen nicht davon ab, sich wohlzufühlen, den Garten zu besetzen und den plötzlich hereingebrochenen Sommer zu begrüßen. Sie waren fröhlich und nahmen nicht viel Notiz von meiner Einsilbigkeit. Sie waren sich selbst genug.

Am Nachmittag unternahmen wir einen Spaziergang in Gefilde, die mit Erinnerungen an meine von neuem entschwundene Geliebte gepflastert waren. Als das Kloster noch bewohnt gewesen war, hatten wir manchmal an den Gottesdiensten in der kleinen Kapelle teilgenommen. Als es verlassen und zum Verkauf angeboten wurde, ärgerten wir uns, daß wir nicht genug Geld hatten, um mit Freundinnen diesen schönen Ort zu beziehen. In Ermangelung dessen bezogen wir bei schönem Wetter manchmal den Klostergarten, in dem die Blumen und das Gemüse langsam verwilderten. Wir legten uns ganz unklösterlich oben ohne auf die Wiese zwischen der Kapelle und den Gemüsebeeten, lasen uns aus den mitgebrachten Büchern vor und versuchten das eine oder andere Mal auch, über unsere schwierig gewordene Situation zu sprechen. Das gelang an diesem ruhigen, fast heiligen Ort besser als anderswo. Und die Aussicht auf das Land zu unseren Füßen, die Wälder, Hügel und Dörfchen, vermittelte uns durchaus das Gefühl, daß unsere Probleme nicht so überwältigend sein konnten, wie wir manchmal befürchteten. Wie *ich* manchmal befürchtete. Jule redete mir sowieso ständig meine Befürchtungen aus.

„Du hast so viele, daß für mich keine mehr bleiben", sagte sie, wenn ich fragte, ob sie gar keine habe. „Außerdem weigere ich mich, mein Leben mit Befürchtungen zu verbringen."

Das entsprach nicht der Wahrheit, Jule hatte *andere* Befürchtungen. Sie befürchtete zum Beispiel, krank zu werden. Da wir ihre Brust deshalb ständig nach Knötchen absuchten, fanden wir prompt eines, das sich dann als gutartig erwies und bewirkte, daß Jule schlagartig vom Rauchen abließ in der Einsicht, daß man nicht rauchen *und* Angst vor Krebs haben kann.

Ich sollte vielleicht keine Beziehungen mehr leben, wenn ich Angst vor Trennungen hatte, dachte ich. Es wäre genauso folgerichtig wie Jules Entscheidung mit dem Rauchen.

All diese Gespräche hatten nichts genützt, dachte ich, während ich hinter meinen Besucherinnen herstapfte. Sie waren genauso bezaubert von der Umgebung wie wir früher und wurden nicht müde, die Gebäude in Gedanken mit einem ausgesuchten Kreis von Freundinnen zu bevölkern, dieselbe Vision, die Jule und ich ja auch gehabt hatten.

Vielleicht wäre es gar nicht so schlecht, in einer größeren Gemeinschaft zu leben, dachte ich. Das Scheitern einer Beziehung wäre wahrscheinlich weniger schmerzlich, wenn da noch andere wären, die trösten, verstehen oder einfach nur da sein würden.

Ich war froh, als wir wieder zu Hause waren.

Heute war das Haus erfüllt von Johannas Duft, der mir seit jener denkwürdigen Massage vertraut war. Sie stand in der Küche, und aus einem unerklärlichen Grund hatte ich Lust, ihr ewig bei irgendeiner Tätigkeit zuzuschauen und dabei meine Nase mit ihrem Duft zu füllen. Irgendwann jedoch kam ich mir dabei blöd vor und verwickelte mich in innere Zwiegespräche mit meiner Geliebten, die mich durch ihre Abwesenheit in diese blöde Situation gebracht hatte.

Johanna kam mir nach, setzte sich auf das Sofa im Wohnzimmer und sah mich auf eine Art an, die meine Unruhe noch steigerte.

„Sag mal", fing sie an, „ist etwas zwischen uns, daß du mir aus dem Weg gehst? Magst du mich nicht?"

„Ich glaube, ich mag dich zu sehr." Niemand konnte verblüffter sein über meine Antwort als ich selbst.

Johanna schaute mich auf eine Weise an, daß mir klar wurde, meine Worte, unbedacht und spontan und deshalb so wahrhaftig, hatten einen Vorhang beiseite geschoben, den wir, seit wir uns kannten, vor den Teil unserer inneren Kammern gehängt hatten, den wir nicht nur vor der anderen, sondern vor allem vor uns selber verbergen wollten.

Wir sahen uns überrascht und hilflos an, eine Ewigkeit lang, vielleicht auch länger, und ich konnte nicht sagen, daß ich glücklich war, einen Blick in diese Kammern getan zu haben. Mein Leben war kompliziert genug, ich konnte mir keine weiteren Schwierigkeiten leisten.

Ich wußte wieder, warum ich Johannas Händen entflohen war, als sie mich massiert hatte; ich wußte, warum ich ihr aus dem Weg ging und warum ihr Duft mich in inneren Aufruhr und äußere Unruhe versetzte. Ich wußte, warum ich überall ihr Bild sah und daß ich das alles gar nicht wissen *wollte!* Ich hatte eine Beziehung, die undurchsichtig genug war, ich hatte alle Hände voll zu tun, um einigermaßen mein Gleichgewicht zu bewahren, und oftmals hampelte ich lange auf einem Bein, mir der Gefahr, abzustürzen, durchaus bewußt. Dies konnte aber nur mit einem Sturz enden.

Entschlossen zog ich den Vorhang zu, und Johanna wehrte sich nicht dagegen, noch nicht. Vielleicht ließ ich aber auch einen kleinen Ritz offen, denn trotz allem wagte sie es, mich abends vor dem Schlafengehen in den Arm zu nehmen wie immer, mir einen Kuß auf den Mund zu geben und zu sagen: „Ich habe dich sehr lieb, weißt du."

Das konnte nun alles bedeuten oder nichts, und ich beschloß, daß es bedeutete, wir wollten gute Freundinnen bleiben und den Vorhang verschlossen halten.

Trotzdem bemerkte ich, welch wunderbares Gefühl es war, einfach so dazustehen und von Johanna gehalten zu werden.

„Daran könnte ich mich gewöhnen", entfuhr es mir, und ich konnte nicht sehen, was Johanna dachte, denn unsere Umarmung fand im Garten statt, der bereits in nächtliches Dunkel gehüllt war.

Während ich, nunmehr allein, im Garten meine letzte Zigarette rauchte, wußte ich, daß von nun an nichts mehr sein würde, wie es war, und ich kann nicht behaupten, daß dieser Gedanke mich begeisterte, im Gegenteil. Nichts haßte ich doch mehr als die Verwirrung, und während ich den Rauch in den sternenklaren Nachthimmel blies, schwor ich mir, gegen die Verwirrung zu kämpfen.

Zum ersten Mal seit langer Zeit nahm ich die Tante wahr. Ich hatte das Gefühl, sie setzte sich neben mich auf die Bank, sah ebenfalls dem Rauch nach und schien ihr Haupt bedächtig zu wiegen, bevor sie feststellte: „Wer gegen solche Verwirrungen ankämpft, stürzt sich in noch größere. Bist du nicht alt genug, um zu wissen, daß das, was du Verwirrung nennst, Verliebtheit ist?"

„Liebe Tante, ich freue mich, daß du wieder da bist, wo immer du gesteckt haben magst. Aber mein Leben wäre einfacher, wenn du dich nicht einmischen würdest. Ich bin alt genug, mich zu erinnern, daß ich gebunden bin und in meinem Leben kein Platz für Verliebtheiten ist. Punkt."

„Na dann. Es verspricht spannend zu werden unterm Dach!" Die Tante kicherte und verschwand; wahrscheinlich auf ihren Beobachtungsposten ganz oben.

✱

Ein unglaublich blauer Himmel wölbte sich über mir, ein ebenso unglaublich gefärbtes Meer breitete sich vor mir aus und flüsterte mir von der Liebesbeziehung zu, die wir inzwischen längst miteinander geknüpft hatten: Ich liebte dieses lebendige, immer wieder überraschende Element, das mich von morgens bis abends und durch meine Träume begleitete, mal sanft murmelnd, mal schweigsam und ganz glatt in einer Windstille ausgebreitet, die, wie ich inzwischen wußte, einem Gewittersturm vorausging, der dasselbe Meer in ein gieriges, brüllendes Tier verwandeln würde, das mit tausend

Zungen nach allem schnappte, was ihm zu nahe kam. Ich hatte Respekt vor ihm, dieser Respekt war die Grundlage unserer Liebesbeziehung.

Heute plätscherte es mir Verführerisches zu. Es schwatzte und gluckste vor Vergnügen, kicherte wie ein junges Mädchen, zog sich zurück wie ein scheues Frauenzimmer, das vor Scham errötend feststellte, daß es seine Grenzen überschritten hatte. Von draußen aber winkte es keck und sich seiner Verführungskünste wohl bewußt.

Meine dunkelbraunen Zehen bohrten sich in den heißen, weißen Sand, und ich stellte fest, daß ich zufrieden war, so zufrieden, wie ich es ohne Jutta und die Tante sein konnte.

Ich war stark geworden in diesen Monaten am Meer.

Ich hatte, dem Auftrag meines Vaters gehorchend, meine und seine zwei Frauen behütet, das hatte nicht nur meine Muskeln, sondern auch mein Selbstbewußtsein gestärkt.

Ich hatte an diesem Strand in dieser Zeit einen Ort gefunden, an dem ich die Verwirrungen meiner fünfzehn Jahre dem Meer opfern und der Sonne unterbreiten konnte, in deren Licht nichts endgültig schlimm aussah.

Und das beste war: Ich mußte mich nicht anders fühlen, denn es gab keine Freundinnen, die mir erzählten, wie sie Windel um Handtuch um Tischdecke ihre Aussteuer vermehrten, wie sie sich nach ihrem Märchenprinzen sehnten und in Gedanken ihre Kinder an noch nicht vorhandenen Brüsten stillten. Da niemand mir hier von solchen Dingen erzählte, fühlte ich mich ganz wunderbar normal. Ich machte die großartige Entdeckung, daß ich anders nur in Gegenwart anderer war – nicht in meiner eigenen Gesellschaft und der von Meer, Sand und Sonne.

Die fanden mich ganz normal, und der liebe Gott verschonte uns mit Unwettern und anderen Katastrophen.

Wenn ich auf den schwankenden Brettern von Paolos Restaurationsschiff stand, das wie ein behäbiges, schläfriges Tier an seinen Leinen zog, wußte ich, wie ich mich zu bewegen hatte, denn hier hatte ich eine Aufgabe: Ich konnte helfen, und ich tat es gern.

Paolo hatte sich damit abgefunden, daß ich ihn nicht heiraten würde, von Alfonso wußte er nichts. Ich war ihm keine Rechenschaft schuldig. Wir entwickelten uns zu einem unschuldigen, verspielten Geschwisterpaar, tauchten Seite an Seite in der Mittagsglut in waghalsigen Sprüngen direkt durch die Küchentür in den Fluß, lachten über Touristen, die nicht glauben mochten, daß hier weder Sauerkraut noch Wiener Würstchen serviert wurden, und allmählich wurde ich in die kichernde Schar seiner zahlreichen Schwestern eingereiht, was mir durchaus recht war.

So lebte ich ganz unbekümmert. Übermütig und trunken von Sonne und frischer Luft, dankbar für alle guten Worte und jedes Streicheln, das mir vor allem meine Mutter in dieser Zeit mehr als sonst zukommen ließ. Auch sie war der Meinung, ich hätte gut für sie gesorgt. Nicht daß sie das Gefühl hatte, es müsse für sie gesorgt werden – sie war einfach dankbar und zufrieden, daß ich ihr das Flicken des Zelts, die Gänge ins Städtchen zu allen möglichen Ämtern und die Beschaffung eines so wunderbaren kühlen Ortes wie auf dem Schiff abnahm. Für meine Schwester war es das Paradies: Sie blühte auf im frischen Wind, der über den Fluß wehte, und vergaß die Lethargie, die sie am heißen Strand befiel. Sie bekam rote Backen und wuchs, und in ihre Augen kam der Glanz, der mir sagte, daß ich der Aufgabe, mit der Vater mich betraut hatte, gerecht geworden war.

Wenn ich in der Abenddämmerung vom Fluß nach Hause ging, begleitet von Hunderten von Fledermäusen, die sich ihr Futter in der weichen, üppigen Luft suchten, vom Geschrei der Seevögel, die sich um ihre Nachtplätze stritten, wußte ich, daß ich die Lösung für das Geheimnis des Lebens noch nicht gefunden hatte. Aber in Gegenwart des Meeres, das mich mit seiner salzgeschwängerten Nachbarschaft betrunken machte wie der rote, süße Wein, fühlte ich mich wenigstens von allen guten Geistern begleitet.

✱

„Du bist wohl von allen guten Geistern verlassen?" fragte ich erschrocken.

Schon einen Tag nach dem denkwürdigen Wochenende, an dem Johanna und ich aus Versehen den Deckel von einem Topf brodelnder Gefühle gehoben hatten, rief sie mich an.

„Wir müssen neu überlegen."

„Was sollten wir denn überlegen?"

Wahrscheinlich fand sie mich sehr naiv, was ich wohl auch war.

„Zum Beispiel den geplanten Urlaub. Wir können doch nicht so tun, als sei nichts, und mit unseren Partnerinnen zusammen ans Meer fahren."

„Johanna, *es ist nichts!*"

Ich betonte jedes einzelne Wort, um seine Bedeutung zu unterstreichen; vermutlich hatte ich es nötig, mir selber einzureden, es sei nichts.

Daß die Tante vom Dach herunter kicherte, hörte Johanna am anderen Ende der Leitung nicht. Gott sei Dank.

Es ist schwer, mit einem unsichtbaren Wesen Blickkontakt aufzunehmen, um es zum Schweigen zu bringen, also winkte ich nur resigniert ab.

„Es kann ja sein, daß wir uns geirrt haben, aber wir müssen wenigstens noch mal hinschauen. Um das zu tun, will ich dich noch mal sehen. Ich weigere mich ganz entschieden, so zu tun, als sei ich blind und taub. Aber genau das verlangst du von mir."

„Ich will nicht, daß du dich blind oder taub stellst, aber ich will nicht aus einer Mücke einen Elefanten... also aus einem Moment der Gefühlsaufwallung eine Affäre und schon gar keine Tragödie machen. Ich will, daß wir alle vier so weiterleben wie vorher, und ich sehe keine Notwendigkeit, das zu ändern."

Meine Worte entsprachen nicht meinen Gefühlen. Irgendwo in meinem Herzen *fühlte* ich, daß sich etwas geändert hatte. Während wir weiter telefonierten, wurde mir der Inhalt unserer Worte immer unwichtiger. Ich vernahm eine Botschaft, die ich ersehnt und vermißt hatte: daß ich ein begehrenswerter, beachtenswerter und durch und durch besonderer, einmaliger, liebenswerter Mensch sei. Jule hatte mich mit solchen Botschaften nie verwöhnt, schon gar nicht in letzter Zeit. Und weil ich selbst auch nicht davon überzeugt war, brachte mich die Botschaft zum Schmelzen; sie zauberte jenes Grinsen auf mein Gesicht, das ich bei Verliebten immer so lächerlich fand. In unserem einstündigen Gespräch wurde ich in eine Zauberwelt entrückt, die ich längst vergessen hatte, von der ich nicht annahm, daß ich sie noch einmal betreten würde. Es ist nicht die Welt der Vertrautheit in einer langjährigen Verbindung, es ist der Zauber einer Entdeckungsreise in eine fremde Welt, die jedes Kennenlernen eines anderen Menschen bedeutet.

Es ist aber auch eine Entdeckungsreise in die eigene Innenwelt. Hundertmal unternommen, aber jedesmal neu, weil jedesmal in einem anderen Licht. Diese und jene Kammer in mir ist mir zwar bekannt, aber da Johanna die Laterne hält, um die Möbel zu beleuchten, bekommen sie eine andere Farbe, einen anderen Stellenwert, eine andere Bedeutung.

Welch eigentümliche Verführung, das eigene inwendige Mobiliar, das so bekannt, abgegriffen und verstaubt ist, in neuem Glanz gemalt zu bekommen! Wahrscheinlich ist das das eigentlich Verführerische am Verliebtsein. Ein Spiegel wird dir vor das Gesicht gehalten, und du entdeckst deine Schönheit, an die du schon nicht mehr geglaubt hast, weil die Farbe längst abgeblättert ist und sich eine staubige, graue Patina darauf niedergelassen hat. Du siehst dich im Strahlenkranz deiner Neuerschaffung und strahlst selber. Sichtbar für alle, ob du es willst oder nicht.

Strahlend ging ich durch eine neue Welt, die, weil auch noch Frühling war, ihre Blütenpracht eigens für mich angezogen hatte, die meinen Weg mit Blütenblättern bestreute, die meine Nase mit ebenso verführerischen Düften füllte und meine neugierigen Nüstern blähte, wie Johannas Parfüm das tat; die mich betrunken machte mit Vogelgesang und flirrender Luft. Eine Welt, die neu entdeckt werden wollte, so wie wir die Welt immer dann neu entdecken, wenn unsere Sinne geöffnet werden durch einen Menschen, der uns liebt. Plötzlich sieht man nicht durch zwei Augen, sondern durch vier. Man hört mit vier Ohren und riecht durch zwei Nasen. Die alte dreidimensionale Welt wird vierdimensional, und wie die alten Entdecker ziehst du los, um deine Eisberge zu entdecken und durch neue Liebe zu dir selbst zum Schmelzen zu bringen.

Und doch ist da gleichzeitig die Angst, das Altvertraute zu verlieren.

„Ich will, daß wir alles genau so machen, wie wir es geplant haben, Johanna." Ich konnte sehr stur sein.

„Gut, ich kann das akzeptieren, aber ich bestehe darauf, daß wir uns noch einmal anschauen, *was* wir da entdeckt haben, und nicht unbewußt in etwas hineinstolpern, was keiner gut tut, auch nicht unseren Partnerinnen. Stell dir mal vor, wir sind zu viert unterwegs, und... Im übrigen will ich genauso behutsam mit der Geschichte umgehen wie du."

Da, wo Johanna nicht weiterredete, hatte ich, wenn ich ehrlich bin, schon längst weiter*gedacht*. Ich hatte mir im Geheimen manchmal ausgemalt, mit Johanna auf unserer Reise zufällig eines Tages allein am Meer spazieren zu gehen... es würde sich wie von selbst ergeben. Wie von selbst würde es sich auch ergeben, daß wir uns küßten oder... Und das hatte ich schon gedacht, *bevor* wir den Deckel vom Topf gehoben hatten. Ich hatte es vergessen. Wer war ich? Welch unbekanntes, zwiespältiges Wesen steckte in meiner Haut, *ver*steckte sich dort?

Könnte es sein, daß Johanna davon sprach? Von meinen verbotenen Träumen? Aber wie konnte sie davon sprechen, wenn ich doch niemandem erzählt hatte, wovon ich träumte. Fast nicht einmal mir selbst?

Unser Gespräch war zum Ende gekommen, es ließ sich beim besten Willen nicht verlängern. Ich bedauerte das sehr, denn Johannas Stimme liebte ich ganz besonders.

Die nächsten zwei Wochen verbrachte ich planmäßig und wie es sich gehörte, mit Jule in Italien. Wir waren verabredet, sie wartete auf mich. Wir trafen uns an dem altvertrauten Ort, den wir vor Jahren entdeckt hatten. Inzwischen teilten wir ihn mit Freundinnen und Freunden, die sich durch unsere Begeisterung anlocken ließen. Es war so etwas wie ein Familientreffen, das dort alljährlich einmal stattfand. Wie bei anderen Familientreffen wurden Neuigkeiten ausgetauscht, wurde ein bißchen geklatscht und getratscht und hier und da guter Rat gegeben, auch wenn man ihn nicht unbedingt haben wollte.

„Du bist anders, was ist mit dir los?"

Susanne war eine meiner besten und ältesten Freundinnen. Sie und ihre Zwillingsschwester Marianne kannten mich oft besser als ich mich selber. Durch Marianne habe ich eine der wichtigsten und schönsten Erfahrungen meines Lebens gemacht: sie machte mich zur Patin ihres Sohnes. Ich hätte nie gedacht, daß mir das Spaß machen würde, aber der kleine Kerl rührte von Anfang an mein Herz, wenn er Sonntagsmorgens unter meine Bettdecke schlüpfte und es gar nicht außergewöhnlich fand, zwei Frauen anzutreffen; wenn wir sangen, spielten oder einfach nur die Gegenwart des anderen genossen. Ich liebte ihn so sehr, daß ich es fast nicht mehr fertigbrachte, in Urlaub zu fahren. Hundertmal mußte ich umkehren, weil ich dies und das vergessen hatte. Erst wenn Jule ungeduldig wurde, riß ich mich los, lächelnd über die Tricks, die sich mein Gehirn ausgedacht hatte, um nicht von dem Knirps Abschied nehmen zu müssen.

Es kommt oft vor, daß ich eine der beiden Schwestern konsultiere. Ihre Freundschaft ist nicht immer bequem, aber sicher und unverrückbar wie Fels. Ich glaube, ich könnte einen Mord begehen; sie würden wahrscheinlich zuerst analysieren, warum es soweit kommen konnte, um mich dann, mit einem Kopfschütteln des Unverständnisses und in der Gewißheit, ich hätte dieses Problem auch anders lösen können, im Gefängnis zu besuchen und der verlorenen Tochter ein Fest zu feiern, wenn sie wieder entlassen wird.

„Ich habe Johanna wiedergesehen, eine der Frauen, die wir auf Kreta kennengelernt haben und von der ich dir erzählt..."

„Ach ja, die, in die du ein bißchen verliebt bist."

Susanne schnitt mit einer ungeduldigen Handbewegung meine langen Erklärungen ab und erstaunte mich wie meistens mit ihrer scharfsichtigen Diagnose.

„Naja, ich glaube, *sie* ist auch ein bißchen verliebt."

„Aha. Und was willst du tun?"

„Nichts."

Wir befanden uns auf einem Spaziergang am Meer, und der frische Wind riß uns die Worte aus dem Gesicht.

Susanne blieb bei meiner Antwort abrupt stehen. In Gedanken eingesponnen rannte ich sie fast um.

„Das wäre, als wenn du stehenbleiben würdest, so wie wir jetzt hier stehen. Du kämst nicht weiter. Keinen Schritt."

„Ich will aber keine Komplikationen. Ich will mit Jule leben. Wir haben es schwer genug, wieder zueinander zu finden nach allem."

„Komplikationen entstehen, wenn du die Augen zumachst vor dem, was ist, und dich davor drückst, das zu tun, was getan werden will. Hast du schon mit Jule gesprochen?"

„Worüber? Es gibt nichts zu besprechen. Sie weiß, daß ich Besuch von Johanna und Conni hatte. Das ist alles."

„Wenn ihr wirklich wieder zueinander finden wollt, Jule und du, dann geht das nur, wenn ihr schonungslos ehrlich miteinander umgeht. Ihr dürft nicht so weitermachen wie bisher, wo jeder Satz nur halb ausgesprochen wurde. Nichts tun ist nichts. Sei offen zu Jule. Zu dir selber und für einen Weg, dessen Ziel du nicht am Anfang festsetzen solltest."

Wir waren weitergegangen, und ich staunte, wie ähnlich Susannes Worte denen von Johanna waren. Ich fragte mich, ob meine Freundinnen Johanna wohl mögen würden, und freute mich darauf, sie miteinander bekannt zu machen, obwohl das ja ziemlich unlogisch war, wenn ich Johanna aus meinem Leben verbannen wollte, bevor ich sie überhaupt eingelassen hatte. Ich stellte mir Johannas Stimme, ihre hohe Gestalt, ihre blauen Augen und ihre Warmherzigkeit vor, ihren wachen Verstand und ihre unbedingte Präsenz im Leben, und ich war stolz auf sie, als hätte ich sie erfunden. Ich war sicher, daß meine Freundinnen sie mögen würden.

Ich weiß nicht, ob ich wirklich versucht habe, Jule in mein Inneres schauen zu lassen. Ich dachte es, aber sie las dort anscheinend andere Dinge, als ich ihr zeigen wollte. Möglicherweise war ich zugeknöpfter, als ich sein wollte, oder aber ihr Bild von mir als treu sorgender Partnerin war unauslöschbar. Wir hatten uns manchmal, mehr im Spaß, darüber unterhalten, wie es für Jule wäre, wenn *ich* mich mal verliebte. Diese Vorstellung war für uns beide so absurd, daß wir solche Gedanken schnell und lachend beiseiteschoben und Jule jedesmal abschließend feststellte, daß das wohl nicht so furchtbar schlimm sein könnte.

Es störte mich zum ersten Mal, daß Jule ein so unverrückbares Bild von mir hatte.

Ich kam mir vor wie ein alter Baum; man mußte ihn nicht einmal mehr begießen, denn seine Wurzeln holten sich aus dem Boden, was sie brauchten. *Aber er war unbeweglich, festgenagelt auf seinem Platz.* Kein Wunder, daß Jule nie Angst hatte, mich zu verlieren. Ich war viel zu unbeweglich.

War ich wirklich so?

Und wenn ich so war, hatte ich nicht eifrig mitgeholfen, genau dieses Bild von mir zu produzieren, zu kopieren und unter den Menschen zu verbreiten, die ich damit für mich gewinnen wollte? War es nicht das, was ich sein wollte? Treu, zuverlässig, belastbar, immer da? Vielleicht wollte ich so sein, weil ich mich immer nach einem Menschen gesehnt hatte, der *für mich da* war. Außer der Tante hatte es diesen Menschen nicht gegeben.

Wir verbrachten trotzdem ziemlich ungetrübte Tage, und daß ich oft an Johanna dachte, mit ihr in Gedanken am Meer entlang wanderte und die Fotos, die ich machte, deshalb so liebevoll machte, weil ich ihr dieses Stück Welt zeigen wollte, verriet ich nicht. Nicht einmal mir selber, und die Tante, die mich hätte verraten können, war anscheinend zu Hause geblieben.

★

Tatsächlich hatte ich die Tante fast vergessen, als sie dann endlich wieder in meine Nähe kam, mitsamt dem Mannsbild, das inzwischen ein paar Haare gelassen hatte und jetzt für immer bei ihr wohnte. Sie zog in das Haus gegenüber in einem süddeutschen Dorf, dessen Sprache ich nie verstehen würde.

Mein Vater hatte seine Suche nach einem angenehmen Arbeitsplatz beschleunigt, als der Herbst kam und wir immer öfter Stürmen ausgesetzt waren, denen unsere inzwischen verschlissenen Zelte nicht mehr lange standgehalten hätten. Außerdem mahnte Don Fernando, die Zelte abzubrechen. Er fühlte angeblich in seinen Knochen den Winter kommen und wollte ihn, wie immer, in irgendeinem Sanatorium verbringen, um sich von den Anstrengungen des Sommers zu erholen und das viele Geld, das er den Touristen abgeknöpft hatte, unter die Leute zu bringen. Jedenfalls sagte das mein Vater, der sich in der Zeit der Trennung kein bißchen verändert hatte. Ich freute mich, daß er sich nicht verändert hatte, schließlich war ich an ihn gewöhnt, so wie er war, und hätte wahrscheinlich seine Eigenheiten vermißt. Im Grunde liebte ich ihn ja auch so: mit all seinen Schrullen, ohne die mein Leben nur halb so lustig und unterhaltsam gewesen wäre.

Alle, alle waren gekommen, als wir unsere Zelte abbrachen. Alle, die ich in diesem Sommer liebgewonnen hatte.

Alfonso, dessen Schnauzer traurig herunterhing, falls ich mir das nicht nur einbildete. Er würde einen ganz besonderen Platz in der Welt meiner Erinnerungen behalten, denn er hatte mich Bekanntschaft schließen lassen mit dem ungebärdigen Tier in mir, das Lust hieß, und er hatte mir gezeigt, wie es zu besänftigen war. In jedem Unwetter, in jedem Sturm würde ich fortan sein wettergegerbtes Gesicht sehen und seinen nassen Schnauzbart mich kitzeln fühlen.

Don Fernando, der demonstrativ eine Hand auf sein angeblich schwaches Herz legte, so daß man stets darauf gefaßt war, er würde jeden Moment zusammenbrechen, das Opfer eines lange vorausgesehenen Herzinfarkts werden. Mein Vater glaubte nicht an den Herzinfarkt. Auch ich hatte meine Zweifel, denn den ganzen Sommer erlebte ich Don Fernando kerngesund, manchmal führte er in den Dünen schöne blonde Frauen aus Deutschland spazieren, um ihnen die einheimische Flora zu erklären, wie er mir einmal ungefragt mitteilte. Da die Flora am Meer sehr eingeschränkt war, glaubte ich ihm kein Wort, aber erst nach meiner Einweihung durch Alfonso wußte ich, was er am Meer und in den Dünen tat.

Paolo und die Schar seiner Schwestern, eine rothaariger als die andere, und sogar seine alten Eltern waren gekommen, obwohl das schwimmende Restaurant längst für den Winter dichtgemacht war; es gab keine Touristen mehr, und so hatte sich die Familie ins Landesinnere auf den kleinen Hof zurückgezogen.

Paolo schenkte mir zum Abschied einen Welpen aus dem letzten Wurf seiner Hofhündin, genauso rothaaarig wie er und alle anderen aus seiner Sippe, und da der kleine Kerl sofort entdeckte, wer die Herrin über Speisekammer und Kühlschrank war, leckte er meiner Mutter zuerst die Füße und als sie ihn auf den Arm nahm, hingebungsvoll das Gesicht, womit es beschlossene Sache war, daß er in unsere Familie aufgenommen wurde. Sie versteckte ihn an der Grenze unter ihrem Rock und befahl mir, den Schmuggel auf der Mundharmonika zu begleiten, falls Volpino, „das Füchschen", wie sie das neue Familienmitglied wegen seiner roten Haare nannte, winseln sollte. Denn über Papiere, um legal aus seiner alten Heimat aus- beziehungsweise in eine neue einzuwandern, verfügte er nicht.

Alle Zeichen standen auf Winter und machten mir den Abschied leichter. Das Meer zeigte sich seit Wochen von seiner unfreundlichen Seite: Es kochte und schäumte vor schlechter Laune, solche Freunde halten einen nicht länger.

Irgendwo im Dünensand zwischen den Mondblumen, die ich so getauft hatte, weil sie nur nachts und dann gelb wie der Vollmond blühten, hatte ich ein Stück meiner Seele vergraben. Sie würde sich weiter mit den Eidechsen unterhalten, ihnen Lieder auf der Mundharmonika vorspielen, über das ewig sich verändernde Meer schauen und sich von ihm mit Energie und Lebensfreude speisen lassen.

Vater war nicht begeistert, daß die Tante uns nachzog.

„Muß denn deine Mischpoke immer dabei sein?" fragte er meine Mutter anklagend. Er hatte stets Angst, zu kurz zu kommen.

„Ich bin sehr froh darüber. Schließlich war es deine Idee, mich hierher zu verpflanzen, und ich fühle mich einsam und fremd."

„Du hast doch mich, das sollte genügen."

Erstaunlicherweise waren Männer nie so genügsam, wie sie es von ihren Frauen erwarteten. Manchen Männern genügte eine Frau nicht, wie ich bereits wußte, aber die Frauen sollten froh sein, wenn sie einen einzigen Mann abbekommen hatten.

Ich selbst war natürlich begeistert, als der Möbelwagen endlich die vertrauten Möbel der Tante ausspuckte und in den Regen auf die Straße zwischen unsere Häuser stellte.

Endlich lag ich an Tantes Brust und roch ihren vertrauten Duft, als sie mich in die Arme schloß. Und erstaunt stellte ich fest, daß ich sie um einige Zentimeter überragte. Ich war glücklich, und doch spürte ich, daß etwas anders war. Das Mannsbild war nicht mehr so lustig, seine Schultern schienen etwas gebeugt, als hätte er die Möbel eigenhändig von Berlin hergeschleppt. Tantes Haar war inzwischen ganz weiß geworden, ihre Stimme war nicht mehr so gebieterisch, wie sie noch in meinen Ohren klang, aber das war ja auch kein Wunder. Schließlich konnte sie seit ein paar Monaten keine Kinder mehr herumkommandieren, sie war eine pensionierte Tante. Ihre Augen hatten einen kaum wahrnehmbaren Schleier; die Blindheit, die sie später heimsuchen sollte, warf ihre Schatten voraus.

Ich begriff zum ersten Mal und wollte es doch eigentlich gar nicht wissen, daß man nichts im Leben so wiederfindet, wie man es verlassen hat. Ein schmerzliches Begreifen.

...in der Nacht, als du fortliefst von zu Hause...

„Du mußt begreifen, daß ihr euch beide verändert habt in dieser Zeit. Auch du, Gott sei Dank. Jule konnte nicht erwarten, dich so wiederzufinden, wie sie dich verlassen hat, und du bist lediglich deinem eigenen Weg gefolgt. Jetzt sind Entscheidungen dran, fürchte ich."

Bei strahlendem Sonnenschein saßen wir auf den Stufen vor Mariannes Haus. Die beiden Kleinen tobten kreischend durch den Garten, begossen sich mit Wasser aus der Gießkanne, Jürgen hämmerte an irgendeinem Stein, das war sein Beruf. Hier war die Welt in Ordnung, es war auch immer noch ein bißchen meine Welt; die Menschen gehörten zu „meiner Familie". Meiner Wahlfamilie; schon Goethe wußte, daß man sich seine Verwandtschaft besser selbst aussucht...

„Was ist denn passiert? Kann ich jetzt nicht mehr zu euch ins Häuschen kommen?"

Wir hatten nicht gemerkt, daß Hannes hinter uns stand, vor Aufregung an seinen schwarzen Bubennägeln kauend, und wohl schon eine Weile unserem Gespräch gelauscht hatte. Unsere Seelen waren sich sehr verwandt. Wir konnten beide Veränderungen nicht leiden und hatten länger als alle anderen unter der Auflösung unseres gemeinsamen Haushalts gelitten, als ich, um mit Jule zusammenzuleben, aus der Geborgenheit seiner Familie weggezogen war.

„Ich glaube, die schönste Zeit meines Lebens ist jetzt vorbei", sagte er damals, und ich war mir nicht sicher, ob das nicht auch für mich zutraf. Ich erinnerte mich, daß ich mich mit demselben Gefühl und denselben Worten von den Kiefern in Tantes Garten verabschiedet hatte, als mein Vater mich verpflanzte. Das war lange her. Aber den Geschmack dieses Gefühls hatte ich deutlich auf der Zunge, als ich Hannes auf meinen Schoß nahm, obwohl er eigentlich schon zu groß dafür war.

„Es wird sich nichts ändern, hab keine Angst", sagte ich.
Marianne sah mich schief von der Seite an, mit hochgezogenen Augenbrauen und deutlichem Zweifel im Blick. Ich kapitulierte vor diesem Blick.

„Naja, ich weiß nicht, wie alles weitergeht, Hannes, aber ich hoffe, daß du immer ins Häuschen kommen kannst. Schließlich hast du dort ein Zimmer."

Leider konnte ich ihm nicht versprechen, daß sich nicht doch etwas ändern würde, immerhin stand mein Leben Kopf. Und eines hatte sich schon geändert, nämlich ich. Ich war so anders, daß ich mich selbst kaum wiedererkannte.

Ich hatte nicht viel Zeit, Marianne von meiner Kopf stehenden Lebenslage zu berichten, die ehrwürdige Synode wartete auf mich. Ich hatte zwei Stunden Pause, während der die Synode über uns zu Gericht sitzen wollte. Natürlich ohne uns, Gisela und mich, die sie vorsichtshalber in getrennten Zimmern untergebracht hatten – man konnte ja nie wissen! –, und ohne unsere beiden schwulen Brüder.

Es ist mir schleierhaft, wie jemand beraten will, ob es etwas geben *darf*, was es immer gab und immer geben wird, mit oder ohne ihren Segen. Gott sei Dank segnet der liebe Gott auch ohne ihre Zustimmung, wen er will. Oder sie. Mein Gottesbild war auch ein bißchen durcheinandergeraten, wie mein übriges Leben. Vielleicht war sie ja doch eine Göttin. In diesen Tagen zwinkerte sie mir jedenfalls öfter zu; verständnisvoll und fast ein bißchen subversiv. Jedenfalls so, daß ich keine Sekunde daran zweifelte, daß der Gott der Synode mich und meine Art zu lieben genauso richtig fand wie jede Art von Liebe, wenn es nur Liebe ist. Sie zwinkerte mir zu, wenn ich hier als Bürgerschreck betrachtet wurde, wir beide wußten, wie wenig schrecklich ich in Wirklichkeit war. Bei meinen Freundinnen galt ich eher als konservativ.

Innerlich kichernd dachte ich bei mir – und hütete mich, es laut auszusprechen: „Wenn ihr wüßtet, daß ich nicht nur eine, sondern seit neuestem sogar zwei Frauen habe..."

Und dabei fühlte ich mich nicht schrecklich, sondern wirklich gesegnet.

Kurz bevor ich endlich zu meiner Mission aufbrach, von der die Pfarrerinnen, die mich sandten, mir weismachen wollten, wenn man es richtig bedenke, sei es eine heilige Mission, denn heilig habe etwas zu tun mit *heil* sein, und es ginge schließlich darum, daß wir endlich wir selbst sein durften – kurz davor geriet mein Leben aus den Fugen. Es fühlte sich nicht schlecht an, solange ich es vermied, in die Zukunft zu schauen.

Ich war über beide Ohren verliebt. Ich war verliebt in Johanna, ich hatte dieses Gefühl, das ich wohl schon lange in irgendwelchen Falten meines Bewußtsein versteckt hielt, ans Tageslicht gelassen. Ich hatte den Deckel vom Topf meiner brodelnden Gefühle gehoben.

Johanna war gekommen. Und obwohl ich wußte, was passieren würde, zumal Jule wieder irgendwo unterwegs war, hatte ich es gewollt. Ich wollte *sie*, so sehr, daß ich, nachdem ich ihr die Bilder von Italien gezeigt hatte und auch sonst alles besprochen war, was sich eigentlich gar nicht besprechen ließ, einfach an die Hand nahm. In diesem Moment besiegte ich meine Selbstzweifel und meine Schüchternheit, legte sie ab wie meine Kleider, nachdem ich die sprachlose Johanna zielstrebig zu meinem Bett unter dem schrägen Dach geführt hatte, und vor lauter Angst, daß meine Feigheit mich sofort einholen würde, weil sie ja in Wirklichkeit kaum weiter entfernt war als meine Socken, legte ich beides schnell zu den anderen Sachen. Ich betete, daß die Frau, die ich so sehr begehrte, nicht merkte, wie nichtssagend und unattraktiv ich in Wirklichkeit war, wie linkisch und ungeübt in Verführungskünsten. Wenn ich Glück hatte, würde sie es erst hinterher bemerken, an hinterher weigerte sich mein Gehirn zu denken. Ich wußte auf einmal, was Ewigkeit bedeutet: eine Zeit ohne vorher und hinterher, eine Zeitspanne ganz für sich, losgelöst aus allen Zeiten und gerade deshalb alle Zeit. Die Zeit, die uns gehörte.

Mein Herz klopfte so laut, daß ich befürchtete, nicht nur Johanna, die ganze Nachbarschaft würde es hören. Ich hörte hingerissen zu, wie sie klingelnd ihren Schmuck ablegte:

Bisher gab es keine so reich geschmückte Frau in meiner Umgebung, aber ich nahm mir vor, sie für den Rest meines und ihres Lebens mit Schmuck zu verzieren, wenn sie das wollte. Kein Geschmeide war zu kostbar für sie!

Ich lag längst unter der Decke und wartete bang auf das, was kommen würde. In meinen bisherigen Liebesbeziehungen war die Leidenschaft meist nach zwei bis drei Jahren eingeschlafen und wurde nur zu besonderen Gelegenheiten wiederbelebt; ansonsten war jede zufrieden, wenn sie im Bett ungestört lesen durfte. Ich hatte nie daran gezweifelt, daß das an mir lag.

Ganz kurz hatte ich die Idee, den Film rückwärts zu spulen: Ich sah, wie meine Kleider wieder an mich flogen, Johannas Ringe an ihre Finger und die Kette um ihren Hals. In Wirklichkeit nahm der Film seinen Lauf, ich unterbrach ihn nicht, spulte nicht zurück. Der Film entpuppte sich ja gerade als wunderbarer Liebesfilm, und ich liebe Liebesfilme!

Als Johanna sich endlich neben mir ausstreckte, löschte sie fast sofort mein Bewußtsein aus mit ihrem Duft und den Händen, die hielten, was sie bei der mißlungenen Massage versprochen hatten. Irgendwie war alles sehr vertraut, obwohl ich mich schon lange nicht mehr in ein solches Feuer gestürzt hatte, fast ohne Angst, mich zu verbrennen. Ich dachte kurz an die Motten, die sich an warmen Sommerabenden selbstmörderisch in Kerzenflammen stürzen, verzehrt von einer Leidenschaft, die alle Bedenken auslöscht. Ich konnte sie verstehen. Selbst wenn mir jemand prophezeit hätte, daß ich in Johannas Armen wie eine Motte verglühen würde, hätte mich das nicht davon abgehalten, mich diesen Händen hinzugeben.

Johannas Leidenschaft aber war keine Kerzenflamme, sie war ein Großbrand, ein Flächenfeuer, ein Vulkanausbruch, der mich mit sich riß. Unsere Körper fanden sich wie von allein, wir hatten gar nichts zu tun, als uns mitnehmen zu lassen. Bei aller Leidenschaft trugen sie uns aber auch behutsam über den Abgrund, der zwei Menschen stets voneinander trennt, schlafwandlerisch überwanden wir ihn in dieser

Nacht, um uns ganz miteinander zu verbinden in einem überwältigenden Tanz der Lust, berauscht und verzückt. Immer neue Wellen schwappten über uns zusammen, immer wieder tauchten wir aus Tiefen auf, in die wir uns in einem Sinnesrausch ohnegleichen fallen ließen. Ich stellte verwundert fest, daß ich in Johannas Armen eine wunderbare Liebhaberin war. Es war so leicht, sie zu lieben! Mein Körper wußte ganz von allein, wie das ging.

Es gab nur uns. Die Welt war ausgelöscht. Über den Abgrund hinweg führten mich Johanna oder unsere Lust oder beide an einen Ort, der sich anfühlte wie zu Hause. Nicht das Zuhause meiner Kindheit, nicht das unter den Kiefern bei der Tante. Vielleicht der Ort im Universum, der nur für mich gedacht war und seit langem auf mich gewartet hatte. Ich war angekommen und wurde von allen guten Geistern jubelnd begrüßt. Ich war Zeugin bei der Erschaffung der Welt und gerade in den Kreis der Göttinnen aufgenommen worden. Meine Hände waren fähig, den Lauf der Sterne zu dirigieren, ein Wort von mir wäre mühelos imstande, den Lauf der Welt zu verändern.

Das einzige Wort aber, das mir einfiel, war „ja". Ich sagte es tausendmal in dieser Nacht, das erzählte mir Johanna später. Und ich glaube es ihr, ich wollte so sehr, was ich erlebte, es war so in Ordnung, es fühlte sich so richtig an, daß ich alle Bedenken in den Wind schrieb. Ich dachte mit keinem noch so kleinen Gedanken an das Durcheinander, das ich eben angerichtet hatte. Ich genoß es, nach dem Vulkanausbruch an Johanna geschmiegt liegen zu bleiben, in ihren Armen mich weiter zu Hause zu fühlen, satt und glücklich.

Es war längst hell geworden, ein unglaubliches Vogelkonzert wurde uns zu Ehren gegeben, ich konnte sehen, wie liebevoll Johannas Augen auf mir ruhten, so daß ich mir ganz besonders vorkam. Ich konnte mich nicht satt sehen an ihr: Alles schien mir so unbedingt am richtigen Fleck, kein Härchen hätte ich anders haben wollen, und ich wußte, daß ich sie über alle Maßen liebte, denn nur die Liebe malt solche perfekten Bilder. Aber ich sah noch mehr, vielleicht mit meinen inneren Augen: Sie war die Person, nach der ich mich seit Jahrhunderten gesehnt hatte; die mit mir die Wüste durchquert, für mich Psalmen an heiligen Orten gesungen, mich im verwunschenen Turmstübchen einer mittelalterlichen Burg mit Minneliedern verzaubert hatte. Sie war die Person, die in der Lage wäre, meinen inwendigen Drachen die Köpfe abzuschlagen, und die den Schlüssel zu allen geheimen Türen besaß. Sie kannte das Zauberwort, das mir Zutritt zur Schatzkammer meines Lebens verschaffen würde.

Kein Unwetter begleitete uns, so wie damals, als Alfonso mich mit meiner Lust vertraut machte. Die Stürme, die wir entfachten, tobten in unserem Inneren, das Meer, das uns umgab, war gemacht aus unserer eben entdeckten Liebe, und es schien ganz schön tief zu sein. Der Himmel, der sich über uns wölbte, war von überaus freundlichen und uns wohlwollend zugewandten Göttinnen bevölkert.

„Ich wünsche dir von ganzem Herzen, daß sich darunter kein Teufelchen versteckt hat", sagte Marianne.

„Wieso?" fragte ich, unwillig und unsanft auf den Boden der Tatsachen zurückgekommen.

„Teufel gibt es gar nicht", bemerkte Hannes, den ich ganz vergessen hatte. Er war wirklich noch etwas zu jung für die Schilderung meiner Liebesnacht, fand ich. Aber Marianne hatte ihn nicht weggeschickt, wie ich früher immer weggeschickt worden war, wenn es spannend wurde. Moderne Erziehung hatte etwas für sich. Also grinste ich den Jungen verlegen an, er aber bedachte mich mit einem liebevollen Blick und sagte beruhigend und tröstend noch einmal: „Teufel gibt's wirklich nicht, hat unser Religionslehrer gesagt. Mach dir also keine Sorgen."

„Teufel gibt's leider überall da, wo der Himmel am weitesten offen steht."

Marianne erwies sich als Orakel. Sollte sie mit meinem schwarzseherischen Vater verwandt sein?

✽

Damals, als die Tante durch ihren Umzug von Berlin in unser süddeutsches Dorf wieder in mein Leben getreten war, lag ich gerade im Kampf gegen die Schwarzseherei meines kritischen Vaters. Ich hatte nämlich Menschen kennengelernt, die mir dieses fremde Stückchen Erde zur Heimat machten, und wie immer konnte mein Vater diese Menschen gar nicht leiden. Damals fing ich an zu begreifen, daß nicht Orte Heimat sind, sondern Menschen.

Die wichtigsten waren Ulrike und ihre Familie, von der ich sofort begeistert war. Ulrike war die mittlere Tochter einer Zirkusfamilie, ihre Schwester und Onkel und Tanten gingen noch auf Tournee. Sie hatten es zu Ruhm gebracht in der Zirkuswelt, in der sie unter dem Namen „Flying Eagles" bekannt waren. Diese Bekanntschaft war vollwertiger Ersatz für meine Busenfreundin Jutta, die uns manchmal besuchen kam, über den ländlichen Duft um unser Haus herum ihre Großstadtnase rümpfte und die Sprache der Leute nicht verstand, was uns unmerklich voneinander entfernte. Sie rümpfte auch über die Flying Eagles die Nase, deshalb nahm ich sie nicht mehr mit dorthin. Wie zu erwarten fand Vater die „Neulinge in der Kuriositätensammlung meiner Bekanntschaften" auch recht zweifelhaft. Mutter wachte eifersüchtig über die Häufigkeit meiner Besuche in der Berggasse, und Cornelia, die ein pausbäckiges Mädchen von zehn Jahren geworden war, liebte die Eagles genauso wie ich.

Wie wohl und geborgen fühlte ich mich in dem engen Haus am Berg! Es war zwar dunkel und miefig – „der Duft armer Leute", befand mein Vater hochnäsig –, nahm mich aber so liebevoll auf wie die Menschen, die es bewohnten.

Die uralte Oma wohnte ganz unten, weil sie nicht mehr richtig laufen konnte, und ich wußte nicht so recht, ob sie nicht laufen konnte, weil sie so furchtbar dick oder einfach so alt war. Ulrike versicherte mir, daß sie eine richtige Hexe war. Ich konnte das nicht beurteilen, ich kannte damals noch keine Hexen, aber ich hielt es für möglich.

Mehr noch als Ulrike, die schließlich meine Freundin war, liebte ich ihren Vater Bonifatius – allein der Name war ein Abenteuer – und ihre Mutter Anna. Zum ersten Mal hatte ich erwachsene Freunde. Sie gehörten zweifellos zu den

Erwachsenen, die in ihren Herzen Kinder geblieben waren, und von denen die Tante sagte, daß sie deshalb das Paradies haben. Die Tante und das Mannsbild waren zwar auch Freunde, aber eben doch Verwandte, das ist etwas anderes.

Bonifatius hatte nur einen Arm, der andere war ihm als Kind auf einer Tournee verlorengegangen. Lange Zeit glaubte ich, daß er ihm im Löwenkäfig abhanden gekommen war, weil mir das die einzige Möglichkeit zu sein schien, im Zirkus einen Arm zu verlieren, bis ich erfuhr, daß er ihn zwischen zwei Puffern eines Zuges eingebüßt hatte. Ich wurde nie müde, die Geschicklichkeit zu bestaunen, die er mit einem Arm zeigte. Einmal haben wir um die Wette Kartoffeln geschält, und ich schwöre, er hat mich besiegt.

Bonifatius hatte die liebsten Augen der Welt und den schönsten Bart. Wenn er mich ansah, kam ich mir jedesmal in seiner Welt und in seinem Leben ganz persönlich eingeladen vor, wenn ich traurig war und es brauchte, auch in seinem einen Arm. Weil er nur einen Arm hatte, gab er das Zirkusleben früh auf und wurde zu einem „häuslichen Zigeuner", wie er sich selber nannte.

Tante Anna – irgendwie war „Anna" zu wenig für sie – konnte die lustigsten und spannendsten Geschichten erzählen und aus Nichts das leckerste Essen zaubern. Ihre Geschichten erzählte sie im schönsten Sächsisch, und sie wurde regelmäßig von Heimwehanfällen heimgesucht. Auch darin verstanden wir uns, denn obwohl die Tante hier war und Jutta lange nicht so interessant wie die Eagles, hatte ich manchmal doch Heimweh nach meiner Stadt. Nach den Fahrten im Doppeldecker, den Orten und Menschen meiner Kindheit, die mir unendlich lange her zu sein schien.

Rita, die älteste Tochter, ging mit auf Tournee, deshalb sah ich sie am wenigsten. Wenn sie da war und von fernen Städten und Ländern erzählte, hatte ich vor ihr den größten Respekt. Sie war nicht so begeistert vom Zirkusleben wie ich, was ich gar nicht verstehen konnte, und hatte in den Pausen zwischen den Tourneen gar nichts Adlerhaftes an sich. Eher kam sie mir wie die sanfte Taube der Familie vor.

Irene, die jüngste Tochter, war wie meine Schwester lediglich eine kleine Schwester, die hauptsächlich nervte.

Und Ulrike... zu ihr hatte ich ähnliche Gefühle wie zu Juttas Schwester: undefinierbar und auf jeden Fall unaussprechlich. Nicht einmal mit der Tante konnte ich über diese Art Gefühle sprechen. Das lag nicht an der Tante, sondern daran, daß ich inzwischen gelernt hatte, was sich gehört und was nicht. Meine Gefühle für Ulrike gehörten sich nicht. Daß das so war, mußten mir andere nicht mehr sagen. Ich hatte meine Lektion in gesellschaftlichem Zusammenleben gelernt und lief brav in der Spur über den Teppich.

Ich hatte längst die Witze um Detlef verstanden, und ich schämte mich, etwas von ihm in mir zu entdecken. Ich hatte kein Verlangen mehr, ihn kennenzulernen, mich mit ihm zu solidarisieren und lächerlich zu machen. Ich versteckte alle Detlefgefühle tief in mir und war mir doch halb bewußt, daß ein Teil von mir noch nicht das Licht der Welt erblickt hatte.

Ich entdeckte, daß ich diesen ungeborenen Teil mit ein paar Schlucken aus den Likörflaschen in der Speisekammer besser unter Kontrolle halten konnte, aber immer wenn ich mit Ulrike zusammen war, machte er sich bemerkbar wie ein aufmüpfiges Kind. Ich verstand zwar, dieses Kind in Schach zu halten, aber manchmal ertrug ich die Sehnsucht nach ihm kaum und bekam wehmütige Anfälle, die Vater „pubertär" nannte und die Mutter veranlaßten, mir ihre Gedichte zu lesen zu geben. Die stammten aus einer weit entfernten Zeit, Mutters Pubertät, die mir äußerst unwahrscheinlich erschien. Meine Gefühle konnte ich darin nicht entdecken.

In ihnen war die Rede von blondgelockten Jünglingen, später, ich nehme an, als der Einfluß des Schreihalses verblaßte und damit sein Menschenbild, von schwarzgelockten.

Ein schwarzgelockter Jüngling sollte dann aber auch am Horizont meiner Verwirrungen auftauchen und mir endlich das Gefühl geben, daß ich in Ordnung war. Mir und meinen Klassenkameradinnen, die längst am Arm irgendwelcher Jünglinge durchs Leben spazierten, wie sich das gehörte.

✶

Wer Recht hatte, Marianne mit ihrer Meinung, daß es Teufel gibt, oder Hannes mit seiner Ansicht, daß es sie nicht gibt, konnte ich nicht sagen. Als ich nach der Mittagspause zur ehrwürdigen Synode zurückgekehrt war, erwärmt von dem Gefühl, daß meine Familie mich trotz allem liebte, hatte ich den Eindruck, daß wir hier in ein gewisses Verwandtschaftsverhältnis mit dem Teufel gebracht wurden. Ich fühlte mich ihm aber so wenig verwandt, daß ich nicht weiter zuhörte, so wenig wie Gisela, die angefangen hatte, einen Liebesbrief an ihre Partnerin zu schreiben. Ich hatte auch wirklich an andere Dinge zu denken:

„Sag mal, hast du eine Verjüngungskur gemacht?" hatte Elke, Jules älteste Freundin, mir lachend zugerufen, als die beiden am Horizont meiner auf dem Kopf stehenden Welt auftauchten, die Johanna vor einer Stunde verlassen hatte. Ich war noch nicht wieder zu mir gekommen. Jule beäugte mich bei Elkes Worten argwöhnisch, sie wußte schließlich, daß Johanna dagewesen war, und zog mich beiseite.

„Habt ihr miteinander geschlafen? Ja oder nein?"

Ich zog innerlich den Kopf ein und beschloß, erst mal gar nichts zu sagen.

„Sag die Wahrheit!" Jule baute sich mit ihren ganzen 164 Zentimetern drohend vor mir auf. In diesem Augenblick war ich bestimmt nicht größer als sie, ein sicherer Beweis für Einsteins Relativitätstheorie.

Johannas Duft war noch in meiner Nase, der Klang ihrer Stimme noch in meinem Ohr, und ich war so glücklich, daß ich gar nicht anders konnte als die Wahrheit zu sagen.

„Ja. Es tut mir leid" – was irgendwie gelogen war, aber irgendwie auch stimmte – „nimm's nicht so schwer."

„Es ist mein Recht, es schwer zu nehmen!" schnaubte Jule aufgebracht, schmiß mir mein Nachthemd an den Kopf und bedeutete mir unmißverständlich, irgendwo ein Nachtlager zu suchen, nur nicht neben ihr. Ihre Busenfreundin sah mich vorwurfsvoll an.

„Tut mir leid, daß du das miterleben mußt", sagte ich entschuldigend zu ihr, während ich es mir auf dem Sofa so bequem wie möglich machte. „Ich hätte nicht gedacht, daß sie es so schwer nimmt. Ich dachte, sie macht sich nichts mehr aus mir, und es ist egal, ob ich meiner Wege gehe."

Mehr hatte ich ja schließlich nicht getan. Mehr hatte ich wirklich nicht getan, oder?

Ich hatte mich gründlich geirrt, wenn ich dachte, Jule machte sich nichts mehr aus mir. Sie tobte und trauerte abwechselnd, und mir waren die Phasen, in denen sie tobte, lieber. Die Trauer legte wieder die alte muffige Decke über uns und unser Häuschen. Unter ihr fühlte ich mich so unwohl, daß ich wirklich manchmal wünschte, ich könnte den Film rückwärts laufen lassen. Aber selbst wenn das gegangen wäre, ich hätte es nicht gekonnt. Johannas Liebe machte mich glücklich, auch wenn Jules Trauer mich unglücklich machte.

Ich zog den Kopf ein und versuchte mich unsichtbar zu machen.

„Da hast du ja ein schönes Durcheinander angerichtet", meldete sich die Tante zu Wort. „Und tu nicht, als gäbe es dich nicht. Ich kann dich ganz gut sehen von hier oben!"

Es hatte keinen Zweck, mich zu verstecken. Weder vor der Tante noch vor Jules Trauer und ihrer Anklage noch vor den eigenen Gefühlen, die völlig durcheinander waren und längst nicht so maßvoll wie sonst. Ich rechnete damit, daß die Tante auf Jules Seite war, sie war zeitlebens auf der Seite der Schwächeren gewesen, und es würde sich kaum geändert haben. Ich war mir bewußt, daß Jule von allen für die Schwächere gehalten wurde, obwohl ich es nicht so sehen konnte. Ich fand, daß sie mich ganz schön in der Hand hatte, wenn sie drohte, sich neben der Tante an einen der alten Balken zu hängen. Vielleicht kam die Drohung aber auch nicht aus ihrem Mund, sondern entsprang direkt meinem schlechten Gewissen. Oder das Teufelchen, das Marianne prophezeit hatte, flüsterte sie mir ins Ohr, wer weiß.

Einmal wurde ich mitten im Unterricht von diesem Bild – Jule im Dach hängend und Lara winselnd unter ihr – heimgesucht, so daß ich sofort nach Hause fahren mußte, um das

Schlimmste zu verhindern, falls das noch möglich sein sollte. Ich wollte jedenfalls nichts unversucht lassen und stürzte aus meiner Klasse, an einem verdutzten Chef vorbei, dem ich nur schnell etwas zurief von „Selbstmordgefahr" und „Christenpflicht". Ihm blieb nichts übrig, als mir kopfschüttelnd nachzuschauen und meine verwaiste Klasse zu übernehmen und zur Ruhe zu bringen.

Als er mich am nächsten Tag – Jule hing Gott sei Dank nicht am Balken – um eine Erklärung bat, fand ich, die Zeit für eine ausführliche Lebensbeichte war gekommen, ich hatte es satt, mit diesem Menschen Versteck zu spielen, den ich über alle Maßen schätzte. Aufmerksam hörte er mir zu und wandte seine freundlichen Augen nicht einen Moment von mir ab.

„Du hast es doch gewußt, oder?" fragte ich danach.

„Nein, eigentlich nicht. Aber ich hätte es wissen können."

„Du hast mir doch frei gegeben, um auf der Synode zu sein. Und du wußtest, daß *Lebensformen* das Thema war. Was glaubtest du denn, welche Lebensform ich dort vertreten würde?"

Es war unglaublich – da versteckte ich mich kein bißchen mehr und wurde trotzdem nicht gesehen!

„Es tut mir leid. Ich war gedankenlos, ich habe gar nichts gedacht."

Es war schön, daß seine Gedankenlosigkeit ihm leid tat; es war weit mehr, als man von den meisten erwarten konnte. Am nächsten Tag fand ich auf meinem Pult einen riesigen Blumenstrauß mit einer Karte, auf der er sich für meine Offenheit bedankte und „hoffte, daß die Menschen, insbesondere die Menschen der Kirche mir nicht allzu weh täten...", was erstaunlich war, denn er selber zählte sich zu den Menschen der Kirche.

Während Jule sich an keinen Balken hängte und auch sonst nichts unternahm, um ihr Leben zu beenden, liebäugelte ich selber inzwischen manches Mal mit dieser Möglichkeit, um meinem schlechten Gewissen und dem ganzen Durcheinander ein Ende zu machen.

„Das könnte dir passen, erst alles durcheinander bringen und dich dann davonstehlen!" schnaubte die Tante, und ich zog meinen Kopf noch mehr ein. Die ganze Welt schien sich zu einem einzigen Donnerwetter verschworen zu haben.

„Was soll ich bloß machen?" fragte ich, wohl wissend, daß die Tante auch keine Antwort wußte. „Jule tut mir so leid, aber ich bin schrecklich verliebt."

„Ich weiß", sagte die Tante. „Ich war schließlich dabei."

„Oh."

Daran hatte ich noch gar nicht gedacht. Schließlich wohnte sie über mir, von dort hatte sie wahrscheinlich eine herrliche Aussicht über mein Bett.

„Weißt du, als Kind habe ich mir mal gewünscht, zwei Frauen zu haben wie Onkel Hans oder dein Mannsbild... Entschuldige", fühlte ich mich bemüßigt hinzuzufügen, als ich die Tante hüsteln hörte. „Aber ich habe nicht gewußt, wie schwer das ist. Wie habt ihr das denn gemacht?"

„Wir haben schon mal darüber geredet, weißt du noch?"

Als hätte ich auch nur ein einziges der vielen Gespräche mit der Tante vergessen! Sogar an den Mond, der damals durch die Kiefern blinzelte, erinnerte ich mich, und beinahe zog so etwas wie Frieden in mein aufgewühltes Herz.

„Damals, als du mich gefragt hast, wie Onkel Hans das macht, habe ich gesagt, sein Herz sei so groß, daß er genug Liebe darin hat für zwei Frauen. Ist dein Herz auch so groß?"

Mein Herz fühlte sich im einen Augenblick riesengroß an, genug Platz war darin, um die ganze Welt mit Liebe zu versorgen, im nächsten schrumpfte es zu einem ängstlichen Hasenherz zusammen, ohne Raum für irgendeine Liebe. Es war noch nicht abzusehen, wo sich das einpendeln würde.

„Außerdem habe ich gesagt, es sind die Frauen, die das machen", fuhr die Tante fort. „Vielleicht ist ja eure Chance, daß ihr alle drei Frauen seid. Mein Leben lang habe ich gesehen, daß es die Frauen waren, die Ungewöhnliches zuwege brachten. Ich bin gespannt, wie ihr das machen werdet."

Ich hörte die Tante mit den Beinen schaukeln, es irritierte mich. Dann besann sie sich auf den Ernst der Situation.

„Ich paß auf Jule auf, wenn du weg bist, mach dir keine Sorgen. Neben mich wird sie sich nicht hängen. Und du auch nicht, verstanden? Das werde ich zu verhindern wissen."

Es drehte mir das Herz um, wenn ich sah, wie Jule litt. Wenn ich morgens ihre verweinten Augen sah, hätte ich am liebsten den Tag geschwänzt.

Und gleichzeitig verzehrte ich mich in Sehnsucht nach Johanna, ihren Händen, ihrem Blick, der machte, daß ich mir wie der außergewöhnlichste Mensch der Welt vorkam, ihrer Stimme, die mich mit den schönsten Liebeserklärungen verwöhnte und nicht müde wurde, sich immer neue auszudenken, sogar Liebeslieder dachte sie sich für mich aus.

„Wir sollten über die Zukunft sprechen", schlug ich vor, Jule und ich waren seit zwei Wochen damit beschäftigt, das Haus aufzuräumen, Gerümpel und unbrauchbare Dinge vom Keller bis unter das Dach auszusortieren und wegzubringen. Indessen wurden wir das Gerümpel, das auf unseren Herzen lag, nicht los dabei.

Die Kellertür stand offen, vor ihr gluckerte der Bach vorbei. Es war schon vorgekommen, daß Entenfamilien vorbeischwammen, und auch jetzt blieben die Leute stehen, um die Idylle zu bestaunen. Kinder fragten manchmal ihre Mütter, ob dies das Hexenhaus sei, und ich war sicher, die einzige Hexe hier war ich. Wahrscheinlich eine böse Hexe.

„Ich möchte gern, daß wir weiter hier leben." Jule drehte einen alten Lampenschirm um. „Ich will wenigstens das behalten, meine Heimat. Ich kann mir nicht vorstellen, auszuziehen. Ich kann mir aber auch nicht vorstellen, daß du ausziehst."

Ich dachte an meine Vorstellung, mit ihr weiter den Tisch, wenn auch nicht mehr das Bett zu teilen, falls sie nach Kanada immer noch in Maria verliebt sein sollte. Wie sehr hatte sich alles geändert!

„Ich habe auch schon mal an so etwas gedacht", stimmte ich zu, „aber tut dir das nicht viel zu weh?"

Tat es mir selber nicht viel zu weh, täglich Jules Trauer zu sehen?

„Ich glaube, wegzuziehen tut noch mehr weh. Johanna darf natürlich nicht kommen. Später mal, aber noch lange nicht. Du kannst nicht erwarten, daß sie hier ist, wenn ich auch hier bin, in *meinem* Haus."

Es war aber doch auch *mein* Haus!

„Eine Zeitlang kann ich mir das vorstellen, aber nicht für immer. Weißt du, Jule, es tut mir leid, daß ich dich so verletze, aber es tut mir nicht leid, mich in Johanna verliebt zu haben. Dabei habe ich dich auch lieb, es ist verrückt..."

„Ich habe dich auch lieb, obwohl ich auch eine Wut auf dich habe. Wenn man sich vorstellt, daß immer du diejenige warst, die von lebenslanger Treue gesprochen hat..."

„Meinst du, Treue ist immer die Treue im Bett? Irgendwie habe ich nicht das Gefühl, dir untreu geworden zu sein..."

Meine neuen Lebensphilosophien überraschten mich selbst am meisten, Jule fand sie eher ärgerlich, ich mußte mich ducken, um die alte Lampe nicht an den Kopf zu bekommen, die sie erbost nach mir schleuderte.

„Ich meine es ernst. Ich liebe dich, und ich will dir treu sein. Aber ich will mir selber auch treu sein. Ich war nicht glücklich mit deinen Plänen, und du warst nicht glücklich mit meinen. Wir haben wahrscheinlich beide versucht, uns gegenseitig nach *unserem Bild* zu ändern. So, wie wir *sind*, sind wir vielleicht eher bedrohlich füreinander. Jedenfalls ich hatte ständig Angst davor, daß du mich verläßt. Vielleicht steht uns eine Freundschaft besser."

„Die Angst brauchst du ja nicht mehr zu haben, jetzt, wo du mich verlassen hast. Ich hatte nie vor, dich zu verlassen."

Ich wußte nicht, wie ich Jule erklären konnte, daß ich mich von ihr eher innerlich verlassen gefühlt hatte. Vielleicht mußte ich es ihr aber auch gar nicht erklären. Vielleicht sollte ich ihr wirklich das Recht einräumen, es schwer zu nehmen, auch wenn das für mich schwer war. Schließlich war ich in der glücklicheren Lage: Ich fühlte mich von einer wunderbaren Frau geliebt, von Johanna.

„Ich weiß nicht, wie wir zusammenleben können, aber wir könnten es versuchen", sagte Jule, als sie abends im

Gärtchen neben mir saß und mir bei der letzten Zigarette Gesellschaft leistete. Über uns hing ein blasser Mond zwischen den alten Häusern, und ich dachte an das alte Lied und seine Wahrheit: „So ist's mit manchen Sachen, die wir getrost belachen, weil unsre Augen sie nicht sehn..."

Ja, dachte ich, so ist es. Wir sehen immer nur eine Seite, und die sieht bei jeder von uns auch noch anders aus, denn jede sieht nur die ihre. Und Jule war ganz bestimmt nicht blinder als ich, obwohl sie manche Dinge nicht sah, die ich sah. Dafür konnte sie manches sehen, für das ich blind war. Zusammen müßten wir eigentlich einen phantastischen Rundblick haben, wenn wir uns nur nicht immer unsere verschiedene Sicht der Dinge vorwerfen müßten!

★

Als der schwarzgelockte Klaus in mein Leben trat und mich durch seine Begleitung in den Augen der Welt aufwertete, sahen mich plötzlich auch alle mit anderen Augen, und ich sah zunächst nur den Vorteil darin: Endlich fühlte ich mich „richtig", bekam ich doch die Anerkennung, ohne die man im Alter von sechzehn nicht existieren kann.

Als er sich immer öfter an meiner Seite sehen ließ, schwiegen meine Klassenkameradinnen nicht mehr vielsagend kichernd, wenn ich ihren Kreis betrat. Weil sich ein Mann für mich interessierte, wurde ich auch interessant. Interessant fand ich lediglich diesen Sachverhalt, aber auch ein bißchen deprimierend. Schließlich war ich haargenau die gleiche Person wie vorher. Jetzt avancierte ich in Windeseile zur Expertin in Männerfragen, in Liebesangelegenheiten, sogar in Modefragen, dabei trug ich die gleichen ausgefransten Jeans und fand Mode völlig überflüssig.

Aha, dachte ich. Ich zog zwar Nutzen aus meiner neuen Popularität, aber innerlich ärgerte ich mich, daß es dafür des schwarzgelockten Jünglings bedurfte.

Wer war ich denn allein? War ich etwa niemand?

Ich fand mich, wenn ich in den Spiegel schaute, eigentlich ganz passabel. Meine Nase saß mitten im Gesicht, wo sie hingehörte, mein abgebrochener Zahn war durch einen

Kunststoffzahn ersetzt worden, meine Augen waren, darin waren alle sich einig, besonders schön: groß und dunkelbraun, und meine Haut war meistens sonnengebräunt. Mein Gesicht jedenfalls hatte sich durch Klaus kein bißchen verändert, aber alle schienen es erst jetzt zu sehen.

Meine Gedanken hatten sich auch nicht verändert, aber alle schienen sich erst jetzt für das, was ich dachte, zu interessieren. Da es nun mal so war, wollte ich Klaus als mein ureigenstes Kapital betrachten.

Meine Eltern hatten eine etwas andere Sicht der Dinge. Sie fanden Klaus überaus sympathisch, schließlich stammte er aus „gutem Hause", war also in meiner Sammlung eher eine Ausnahme, aber er war auch einer jener gefährlichen Menschen, die junge Mädchen schwängerten. Das zumindest war die Schreckensvision meiner Eltern. Dabei hätten sie keine Angst zu haben brauchen. Klaus interessierte mich als Freund, als Schlüssel sozusagen in die Gunst meiner Klassenkameradinnen, aber nicht als Liebhaber. Seine Werbung hatte mich nicht im entferntesten so verändert, wie meine Freundinnen dachten und meine Eltern befürchteten.

Klaus konnte mir nicht das kleinste Herzklopfen entlocken. Ulrike brauchte sich nur am Telefon zu melden, und ihre Stimme verursachte den reinsten Trommelwirbel in meiner Brust. Allerdings hütete ich mich, das irgend jemand zu sagen. Es war mein Geheimnis.

Klaus war ein wirklich guter Freund, und auf meine Art hatte ich ihn lieb. Für ihn war mein Desinteresse an seinem sportlich-jungenhaften, eckigen Körper eine schmerzhafte Sache, wie er manchmal schamhaft gestand. Sehr durch die Blume, versteht sich. Wir sprachen nicht über solche Dinge, und ich wußte nicht, ob andere das taten. Irgendwie – auch durch die Blume – gab ich Klaus kurz nach unserer ersten Begegnung zu verstehen, daß für mich sowas wie Bett nicht in Frage käme, bevor ich nicht verheiratet war. Daß ich nicht vorhatte zu heiraten, verschwieg ich ihm allerdings, wohl wissend, daß er sich eine andere gesucht hätte und ich somit im öffentlichen Interesse wieder gesunken wäre.

Ich weiß nicht, wie ich auf die Rolle der prüden Frommen gekommen bin, aber irgend etwas daran faszinierte Klaus zwei Jahre lang. Wahrscheinlich hatte ich bei Oma Bertha eine gute Lehre absolviert. Die Märchen vom strafenden Gott kamen mir jedenfalls glatt und ohne daß ich errötete, über die Lippen.

Dabei hätte Klaus etwas anderes verdient. Er bemühte sich rührend und nahm alle Hürden, die eine Familie wie meine einem freienden Jüngling in den Weg legen konnte.

Meiner Schwester, die in dieser Zeit den Höhepunkt ihrer Nerverei erreicht hatte, baute er Puppenstuben mit Küchen, die künstlichen Kachelboden besaßen, und Zimmern mit Resopal ausgekleidet, denn sein Vater besaß eine Kunststoffhandlung. Er machte sie sich zur Verbündeten, und sie ließ es sich lachend und kreischend gefallen, wenn er sie auf den Wohnzimmerschrank hob, um mich ungestört küssen zu können. Ein Spiel, das uns allen dreien Spaß machte. Selbst mir, denn Küssen war erlaubt. Es war nicht gerade sehr prickelnd, aber es war auch nicht schlecht, und mir war klar, daß ich irgendeinen Preis zahlen mußte, wenn ich seine Aufmerksamkeit nicht verlieren wollte.

Meinen Vater, der ja schlimmere Freunde von mir gewöhnt war, wickelte er durch fachkundige Autogespräche um den Finger und indem er ihm anbot, nicht nur das Auto zu waschen, sondern auch noch den Rasen zu mähen.

„Endlich mal ein anständiger Kerl in deinem Leben", stellte Vater befriedigt fest, warnte aber weiter vor der anscheinend unausweichlichen ungewollten Schwangerschaft. „Paß auf, sonst ist dein Leben schneller ruiniert, als du denkst!"

Wenn er gewußt hätte, daß wir in diesem Punkt durchaus einer Meinung waren und der „Ruin" von ganz woanders her drohte, hätte er sicher nicht so sehr gewarnt vor der Schwangerschaft. Es gab später Zeiten, da dachte ich, ein ungewolltes Enkelkind wäre meinen Eltern sehr viel lieber gewesen als eine Tochter, die sich in Frauen verguckte.

Meine Mutter liebte Klaus sowieso über alle Maßen, denn er ließ aus irgendwelchen Gründen das Jungmädchenherz, das offenbar neben dem mütterlichen in ihrer umfangreichen Brust verborgen war, höher schlagen. Aber auch ich mußte zugeben, daß ich mir ein ansehnliches Exemplar geangelt hatte. Klaus hatte wirklich schwarze Locken, dazu sehr blaue Augen und eine ähnlich braune Haut wie ich. Er war schöner als die meisten Freunde meiner Klassenkameradinnen. Er hatte nicht die fast obligatorischen Pubertätspickel und nicht die merkwürdige Angewohnheit, sich schlangengleich durchs Leben zu winden, wie das die meisten jungen Männer damals taten. Er war groß und schritt aufrecht und stolz durch sein und mein Leben.

Und mich eroberte er endgültig durch seine Fürsorglichkeit. Allerdings nur meine Seele, nicht meinen Körper, den er doch auch gern gewollt hätte.

Wie alle mußte ich tanzen lernen. Nach längeren Kämpfen überzeugte mich die Tante, daß ein junges Mädchen tanzen lernen *mußte* und daß das außerdem Spaß machte. Sie schwärmte mir solange von ihren Tanzstundenerlebnissen vor, bis ich einwilligte, es auch zu probieren. Allerdings war der Druck meiner Freundinnen, die sich alle zugleich in dieses Abenteuer stürzten, sowieso zu groß, als daß ich mich ohne ernsthaften Prestigeverlust ausschließen konnte.

Klaus wurde von seinem Vater ausgeschlossen. Der war überaus streng und unerbittlich und hinkte mürrisch und mißgelaunt mit einem Holzbein durchs Leben.

Der Haken an der Unternehmung war, daß wir auf unserem Dorf keine Tanzschule hatten und ich in die Stadt fahren mußte, um an dieser mir äußerst fraglich erscheinenden Unternehmung teilnehmen zu können.

Als ich mit dem letzten Zug, deprimiert und müde, zurückkam, hatte ich noch einen zwanzigminütigen Fußweg zurückzulegen. Es war fast Mitternacht, und ich war wirklich deprimiert, denn ich hatte fast den ganzen Abend auf der Mauerblümchenbank verbracht. Außerdem hatte ich mir endgültig bewiesen, daß ich über zwei linke Füße verfügte. Es sah, wie ich in dem großen Spiegel beobachten konnte, gar nicht elegant aus, wenn ich außerhalb jeglichen Takts über das Parkett schlurfte. *Wenn* ich schlurfte; die meiste Zeit verbrachte ich wartend; gleichzeitig hoffend und fürchtend, daß einer der pickeligen Jünglinge mich aufforderte. Nur gut, daß meine Freundinnen von Klaus wußten, ich wäre sonst an diesem Abend tief in ihrer Gunst gesunken.

Nach den ersten Metern des Heimwegs wurde ich von einer Vogelscheuche angesprochen. Sie kam per Fahrrad und entpuppte sich als Klaus, der sich Sorgen gemacht hatte. Ganz Kavalier kam er angeradelt, um mich durch die Dunkelheit nach Hause zu bringen. Sein Aussehen kam daher, daß er Schlafanzug und Bademantel trug. Es gab um diese Zeit keine Leute auf der Straße, die sich über ihn gewundert hätten, aber ich mußte aufpassen, nicht in Gelächter auszubrechen. Dabei war ich wirklich gerührt.

„Warum kommst du denn im Schlafanzug?" gluckste ich.

„Du bist gut! Meinst du, mein Vater hätte mich gehen lassen?"

Natürlich nicht, das war mir klar. Ich glaube, sein Vater hatte noch mehr Angst vor dem Kinderkriegen als meiner.

„Und wie bist du hergekommen?" Ich war sehr neugierig.

„Los, steig auf, ich fahre dich. Offiziell liege ich seit einer Stunde im Bett und sitze gerade auf dem Klo. Ich bin durch das Klofenster raus, und da wir nur ein Klo haben, muß ich schleunigst zurück."

Klaus hatte es so eilig, daß er nicht mal einen Kuß als Bezahlung wollte. Er wollte tatsächlich nur wissen, daß ich gut nach Hause gekommen war. Wenn ich ihn nicht schon vorher liebgehabt hätte, hätte diese Geschichte mich bekehrt.

Manchmal fragte ich mich in nächtlichen Zwiegesprächen mit mir selber, warum ich so gar keine Lust verspürte, das Alfonso-Abenteuer mit Klaus zu wiederholen. Ich wußte nur, daß es nicht am fehlenden Meer, am fehlenden Unwetter oder am fehlenden Schnauzbart lag. Es lag allein an mir. An mir und meinen Gefühlen für Ulrike.

★

Es lag allein an mir, daß Jule unglücklich war. An mir und meinen Gefühlen für Johanna.

Ich sah sie im Rückspiegel kleiner und kleiner werden, und auch ohne daß ich das auf diese Entfernung hätte sehen können, wußte ich, daß Jule weinte.

Welche Frau kann mit dem Gefühl leben, schuldig zu sein? Ich glaube, in den meisten von uns ist eine Mutter Theresa versteckt, so sind wir einfach erzogen. Ich hatte viel besser gelernt, mit dem Schmerz fertigzuwerden, der *mir* angetan wurde, als mit dem, den ich anderen zufügte.

Und doch ließ ich den Film einfach weiterlaufen. Ich war froh, Jule bei Susanne zu wissen. Sonst hätte ich wahrscheinlich nicht fahren können. Ich hätte es nicht übers Herz gebracht! Dabei war dieses Herz außer von Schuldgefühlen und Kummer auch von Freude und Liebe und Erwartung angefüllt, denn Johanna kam heute von ihrer Reise zurück. Drei ganze Wochen hatte ich sie nicht gesehen! Wir wollten die Zeit nutzen, um uns über unsere Gefühle Klarheit zu verschaffen. Mir war in diesen drei Wochen nur klargeworden, wie sehr ich sie vermißte. Wenn ich mich beeilte, würde ich sie am Flughafen überraschen können.

Fünf Tage wollte ich mit ihr verbringen. Fünf Tage, die ich meinem schlechten Gewissen abgetrotzt hatte. Sollte danach kommen, was wollte!

Ich bin verliebt. Ich bin *so verliebt!*

Ich konnte nicht fassen, wie in einem einzigen Menschen so viele gegensätzliche Gefühle Platz haben konnten!

Ein strahlend blauer Sommerhimmel spannte sich über das Land, und da der Himmel lachte, wurde auch mir etwas leichter zumute.

Wieder stand ich hinter der Glaswand im Flughafen, eine rote Rose in der Hand, und schaute erwartungsvoll in die Menge der braun gebrannten und gut erholten Gesichter auf der anderen Seite. Johanna entdeckte mich im gleichen Moment wie ich sie, und ihre Bräune überzog sich mit einem tiefen Rot. In ihren Augen lag das gleiche Verlangen, das mich erfüllte: das Verlangen, die andere zu berühren, zu riechen, zu schmecken – die Vorfreude auf die Erfüllung dieses Verlangens machte mich richtig besoffen.

Ich weiß nicht, wie ich die Autofahrt später zustande brachte, konnte ich meinen Blick doch kaum von der Frau abwenden, die neben mir saß und mich angrinste. Ihren beiden Freundinnen, die ebenso braungebrannt und ausgeruht hinter uns saßen, müssen wir ein komisches Bild geboten haben. Anscheinend wirkte unsere Freude aber ansteckend, ihr Spott war überaus gutmütig und verständnisvoll.

„Jetzt lerne ich endlich die Person kennen, die unsichtbar mit uns am Meer lag, gewandert ist und in allen Gesprächen anwesend war", stellte Lotte fest, und ich sah, daß sie mich auf Anhieb mochte. Das widerfuhr mir jetzt oft, und langsam wurde mir klar, daß die Menschen, die uns zusammen erlebten, unsere Liebe mochten, unser Glück. Wir hatten soviel davon, und das Viele erneuerte sich auch noch ständig, so daß wir bedenkenlos abgeben konnten und das ganz selbstverständlich taten.

„Ich freue mich auch, dich leibhaftig kennenzulernen", fügte Ilse hinzu.

Ab und zu machten mich die zwei von hinten auf die Straße aufmerksam. Verliebte haben besondere Schutzengel, davon war ich schon immer überzeugt, und so kamen wir gut bei Lotte an, wo Johanna vorübergehend Quartier bezogen hatte. Conni hatte sie aus der gemeinsamen Wohnung im romantischen Weingut rausgeschmissen.

Dann verließ uns der Schutzengel, der wohl nur für Verkehrsfragen zuständig war, ein wütender, verzweifelter Brief von Conni erwartete uns, und plötzlich wurde ich mir *ihres* Schmerzes bewußt, den ich angesichts von Jules Schmerz immer verdrängt hatte. Da war noch eine, die unsere Liebe unglücklich machte, das war zuviel. Es vertrieb mich schlagartig aus dem Paradies meiner Glückseligkeit.

„Ich wünschte, wir wären uns ganz frei begegnet, ganz frei für all die Liebe, die wir füreinander empfinden."

Lotte machte es mir leicht, als kennten wir uns jahrelang. Sie übernahm wie selbstverständlich die Schutzengelfunktion, die unsere Liebe so dringend nötig hatte. Sie spürte wohl, daß ich bei soviel Leid, das ich auslöste, bei so vielen

Schwierigkeiten geneigt war, unser Glück einzutauschen gegen den Frieden mit den anderen und mit mir, mit meiner zerrissenen Seele. Auch wenn es nur ein Scheinfrieden wäre.

„Ich glaube nicht, daß du Frieden fändest, wenn du deine Liebe zu Johanna und ihre zu dir verleugnen würdest. Und jemand anders auch nicht."

Johanna war sofort aufgebrochen, um Conni zu trösten, zu besänftigen – ach, was weiß ich! Wir beide waren ja mit nichts anderem beschäftigt als zu trösten!

Lotte und ich saßen also allein auf dem Balkon über den Dächern der Stadt, und ich mußte vor dieser fremden Frau weinen. Ich hatte das Gefühl, daß unsere Situation ausweglos war: Was mich und Johanna randvoll mit Glück ausfüllte, machte die Menschen, die uns am nächsten standen, die wir vielleicht im Augenblick sogar am meisten liebten, unglücklich und verzweifelt.

Sah eigentlich jemand, wie verzweifelt *wir* waren?

„Was sollen wir nur tun?"

„Ihr sollt die Wahrheit leben", sagte sie erstaunlicherweise. Die Wahrheit – sie begegnete mir in letzter Zeit reichlich oft, allerdings nur als Begriff; inhaltlich war sie mir kein bißchen näher gekommen. Susanne, Gundel, alle hatten etwas ähnliches gesagt.

„Die Wahrheit ist, daß ich die Treue gebrochen habe. Ich habe Jule lebenslange Treue geschworen."

„Die Wahrheit ist, daß du eine besondere Liebe geschenkt bekommen hast. Begriffe und Worte sind keine Wahrheit. Wahrheit bedeutet, das, was du fühlst, zu leben."

Ich hatte mir immer vorgestellt, daß solche Ansichten unweigerlich ins Chaos führen mußten. Meine vorbeugenden Maßnahmen gegen Chaos und die damit verbundenen Ängste waren bislang Versprechungen und Abmachungen gewesen, die wir uns wie die meisten anderen Paare gegeben hatten. Das heißt, Jule gab mir die Versprechungen nie, sie hatte dafür nur ein Schulterzucken und ein Lachen übrig. *Ich* war diejenige, die glaubte, indem sie Versprechen gab, auch Jule welche abtrotzen und die Treue beschwören zu können. Es gelang mir nicht. Jule hielt nicht viel von „bürgerlichen Ehen", wie sie das nannte. Na, die wenigsten Bürger hätten unsere Beziehung bürgerlich genannt. Und von Ehe konnte keine Rede sein, wir durften ja nicht mal heiraten, hatten gar keine Chance, richtig bürgerlich zu werden. Nach außen. Nach innen waren wir es, dafür sorgte ich.

„Aber ich fühle soviel auf einmal: die Liebe zu Johanna und das Mitleid mit Conni und den Schmerz mit Jule..."

Ich hatte keine Ahnung, wie ich jemals aus diesem Durcheinander herauskommen sollte.

„Naja, wahrscheinlich ist die Wahrheit ja auch nicht ein einziges, schönes, klares Gefühl, wie wir das gerne hätten."

„Darf ich denn glücklich sein, während andere dadurch unglücklich werden?"

„Du mußt sogar", erwiderte Lotte entschieden. „Wenn du dich unglücklich machst, indem du diese Liebe der Göttin vor die Füße wirfst, würdest du dadurch auch sonst keine glücklich machen. Auch nicht Jule oder Conni. Nur glückliche Menschen können andere glücklich machen. Und daß ihr beide miteinander glücklich seid, sieht eine Blinde."

Ich versuchte, herauszufinden, was Lotte mir sagen wollte, denn ich hatte das Gefühl, sie war der Wahrheit näher als ich. Schließlich war sie auch nicht in so viele widersprüchliche Gefühle verstrickt wie ich. Ich fühlte mich wie in einem Irrgarten, aber keine Ariadne gab mir den Faden in die Hand. Oder sollten sich all die Antworten, die ich damals erhielt, letzten Endes zu einem Faden verknoten, der mich irgendwann aus dem Labyrinth herausführen würde?

„Weißt du, Lotte", sagte ich, „ich denke immer an das, was mir im ‚Kleinen Prinzen' so gut gefallen hat: *Du bist zeitlebens für das verantwortlich, was du dir vertraut gemacht hast.* Ich habe mir Jule vertraut gemacht. Das war nicht mal so leicht, und jetzt, wo es mir gelungen ist, füge ich ihr diesen Schmerz zu. Das kann ich doch nicht tun!"

„Ihr seid euch doch vertraut, ihr wollt es doch bleiben. Warum solltest du sie nicht weiterhin lieben, und diese Liebe steht vielleicht sogar in keinem Widerspruch zu der Liebe zu

Johanna. Es gibt so viele Arten von Liebe, schau dich doch um! Wir sind einfach ein bißchen beschränkt, wenn wir bei Liebe immer an Ehe und Bett denken. *Wir* sollten das sowieso nicht tun. *Wir* haben die Chance, uns ganz neue Dinge auszudenken. Du bist mit Johanna und Jule auf dem Weg dahin. Und eines Tages macht bestimmt auch Conni mit. Laß ihr Zeit. Ich kenne sie gut genug, um zu wissen, daß sie Johanna weiterlieben wird. Ihr werdet einen Weg finden. Vielleicht ist das deine Verantwortung! *Eure* Verantwortung!"

Es war ein Hauch von Entlastung in all diesen Worten, wenngleich das Teufelchen, das längst aufgetaucht war, entgegen allen Versprechungen von Hannes, vielleicht von Marianne herbeibeschworen, immer mitsprach. „Quatsch! Treue ist, anderen treu zu sein, Verantwortung ist, für andere Verantwortung zu übernehmen."

Ich erinnerte mich an eine Lieblingsweisheit der Tante:
„Willst du glücklich sein im Leben,
trage bei zu andrer Glück.
Denn die Freude, die wir geben,
kehrt ins eigne Herz zurück."
Immer und immer ging es nur um *anderer Leute Glück!*
Ich war es satt! *Ich,* ich wollte glücklich sein!

Und die Glücksgöttin hatte mir ein so großes Glück vor die Füße gelegt, daß selbst ich darüber stolpern mußte, daß selbst ich es nicht übersehen konnte.

Später fragte ich Johanna, was wir denn tun sollten. Ihre Antwort überraschte mich sehr.

„Wir haben eine große Liebe geschenkt bekommen. Jetzt müssen wir was daraus machen. Das ist unsere Verantwortung."

Im Moment fiel uns nur ein, uns immer und immer wieder zu küssen, berauscht von der Nähe der anderen, die Verantwortung konnten wir auch auf morgen verschieben.

✶

Rita und die anderen Flying Eagles waren auf Heimaturlaub, sie brachten Geschichten aus Afrika mit, wo sie sich fast ein Jahr lang aufgehalten hatten.

Klaus war mit den Vorbereitungen fürs Abitur beschäftigt, deshalb sahen wir uns wenig. Allerdings nicht nur deshalb, vermutete ich, denn für mich war ein Zusammensein mit den Eagles in der Berggasse, insbesondere mit Ulrike immer spannender als ein Zusammensein mit Klaus. Er verwöhnte mich, beschützte mich, aber mehr und mehr begehrte er mich auch. Das war der Grund, warum es zwischen uns schwierig geworden war. Oma Berthas lieber Gott zog nicht mehr. Klaus ließ sich jedenfalls nicht länger von ihm in Schach halten. Ich vermute, seine Freunde machten ihm gerade klar, was für ein Schlappschwanz er war, und er fing an, die Meinung seiner Freunde und meine Worte gegeneinander abzuwägen. Er war noch schöner geworden, hatte eine betörende, männlich tiefe Stimme bekommen. Er fing an, mit dieser Stimme und seinem Lachen auch andere zu betören. Und ich konnte es ihm nicht verdenken, hatte ich doch offenbar nichts zu bieten, was ihn bei mir halten konnte. Der Sturm wollte nicht aufkommen in meinem Inneren. Ich hatte einfach keine Lust, meinen Körper von ihm entflammen zu lassen. Im Gegenteil, ich hatte den Verdacht, daß es ihm nicht gelingen würde, daß es bei einem mißratenen Versuch bleiben würde. Deshalb wollte ich mich gar nicht erst darauf einlassen.

Was ich wirklich wollte, wußte ich nicht.

Die Eagles hatten wie immer im Garten hinter dem Haus der Onkel und Tanten ihr Seil aufgebaut, um zu üben und „in Form" zu bleiben. Ein Hauch ihres Lebens berührte mich unversehens und lockte mich in andere Wirklichkeiten, als ich sie in meiner kleinen, verstaubten Welt fand, in der es immer so schwer war, das Richtige zu tun. Es war deshalb für Onkel Karl nicht schwer, mich zu überreden, doch auch mal mit aufs Seil zu gehen. Ich könnte hinter ihm laufen, mich an seinen Schultern festhalten, und schließlich gebe es ja auch noch das Netz. Es sei ganz und gar ungefährlich.

Na, ungefährlich...? Das Seil hing in schwindelerregender Höhe zwischen den Baumwipfeln und löste mehr Bedenken aus, als daß es verlockte.

Ich fing Ulrikes Blick auf, der unter hochgezogenen Brauen zweifelnd auf mich gerichtet war.

„Du traust dich ja doch nicht", sagte dieser Blick.

Und nichts war wichtiger, als ihr zu beweisen, daß ich mich *sehr wohl* traute. Nichts war verlockender, als mich von ihr bewundert zu fühlen.

Ich stieg also die schaukelnde Strickleiter hinauf, das war schon schwierig genug. Oben wartete Onkel Karl auf mich und bot mir seine breiten Schultern, die ich dankbar umklammerte. Sofort schritt er los, und ich gab mir alle Mühe, meinen Blick nicht von seinem Rücken und der vor ihm schwebenden Stange zu lassen, denn nach unten durfte ich keinesfalls schauen. Das hatte ich einmal probiert, und der Blick in die Tiefe hatte mich fast abstürzen lassen. In der Mitte des Seils hielt Onkel Karl plötzlich an, und mir war klar, ich würde keinen Schritt weitergehen können. Meine Knie waren aus Pudding, mein ganzer Körper fühlte sich plötzlich an wie aus Gummi, keine Sekunde länger würde ich die Spannkraft aufbringen, die nötig war, um mich in dieser Höhe zu halten. Das Seil, das viel fester war als vermutet, schnitt in meine Füße, und, womit ich nicht gerechnet hatte, es bewegte sich leicht im Wind.

„Ich laß mich jetzt fallen!" kündigte ich an und wollte schon die schützenden Schultern loslassen. Dabei war es gar nicht leicht, mich fallen zu lassen, denn das Netz, dessen Maschen vor meinen Augen verschwammen, war furchtbar weit weg, fast so weit wie der Erdboden.

„Unsinn!" rief Bonifatius, der inzwischen aufgetaucht war. Er hätte bestimmt nicht erlaubt, daß ich übers Seil gehe, aber er war vorhin noch nicht da.

„Du hast nur noch ein paar Schritte! Du schaffst das! Und wenn du es wirklich nicht schaffst, fange ich dich auf! Probier es!"

Keine Sekunde zweifelte ich, daß er mich fangen würde. Auch mit einem Arm.

Ulrike war auch da unten, irgendwo unter den verschwommenen Menschen, die gespannt zu mir heraufsahen.

Schließlich konnte ich es wirklich probieren; fallenlassen konnte ich mich immer noch.

Onkel Karl setzte sich wieder in Bewegung, und wir kamen schneller am anderen Ende des Seils an, als ich vermutet hatte.

Ich weiß nicht, wie ich die schwankende Strickleiter hinuntergekommen bin, aber ich weiß, daß mich unten ein stolzer Blick von Ulrike empfing.

Bonifatius nahm mich in seinen einen Arm, der so wunderbar fest und beschützend war wie bei manchen Männern nicht mal zwei Arme, und ich spürte, daß er genauso zitterte wie ich. Seinem Bruder rief er Erstaunliches zu, dem ich entnahm, daß er grenzenlos wütend war.

„Reg dich nicht auf", sagte ich, „es hätte mir ja nichts passieren können, schließlich ist da doch das Netz."

Bonifatius schnaubte, seine Augen funkelten vor Entrüstung. „Das Netz hätte dir überhaupt nichts genützt! Ins Netz zu fallen muß man lernen. Wer es nicht kann, ist genauso schlimm dran wie ohne Netz. Du wußtest das nicht, aber dieser verantwortungslose Mensch weiß das!"

Wütend nickte er in die Richtung, wo Onkel Karl schuldbewußt die Schultern hängen ließ.

Ich kam mir vor wie der Reiter über den Bodensee, der erst nach seinem Ritt entsetzt erfuhr, daß er über den gefrorenen See geritten war, dessen Eis ihn eigentlich gar nicht hätte tragen dürfen. Als der Reiter das hörte, brach er tot zusammen.

Ich brach zwar nicht tot zusammen, aber mir wurde schwarz vor Augen, was auch seinen Vorteil hatte, denn Ulrike bettete mich in ihren Schoß ins duftende Gras, und Onkel Karl brachte mir einen Schnaps, der mich von dem soeben erlebten Höhenrausch in einen angenehmen und ganz und gar ungefährlichen Schwips beförderte.

✱

In einem anhaltenden Rausch befand ich mich während unserer ganzen ersten gemeinsamen Reise. Ich lernte, daß fünf Tage eine Ewigkeit sein können, wenn man jede

Sekunde so absolut wach erlebt, wie wir das in unserem verliebten Zustand taten.

Johanna kam mit Schreckensnachrichten von Conni zurück, die aus ihrer Trauer in rasende Wut gewechselt und gedroht hatte, die Reifen am Campingbus aufzuschlitzen oder mehr – kurz: Wir beschlossen, noch am gleichen Abend aufzubrechen.

Unsere Sehnsucht nacheinander und nach ein paar ungestörten Tagen war so groß, daß wir alle Bedenken in den Wind schrieben und Johanna ihren Kreta-Rucksack nahm, so wie er war, und in den Bus warf.

„Ich weiß zwar nicht, ob ich einen Badeanzug brauchen werde oder die Shorts, naja... Zeit für Mode haben wir keine mehr. Du mußt mich halt mitnehmen, wie ich bin, okay?"

Ich würde Johanna in jedem Aufzug mitnehmen. Fanden alle sie so schön wie ich? Machte Liebe wirklich blind?

Welche Gedanken! Dabei flohen wir vor einer wütenden Conni und einer weinenden Jule, und ich hatte keine Ahnung, wie alles weitergehen sollte. Immerhin waren wir heil aus Lottes Wohnung gekommen, nach einem überstürzten Dankeschön und Abschied, hatten das Auto heil und ohne zerfetzte Reifen vorgefunden und starteten in eine windige Nacht.

Wir waren, glaube ich, keine zwanzig Kilometer weit gekommen, als Johanna den Fuß vom Gas nahm und mit der berühmten Frage: „Bist du böse, wenn ich dich was frage?" unser nachdenkliches Schweigen durchbrach.

Wir schwiegen, weil wir wahrscheinlich beide an die daheimgebliebenen Trauernden dachten, und ich fragte mich, warum wir nicht auch geblieben waren, wenn unsere Seelen sowieso dort festhingen.

„Frag schon, aber ich nehme an, ich kenne deine Frage", sagte ich resigniert.

„Ich würde gern noch mal bei Conni anrufen. Ich mach mir Sorgen um sie."

Wie konnte ich etwas dagegen haben, ich machte mir doch auch Sorgen.

„Vielleicht sollten wir wirklich umdrehen. Also nicht nur äußerlich, sondern auch innerlich."

„Wie könnten wir das?" fragte Johanna. „Wir können doch nicht einfach so tun, als wäre alles wie vorher, auch wenn wir umdrehen würden, wie du das nennst."

„Wir könnten es probieren", schlug ich ziemlich lahm vor, denn ich konnte es mir auch nicht vorstellen, und wenn ich ehrlich war: Ich wollte es mir auch nicht vorstellen.

„Alles, was wir probieren könnten, wäre uns und den anderen etwas vorzulügen. Und das weißt du."

Johanna hielt Ausschau nach einem Parkplatz, den wir schließlich mitten in den Weinbergen fanden.

„Laß uns hierbleiben", schlug sie vor.

Ich zuckte resigniert die Schultern. Schließlich war es schon erstaunlich, daß wir es geschafft hatten, *zwanzig* Kilometer zwischen uns und unsere Vergangenheit zu legen.

Der weitere Verlauf unseres ersten Urlaubsabends war mit vergeblichen Telefonanrufen gefüllt. Erst bei Conni, dann bei diversen Freundinnen, die aufgescheucht werden sollten, um während unserer Abwesenheit nach ihr zu schauen. Ich indessen war froh, Jule bei unseren Freundinnen zu wissen.

Als Johanna endlich das Telefonieren aufgab, war die Nacht weit vorangeschritten, und wir beschlossen, sie gleich hier zu verbringen. Der Platz war schön genug und sehr romantisch. Eine alte Weintorkel schirmte uns zur Straße hin ab, die um diese Zeit ohnehin nicht mehr befahren war. Zur anderen Seite erstreckten sich schnurgerade gezogene Reihen von Weinstöcken ins Tal hinunter, um dann wieder einen Hügel emporzuklettern. Ein praller Vollmond hing am Himmel und beleuchtete uns, die wir ziemlich ratlos auf unseren Campingstühlen saßen. Nur gut, daß jede von uns so genau wußte, wie es der anderen ging. Ich glaube, dieser Respekt vor der Liebe zur Verflossenen und die Sorge um sie band uns fester zusammen, als die Verliebtheit allein das jemals geschafft hätte. Ich liebte Johanna in ihrer Sorge um Conni, und vielleicht ging es ihr mit mir ähnlich.

Irgendwann krochen wir dann doch in unser Bett, ließen den Vorhang auf und den Vollmond hereinscheinen. Und dann breitete Johanna lauter Schätze vor mir aus, auf der Bettdecke lagen Muscheln und Steine von den Stränden, an denen sie gewesen war.

„Die habe ich dir mitgebracht", sagte sie.

„Mir mitgebracht?"

„Na, ist ja wirklich kein großartiges Mitbringsel..." Johannas Stimme war ganz unsicher geworden.

„Kein großartiges Geschenk?" Ich sah abwechselnd sie und den Schatz auf der Bettdecke an. „Es ist das größte Geschenk, das mir jemals gemacht wurde. So oft hast du dich für mich gebückt!"

Ich war richtig gerührt. Noch nie hatte ich gesehen, wie schön Steine sind, die einfach so am Strand herumliegen. Jeden einzelnen nahm ich in die Hand und betrachtete ihn von allen Seiten. Jede einzelne Muschel war ein Wunderwerk!

Johanna hatte mir viel mehr geschenkt als eine Handvoll Muscheln und Steine. Sie hatte mich einen Blick in ihr Innerstes werfen lassen. Sie hatte mich sehen lassen, daß sie Steine und Muscheln, *kleine Dinge* sah und liebte. Ich weiß nicht, warum mir das plötzlich so wichtig war. Ich hatte es längst verlernt, Steine und Muscheln zu *sehen*. Sie gehörten in meinem Leben ganz sicher zu den unwichtigen Dingen.

Als ich in Johannas Armen lag, ihrem ruhigen Atem lauschte, der verriet, daß sie eingeschlafen war, dachte ich darüber nach, wie schön es sein könnte, die kleinen, unwichtigen Dinge wieder wahrzunehmen. Ich hatte einen Kloß im Hals. Aber mein Gesicht war zu einem Lächeln gefaltet. Ich streichelte Johannas Rücken und freute mich über das wohlige Grunzen, das ich ihr damit entlockte.

Das ist erst der Anfang, frohlockte es in mir! Und ich wußte nicht, ob ich damit lediglich den Anfang unserer Reise meinte.

Am nächsten Tag brachen wir, nachdem Johanna endlich Conni oder eine gemeinsame Freundin erreicht hatte, doch noch auf und fuhren der Sonne entgegen durch malerische Orte nach Süden. Überall, wo wir anhielten, um etwas einzukaufen oder Wasser aus einem Brunnen in unsere Kanister zu tanken, wurden wir lachend begrüßt. Ich nehme an, es war die Freude, die auf unseren Gesichtern lag, die sich in jedem Gegenüber widerspiegelte.

Schon immer fand ich es ungerecht, daß man freundlich und lächelnd behandelt wird, wenn es einem gut geht, und mürrisch und verschlossen, wenn es einem schlecht geht.

Abends kamen wir an einen See, keine von uns wußte den Namen, aber es war Zeit, einen Nachtplatz zu suchen.

Immerzu ging mir ein Lied durch den Kopf.

„Noch einmal hab ich gelernt,
        wie man aus einer Quelle trinkt,
wie schnell ein Stein in den Wellen versinkt,
noch einmal hab ich's gelernt, von dir gelernt,
die Namen der Sträucher, der Blumen und Schlehn
und die der Gestirne, die über uns stehn...
Noch einmal hab ich's gelernt, von dir gelernt..."
Oder so ähnlich.

Ich habe andere Dinge gelernt von Johanna: die Schönheit der Steine entdecken; oder in einen schilfbewachsenen Moorsee steigen, um sich darin zu waschen; oder stundenlang im Dunkeln zusammensitzen, ohne ein Wort zu reden und sich trotzdem nicht zu langweilen, nur den Rufen der Nachtvögel lauschend; oder zweistimmig singen, obwohl ich mir geschworen hatte, sie würde keine Note aus mir herauslocken. Und noch vieles mehr.

Am eindrücklichsten war es in der Kapelle der Heiligen Odilie, die für die Blinden zuständig ist und von der ich sehnlichst wünschte, sie möge mir die Augen öffnen für eine Lösung meiner Probleme.

Johanna sang wunderschön in der Kapelle, die wir erstaunlicherweise ganz für uns allein hatten. Dann forderte sie mich auf, es ihr nachzutun, ich sollte nur die Lippen, die Zunge, alles irgendwie „so" biegen, und meiner Kehle entströmten Töne, die ich nicht für möglich gehalten hatte. Ich mußte meine Arme zum Gewölbe hochstrecken, und es war ganz normal und gar nicht peinlich, daß mir die Tränen über die Wangen liefen.

Als mir die Luft ausging, nahm Johanna mich in die Arme, und ich fühlte mich heilig an einem heiligen Ort und in eine heilige Liebe eingetaucht.

Das Abendessen teilten wir mit einem jungen Hund, der unsere Käsenudeln genauso mochte wie wir. Dabei gab es um die Käsenudeln vorher unseren ersten Streit: Ich mußte Johanna dazu überreden, daß sie die ganz kleinen Nudeln verwendete. Ich weiß nicht, was mich überfiel, aber ich war traurig, daß ich ihr das erklären mußte. Jule wußte es. Jule kochte immer im Urlaub, und sie kochte so, wie ich es wollte, oder wir wollten es beide so. Ich weiß es nicht. Jedenfalls kam Jule mir plötzlich furchtbar weit weg vor, und ich wußte auf einmal nicht mehr, was ich in der Fremde und mit dieser fremden Frau wollte.

Ich rief vom Kloster der Heiligen Odilie aus Jule an und sagte ihr, wie sehr ich sie liebte, und es war die Wahrheit.

Später, als der Hund die Reste verspeist hatte, wusch Johanna meinen Körper mit kaltem Wasser. Ich durfte einfach nur dastehen und mich wie ein kleines Kind fühlen. Ich war sehr verschwitzt, und es gab keinen See. Der Waschlappen liebkoste meine Haut und versetzte mich in Vorfreude auf das nächtliche Liebesspiel, dessen wir kein bißchen überdrüssig geworden waren. Trotz des Nudelstreits.

Unsere Nächte waren kurz. Wir liebten uns abends, bis wir glücklich und satt eine im Arm der anderen einschliefen, und wir liebten uns morgens, wenn die ersten Sonnenstrahlen und Vogelstimmen uns weckten.

Manchmal beschwerte sich Johanna, wenn es noch sehr früh war.

„Kannst du nicht noch ein bißchen warten? Es ist ja fast noch dunkel!"

Ich konnte kein bißchen warten, und es war auch fast schon sechs. Ich gebe zu, die Nacht war kurz gewesen, denn eingeschlafen waren wir gegen zwei oder drei. Aber die Zeit des Getrenntseins, die Zeit, die jede allein in ihrer Traumwelt verbracht hatte, kam mir lange genug vor. Außerdem hatte ich soviel Energie, als hätte ich zwölf Stunden im Tiefschlaf verbracht. Johanna wehrte sich auch nur ein klein wenig. Sie ließ sich von meinen Händen und Lippen wecken, die jeden Morgen von neuem erkunden mußten, ob alles noch so aufregend war, wie ich es in Erinnerung hatte. Und schon bald wandte sie mir ihr Gesicht zu, in dem die Augen trotz der frühen Stunde schon von Liebe erzählten. Es dauerte nicht lange, bis die Wellen der Lust den Bus zum Schaukeln brachten und uns hellwach machten. Anschließend sprangen wir, wo immer es möglich war, in irgendeinen See, in dem wir herumtollten wie Kinder oder junge Hunde, bevor es ein ausgiebiges Frühstück mit französischem Baguette gab.

Während wir durch eine liebliche, sonnenverbrannte Landschaft mit einladenden Orten fuhren, erzählten wir uns unsere Familiengeschichten, unsere Kindheitserlebnisse, unsere erste Liebe, unsere zweite Liebe, unsere Liebe zueinander. Wir wurden nicht müde, zu erzählen und zuzuhören.

Während du einer Person, die zuhört, weil sie dich liebt, deine Lebensgeschichte erzählst, entdeckst du sie und dich ganz neu. Das Licht, in dem Johanna mich sehen mochte, das kleine Mädchen mit soviel Unfug im Kopf oder tief verletzt, machte auch meine Sichtweise neu, und ich begann, dieses Mädchen – eigentlich längst vergessen – liebzugewinnen. Ich entdeckte nicht nur Johannas Leben, sondern auch meines ganz neu. Vieles fügte sich erstmals sinnvoll zusammen, und weil es Sinn bekam, konnte alter Groll abgeschüttelt werden. Ich söhnte mich mit meinem Leben und mir selber auf eine Art aus, wie keine Therapie das je zustande gebracht hätte.

Noch eine Entdeckung machte ich: Ich hatte keine Angst mehr vor dem Tod. Alle meine Freundinnen kannten mich als hypochondrisch. Das hatte wohl das medizinische Fachwissen meines Vaters besorgt, der tagelang keine Notiz von unseren Krankheiten nahm, dann aber, wenn er sie nicht länger ignorieren konnte, alle Heilmethoden auf einmal anwandte und uns nicht im Zweifel ließ, daß wir todsterbenskrank waren. Die Dosis Todesangst, die er uns bei jeder Krankheit verabreichte, ließ uns ganz schnell auferstehen, denn er vermittelte, daß wir wahrscheinlich keine Chance hatten. Keine von uns wollte tatenlos ihrem Sterben im Bett zusehen. Also rappelten wir uns schneller auf als andere Kranke, aber unser Vertrauen ins Leben und in die Kunst der Medizin war wieder um ein kleines Stückchen abgebröckelt.

Ich stellte also erstaunt fest, daß der Tod mir keine Angst mehr einflößte.

Ich hatte das Gefühl, jetzt konnte ich sterben. Denn ich hatte alles erlebt. Es gab nichts, das ich vermißt hätte in meinem Leben. Ich kannte die Liebe und das Glück und den Schmerz. Und Johanna würde bei mir sein, wenn ich sterben würde – eines Tages. Das war mir von Anfang an klar. In dieser Beziehung und vielleicht auch noch in anderen hatte sie längst die Nachfolge der Tante angetreten.

„Du wirst meine Hand halten, wenn ich sterbe, nicht wahr?" fragte ich, nachdem wir uns gerade geliebt hatten. Zugegeben, ein merkwürdiger Zeitpunkt, um übers Sterben zu reden. Johanna schien es nicht merkwürdig zu finden, sie sagte lediglich: „Wer weiß, ob du vor mir stirbst."

„Natürlich sterbe ich vor dir, schließlich bin ich achtzehn Jahre älter als du."

„Na, das hat ja nichts zu sagen. Ich kann einen Unfall haben auf den vielen Konzertreisen oder irgend etwas anderes..."

Ich ließ nicht mit mir handeln.

„Die Göttin hat dich mir geschickt, damit du mich in den Tod begleitest, das weiß ich ganz genau. Laß dir nicht einfallen, die Spielregeln zu ändern! Ich bin älter und sterbe zuerst. Punktum und mogeln gilt nicht!"

„Na gut, aber vielleicht nicht gleich. Vielleicht gibt die Göttin uns ja die Chance, daß wir uns vorher etwas besser kennen und lieben lernen, was meinst du?"

Ich hatte absolut nichts dagegen, Johanna viele Jahre lang zu lieben, mit ihr zu leben, mit meinen Freundinnen zu leben, mit Jule zu leben und mit mir, die ich langsam auch immer liebenswerter fand, je länger und je mehr Johanna mich liebte.

Als ich sie vor dem Einschlafen fragte: „Womit habe ich das eigentlich verdient?" sagte sie nur schläfrig: „So etwas verdient man nicht. So etwas bekommt man geschenkt."

Ich konnte schlecht „danke" sagen, aber mein Körper, mein Denken und Fühlen, meine ganze Person waren ein einziges Danke. Es war nicht nur an Johanna gerichtet, dieses Danke. Es galt einem Schicksal, einer Göttin, wer weiß... Es war in mir und wollte heraus.

★

Danke, sagte ich allen Göttern, als ich mich auf dem sicheren Erdboden wiederfand, und ich nahm mir vor, mich nie mehr als Seiltänzerin zu versuchen und auch sonst besser auf mich aufzupassen.

Danke, sagte ich zum Mannsbild der Tante, der mir zu meinem ersten Auto verhalf. Er war begeisterter DKW-Fahrer und wollte mir sein ausrangiertes Modell schenken.

„Dann hast du ja jetzt alle Chancen, dich um Kopf und Kragen zu fahren", unkte Vater und sah dabei kaum von seiner Zeitung hoch.

„Verkehrsunfall mit drei Toten am Wochenende..." zitierte er daraus, und man hörte förmlich, wie gelegen ihm diese Nachricht gerade jetzt kam.

„Weißt du eigentlich, wie teuer so ein Auto ist?" Er schlüpfte mehr und mehr in die Rolle des Spielverderbers. „Selbst wenn du gar nicht fährst, wenn es nur in der Garage steht, kostet es täglich Unsummen. Und man weiß ja nicht, ob du jemals einen anständigen Beruf ergreifen wirst. Man zweifelt sogar daran."

Ich nahm an, dieses Mann schrieb sich groß und mit zwei n, und der Zweifler war er selbst. Ich jedenfalls zweifelte nicht daran, daß aus mir etwas werden würde. Höchstens ein kleines bißchen.

„Na, zum Glück habe ich ja keine Garage", konnte ich mir nicht verkneifen zu sagen.

Ich wollte dieses Auto, und ich wollte mir die Freude und den Spaß daran um keinen Preis verderben lassen. Das Auto sollte mich trösten, ich hatte Trost nötig. Klaus hatte mich endlich – das war lange vorauszusehen gewesen – für eine weniger prüde Braut verlassen, die er bald schwängerte und heiratete. Obwohl ich ihm seine neue Freundin gönnte, war das Verlassen-Werden ein schwerer Schlag. In erster Linie ein Verlust an Prestige.

Dabei war meine Sehnsucht weiterhin auf Ulrike gerichtet, aber da kam ich nicht weiter, zumal das Teufelchen mir einflüsterte, daß das sowieso völlig abwegig und verboten war. Ein Auto würde vielleicht weiterhelfen. Immerhin könnte ich die Umworbene zu Fahrten in die Umgebung einladen, heraus aus der Enge des Häuschens an der Berggasse, aus dem Blickfeld von Bonifatius und Tante Anna und vor allem dem der wachsamen Schwestern.

Das Mannsbild hatte zu einer Zeit Auto fahren gelernt, als es in ganz Deutschland höchstens zehn Autos gab. So fuhr er immer noch. Er ging davon aus, daß die Straße ihm gehörte. Den Zuwachs an Verkehrszeichen und Verkehrsteilnehmern ignorierte er. Leider mußten wir mein zukünftiges Auto in München abholen, und ich mußte mich von dem Mannsbild dorthin fahren lassen. Ich schwebte stundenlang in Todesangst, während das Mannsbild unser Zusammensein genoß und mir fröhlich Geschichten aus einer weit weg liegenden Jugend erzählte, was seine Aufmerksamkeit für den Verkehr nicht gerade steigerte.

„Ach, weißt du", meinte die Tante, als ich sie nach unserer wider Erwarten geglückten Rückkehr auf die Verkehrsuntauglichkeit ihres Mannsbildes ansprach, „ich würde sowieso nicht mit ihm leben können, wenn ich uns nicht täglich irgendwelchen Schutzengeln anvertrauen würde."

Sie seufzte tief, und ich hatte das Gefühl, Geheimnissen auf die Spur gekommen zu sein, die mir bisher verschlossen geblieben waren. Mein Vater hatte längst den Kontakt zu beiden abgebrochen, Mutter ging sie nur noch besuchen, wenn Vater unterwegs war, obwohl sie nur „über die Straße" wohnten. Ich aber hatte sie schlicht und einfach vernachlässigt, weil mein Leben mit so vielen anderen Dingen ausgefüllt war. Plötzlich merkte ich mit Trauer, wie weit wir uns voneinander entfernt hatten, ich sah auf einmal, wie weiß die Tante geworden war, wie schütter ihr Haar, und daß der Schleier über ihren Augen dichter geworden war. Außerdem hatte sie einen bekümmerten Blick, den ich noch nie wahrgenommen hatte.

Dabei hatten beide letztes Jahr endlich geheiratet. Die Frau in Schweden war gestorben, es war ihr Vermächtnis, daß die Tante ihre Nachfolge antreten sollte. Inzwischen lag die schwedische Frau auf dem Berliner Friedhof in einem Grab für drei und wartete auf die Tante und das Mannsbild. Wenn ich mir die Tante anschaute, bekam ich Angst, daß sie vielleicht gar nicht mehr lange würde warten müssen. Ich beschloß, mich wieder mehr um sie zu kümmern, und fing auch gleich damit an.

„Bedrückt dich irgend etwas?" fragte ich.

„Ach, weißt du", seufzte sie, „es ist einfach schwierig mit den Männern. Sie sind so anders als wir, daß ich mich manchmal frage, ob wir uns wirklich verstehen können."

Sie sprach mir aus dem Herzen, und ich beschloß, es ihr zu verraten.

„Ich stelle es mir auch einfacher vor, mit einer Frau zusammenzuleben", sagte ich.

Sie überhörte mein Angebot, ihr mein Innerstes auszuschütten, und ich beschloß, das ein andermal zu tun, wenn ich den Mut dazu finden würde.

„Hast du das Mannsbild denn nicht heiraten wollen?"

„O doch. Das war mein Lebenswunsch. Aber er ist etwas aus der Spur geraten, und er kann nichts dafür."

Sie sah mich bekümmert an, abschätzend, ob ich es verdiente, in ihren Kummer eingeweiht zu werden. Die ganze Liebe zu ihr, der guten Fee meiner Kindheit, erwachte, und ich war glücklich darüber. Ich merkte, welche Lücke dort war, wo früher wie selbstverständlich die Begegnung mit der Tante saß. Und wahrscheinlich spürte auch sie diese neu entdeckte Liebe, denn sie beschloß, mich in ihr Geheimnis einzuweihen.

„Er ist krank. Der letzte Arzt hat keinen Zweifel daran gelassen. Es ist eine Krankheit des Gemüts, und sie bringt ihn dauernd in Schwierigkeiten. Und mich auch", fügte sie leise hinzu, als sei sie selber nicht so wichtig.

„Er läßt sich für viel Geld gefälschte Bilder andrehen und geht mit Menschen um, die ihm Geld aus der Tasche locken, das er gar nicht hat. Er läßt sich auf schlechte Frauen ein, die ihm etwas vormachen, und nach jeder seiner Reisen haben wir mehr Schulden. Er hat keinen Maßstab mehr für das, was er tut, und ich mache mir große Sorgen um ihn."

Das waren Dinge, die ich andeutungsweise von Vater gehört hatte, aber natürlich nie in *dieser* Art. Für Vater war er schuld an seinem Versagen, für die Tante war er krank.

„Ich bin froh, daß du ihn liebst. Er liebt dich auch, und er braucht unsere Liebe", sagte die Tante, obwohl ich mich um beide gar nicht mehr gekümmert hatte. Mir wurde bewußt, daß irgendein Unglück seine Schatten vorauswarf, und ich wollte die Tante auf hellere Gedanken bringen.

„Erzählst du mir noch mal die Geschichte von eurer Hochzeit?" bat ich. Brachte man sie nämlich darauf, kicherte sie wie ein junges Mädchen und vergaß alle Sorgen.

„Wir beschlossen, auf der Nordseeinsel zu heiraten, auf der wir seit vielen Jahren unseren Urlaub verbrachten, wie du weißt. Wir wollten hier kein Aufhebens machen, weil wir ja eigentlich viel zu alt waren zum Heiraten. Wenn ich mir vorstelle, daß ich fünfundsiebzig werden mußte, um zum ersten Mal zu heiraten!"

Die Tante grinste und gluckste und schien sich kein bißchen zu schämen, daß sie fünfundsiebzig werden mußte, um zu heiraten. Sie schien es eher für einen gelungenen Streich an einer Gesellschaft zu halten, die ihr viel zu spießig war.

„Dort kannte uns niemand, dachten wir, aber da hatten wir uns getäuscht!"

Die Erinnerung zerriß den Schleier vor ihren Augen, die übermütig zu blitzen anfingen, wie ich's von früher kannte.

„Als wir aus dem Standesamt kamen, stand draußen nicht nur eine Riesenmenschenmenge, sondern auch der Bürgermeister mit einem Blumenstrauß und, stell dir vor, ein Fernsehteam! Anscheinend waren wir bekannter, als wir dachten. Der Bürgermeister setzte es sich in den Kopf, unsere Hochzeit, die wir auf seiner Insel begingen, ganz groß zu feiern. Wie peinlich..." setzte sie verschämt hinzu, mehr pro forma.

Ich hatte nicht den Eindruck, daß es ihr wirklich peinlich war, so gefeiert zu werden, sondern daß sie es genoß und auch ganz richtig fand, nachdem sie jahrzehntelang auf das Mannsbild gewartet hatte.

„Und dann seid ihr ganz groß zum Essen eingeladen worden vom Stadtrat, und das Fernsehen filmte jeden Bissen in eurem Mund, nicht wahr?" Ich kannte die Geschichte. Wenn auch in verschiedenen Versionen. Mein Vater sagte immer gehässig: „Von unsereinem wurde bei der Hochzeit nicht soviel Aufhebens gemacht. Dabei wäre es das auch wert gewesen. Wir heirateten im Bombenhagel, und unsere Eheringe waren Gardinenringe aus Messing. Warum man in so einem Alter überhaupt noch heiratet, ist mir schleierhaft. Naja, wenn ich so viele Schulden hätte, würde ich auch eine pensionierte Beamtin an Land ziehen, die dafür aufkommt..."

Ich hatte keinen Zweifel, daß das Mannsbild die Tante liebte, nicht ihr Geld. Sie hatte auch keinen Zweifel daran.

Als das Mannsbild dann ganz durchdrehte, landete er auf einer seiner Reisen in der Psychiatrie. Die Tante befreite ihn mühsam, denn sie hatten ihn in eine Zwangsjacke gesteckt, weil er im Spielkasino erst eine Runde nach der anderen spendierte und dann anfing, sich auszuziehen, wahrscheinlich um zu demonstrieren, daß seine Taschen leer waren.

Ein paar Tage später starb er, Gott sei Dank im Bett der Tante, und hinterließ ihr einen Berg Schulden, den sie ohne Klagen in den nächsten Jahren langsam abtrug.

Als ich ihr das Auto zurückgeben wollte, schüttelte sie den Kopf und sagte: „Ich will, daß du es behältst, weil er das auch gewollt hätte. Es soll dich an ihn erinnern, und vielleicht fährst du mich ja manchmal spazieren, nicht wahr?"

Zunächst benutzte ich aber mein Auto, um Ulrike auszufahren. Allerdings hatte ich nicht mit ihrem Familiensinn gerechnet, denn es gelang mir nie, sie allein zu einer Ausfahrt zu überreden.

„Au ja", sagte sie bei meinem Vorschlag. Dann: „Vaterle, hast du Zeit mitzukommen?" Oder: „Rita, du wolltest doch zum Einkaufen. Komm, wir fahren dich." Oder: „Mutterle, willst du nicht auch etwas sehen von der Welt?"

„Vaterle", „Mutterle" und Rita sagten nie nein, und so wurde ich zur Chauffeurin der ganzen Familie, was von meinem Taschengeld nicht lange zu finanzieren war. Mein neues Auto, das natürlich eine uralte Mühle war, stand wirklich bald nur noch herum und kostete Geld. Wenn die Familie meiner Angebeteten von mir ausgefahren werden wollte, mußte sie das selbst finanzieren, und sie tat es auch. Ulrike war inzwischen berufstätig, und die Eltern sowieso, während ich mich mit der Mathematik herumschlug und mich auf das Abitur vorbereitete, von dem ich nicht mal wußte, was es mir bringen sollte.

Ich hatte keine Pläne für meine Zukunft, außer dem einen, Ulrike möge mein Werben erhören, damit ich endlich wußte, wohin ich gehörte.

★

Wohin ich gehörte, wußte ich nach der Reise mit Johanna genausowenig wie vorher. Ich befragte alle Götter und guten Geister, wie mein Leben weitergehen sollte, bekam keine Antwort und lebte einfach irgendwie, einen Tag nach dem anderen.

Jule und ich bewohnten weiter zusammen unser Haus, wir teilten unseren Alltag, während Johanna der Zugang verweigert war. Wenn ich sie an den Wochenenden treffen wollte, blieb uns nur der Campingbus, was dazu führte, daß ich in diesem Sommer zur Naturliebhaberin wurde.

Der Parkplatz in den Weinbergen wurde unser zweites Zuhause, es war unser Glück, daß der Sommer überaus freundlich und sonnig war. An den langen Abenden, die wir vor dem Campingbus damit verbrachten, daß wir den Lauf der Sterne am Nachthimmel beobachteten und nicht müde wurden, uns die Geschichte unseres Lebens zu erzählen, wußte ich, daß ich zu Johanna gehörte.

Wenn ich wieder zu Hause war, mit Jule traute Abende unter unserem Dach verbrachte, in dem die Tante mit den Beinen baumelte und gespannt auf den Fortgang der Geschichte wartete, wußte ich, daß ich auch hierher gehörte.

Indessen hielten mich die meisten für verrückt. Es gab keine, die mir hätte zeigen können, wie man eine solche Situation bewältigt.

So beging ich meinen fünfzigsten Geburtstag. Ich hielt mich an mein Versprechen, diesen Tag mit Jule zu begehen. Von Feiern konnte keine Rede sein. Anna-Maria saß mit uns beim Kaffeetrinken und versuchte ab und zu, ein Gespräch in Gang zu bringen. Mit uns war aber nicht zu reden. Mit mir nicht, weil meine Gedanken bei Johanna waren, mit der ich diesen Tag auch gern begangen hätte, mit Jule nicht, weil sie unablässig an ihren Tränen schlucken mußte.

Was hatte ich aus fünfzig Jahren Leben gemacht? Saß ich nicht vor einem einzigen Scherbenhaufen, ratloser und ungeordneter als je zuvor? Alles, was ich hatte, war eine Ahnung, daß es nicht immer um Entscheidungen geht – für oder gegen, diese oder jene, schwarz oder weiß. Ich hatte einen Traum von verschiedenen Formen von Liebe, die sich gegenseitig nichts wegnahmen, die die Liebe nicht insgesamt reduzierten, sondern wachsen ließen. Wahrscheinlich war ich wirklich verrückt.

Manchmal war es nämlich ungemein schwer, daran zu glauben, selbst die Tante schien die Hoffnung auf einen guten Weitergang unserer Geschichte allmählich aufzugeben.

„Vielleicht ist es ja doch gesünder, sich richtig zu trennen und ganz neu anzufangen", sagte sie, wenn wir allein waren. „So machen es ja die meisten, und wahrscheinlich kann man auch nur dann richtig neu anfangen, wenn man das Alte ganz losgelassen hat."

„Liebe Tante, ich kenne diese Theorien. Ich weiß, daß die meisten mich für verrückt halten, aber ich habe es mir in den

Kopf gesetzt, meinen eigenen Weg zu finden. Die vorgefertigten Wege kenne ich. Du brauchst mir nichts zu erzählen. Daß du solche ausgelatschten Wege verlockend findest, wundert mich allerdings! Zu Lebzeiten warst du origineller!"

„Naja, ich meine ja nur. Ich sehe vielleicht besser als ihr, wie schwer ihr es habt, bei allen guten Zukunftsvisionen. Ich sehe dich mit deiner Trauer, deinen Schuldgefühlen und der Sehnsucht, sehe Jule mit ihrem Schmerz, und daß ich Johanna gar nicht zu Gesicht bekomme, sagt ja, wie traurig auch sie darüber sein muß, dich nie besuchen zu dürfen, an deinem Leben eigentlich nicht teilhaben zu können."

Die Tante war eine unfruchtbare Beraterin in dieser Zeit. Überhaupt konnte oder wollte mich anscheinend niemand beraten außer diesem Teufelchen, das mir immer noch hartnäckig im Ohr saß und flüsterte, daß ich der unwürdigste und schlechteste Mensch auf der Welt war.

Soweit hatte ich es gebracht in fünfzig langen Jahren!

Die Prophezeiungen meines Vaters waren doch noch in Erfüllung gegangen: Es war nicht viel aus mir geworden.

Am Abend dieses Tages lag ich mit einem Brief von Johanna im Bett. Er war so schön, daß ich weinen mußte, als ich ihn immer und immer wieder las, und fast glaubte, was sie über mich schrieb.

Zu Deiner Geschichte haben andere, die Dich schon länger kennen, sicherlich mehr zu sagen. Ich jedoch kenne Dich, zumindest leibhaftig und in diesem Leben, erst so kurze Zeit.

Ja, weißt Du noch, wie wir uns vor zweieinhalb Jahren das erste Mal über den Weg gelaufen sind, dort oben im Bergdorf Anopoli auf Kreta? Ich weiß noch so gut, wie sehr ich mich gefreut habe, als Du mitgekommen bist zur Fähre und zum Abschied noch etwas im Bild festhalten wolltest von dieser ersten Begegnung. Ich sehe Dich noch stehen und winken, als das Schiff ablegte, und ich wußte, ich würde Dich wiedersehen.

Dann denke ich wieder daran, wie oft wir diskutierten über die Beziehungen, die man Liebesbeziehungen, Affären oder sonstwie zu nennen pflegt, und wie wir dabei vielleicht schon immer nach Räumen für unsere Liebe gesucht haben.

Oder weißt Du noch, wie ich Dich am Kopf massiert habe und Du Dich nur noch mehr verspannt hast, weil Du Angst hattest, soviel Nähe zu mir zuzulassen?

Irgendwann konnte ich meine tiefe Verbindung zu Dir nicht mehr vor mir leugnen... und dann dieser Tag, nach dem es für mich kein Zurück mehr in die Bewußtlosigkeit gab, weil ich nun erfahren hatte, daß auch Du Sehnsucht nach mir hattest. Wie ein Wirbelwind tobte dieser eine Satz von Dir tagelang in mir. Seele, Geist und Körper waren in Aufruhr und wollten sich nicht besänftigen lassen. So reiste ich an jenem denkwürdigen Tag zu Dir, an dem unsere Seelen und unsere Körper sich endlich das erste Mal ungebremst verbinden durften.

Und seitdem durfte ich soviel von dieser fünf Jahrzehnte lebendigen Frau entdecken und kennenlernen, und so viele wunderbare Tage und Nächte liegen schon hinter uns. Weißt Du, daß das ein großes Geschenk für mich ist, ein sehr großes, sehr kostbares? Und daß ich mir wünsche, immer mehr von Dir kennenzulernen und von Dir und mit Dir zu entdecken.

So viele Gesichter gibt es da zu sehen, so viele Seiten/ Saiten schwingen und klingen in Dir, Du wunderbare, liebenswerte Frau.

Da ist die Forscherin, die neugierige, wache Frau, die mit ihrem analytischen Verstand den Zusammenhängen auf den Grund geht und die die Wahrheit sagt, auch wenn sie messerscharf ist.

Da ist das Kind, das sich ankuscheln will, das Wärme und Geborgenheit und Unterstützung sucht, das schusselig und unreflektiert sein darf und das auch mal Blödsinn machen und trotzig sein will.

Da ist die Kreative, die Schriftstellerin, die Künstlerin der Sprache, die Menschen anrührt mit ihren Worten.

Da ist die Lustvolle, die spüren, genießen und begreifen will mit all ihren Sinnen, die erotische, machtvolle Verfüh-

rerin und die hingebungsvolle Geliebte. Da ist die Waage, die sich schwer zu entscheiden vermag, weil sie doch am liebsten alles miteinander in Einklang bringen möchte.

Da ist die Priesterin, die um Wahrheit, Weisheit und Liebe weiß und sie der Welt mitteilen will.

Da ist die Bequeme, die gerne alles gemütlich möchte an Heim und Herd mit Fernseher und Schokolade, ohne unnötige Bewegung und schon gar nicht mit zuviel Arbeit, und die sich für alles einfache, übersichtliche Lösungen wünscht.

Da ist aber auch die Initiatorin, die Feurige, die andere zu begeistern versteht, die anderen Impulse gibt, sie wachrüttelt, ihnen Mut zum Gehen macht.

Da ist die Träumerin, die sich das Himmelreich auf Erden wünscht und an das Gute glaubt.

Da ist die Ängstliche, die es nicht wagt zu schwimmen, weil sie bei der Tiefe des Wassers nicht immer auf den Grund sehen kann: zuviel Fließen, zuviel Bewegung, zuwenig Berechenbarkeit.

Und da ist auch die alte Weise, die keine Angst kennt, weil sie um die Quelle der Kraft und um die Spirale von Tod und Leben weiß.

All diese Gesichter und noch viele andere hast Du mal mehr, mal weniger, in den letzten fünf Jahrzehnten zeigen wollen oder auch können. Sie haben sich in Dir gebildet, entwickelt, sie haben Dich reich gemacht. Und ich wünsche Dir nun zu deinem 50. Geburtstag, daß Du in den nächsten Jahrzehnten die Saiten, die Klänge, die Dir besonders wichtig sind, immer stärker schwingen lassen kannst..."

„Na, siehst du", sagte die Tante, als ich den Brief zusammenfalten und beiseitelegen wollte. „Das alles bist du. Und du fragst dich, was du aus deinem Leben gemacht hast..."

„Du hast mitgelesen", beschwerte ich mich. Insgeheim aber war ich stolz, den Liebesbrief mit jemandem teilen zu können.

„Na, ein bißchen Freude werde ich doch auch noch haben dürfen in dieser traurigen Zeit. Eigentlich weiß ich gar nicht, warum du traurig bist. Du hast eine wunderbare Geliebte, eine wunderbare Ex-Geliebte, wunderbare Freundinnen, mich, ein wunderschönes Häuschen..."

Eigentlich hatte die Tante nicht so unrecht.

Und ich hatte diesen wunderbaren Brief. Das alles war ich? Mit so vielen Gesichtern, so vielen bemerkenswerten Eigenschaften? Das alles sah Johanna, wenn sie in mein Gesicht, in meine Augen schaute oder mir zuhörte? Warum sah ich es nicht? Liebte ich Johanna, weil sie das alles in mir sah und daran glaubte? Machte Liebe deshalb gut?

Aber ich war nicht gut.

„Dabei wollte ich immer ein guter Mensch sein", sagte ich an einem der nächsten Tage zu Johanna, als ich mich in ihren Armen mal wieder so richtig schlecht fühlte – natürlich erst, nachdem ich mich unverschämt gut gefühlt hatte.

„So wie Mutter Theresa?" Johanna hielt nicht soviel von sogenannten guten Menschen wie ich.

„Nein. So wie Gandhi." Ich war sauer, weil sie mich nicht ernst nahm. „Ich hab's eher mit denen, die zu leben helfen, als mit denen, die beim Sterben helfen."

„Dann fang endlich an zu leben. Hast du schon bemerkt, daß eine ganz lebendige Person, nämlich ich, darauf wartet, mit dir zu leben? Worauf wartest du noch? Daß Jule dir die Absolution erteilt? Daß das Schicksal dich mit einer schlimmen Krankheit bestraft, damit dein Gewissen, das sich wie ein aufgescheuchtes Huhn gebärdet, endlich zur Ruhe kommt? Du bildest dir allen Ernstes ein, daß du weißt, was falsch und richtig, gut und böse ist? Von diesem Baum der Erkenntnis haben schon andere genascht und sich den Magen verdorben!"

Ich wußte nichts zu sagen. In meinem Kopf drehte sich alles nur noch im Kreis. Ich fühlte mich wie ein Hamster im Rad: eingesperrt und zu den ewig gleichen Runden verdammt, aus denen es anscheinend keinen Ausweg gab.

„Ach, komm her." Johanna nahm mich in den Arm und wiegte mich wie ein trauriges kleines Kind. „Ich weiß, du meinst es gut. Aber so geht das nicht." Ich war erschrocken darüber, wieviel Trauer sich in Johannas Gesicht spiegelte. Anscheinend machte ich alle traurig. Dabei wollte ich das Gegenteil. Ganz bestimmt wollte ich keinem Menschen Schmerzen zufügen.

✷

Einen solchen Schmerz sollte ich bald schon erfahren.

Meine Bemühungen um Ulrike hatten sich bis jetzt noch nicht gelohnt. Irgendwie führte all mein Planen zu keinem Ziel. An dieses „Ziel", wenn es denn eines war, kam ich ganz unvermutet, als ich eines Abends bemerkte, daß ich den Hausschlüssel vergessen hatte, vor verschlossener Tür und dunklen Fenstern stand und nicht wußte, welcher Ärger der kleinere sein würde: wenn ich die Familie durch mein Klingeln weckte oder wenn ich einfach umdrehte und in der Berggasse übernachtete.

Letzteres erschien mir verlockender, und so drehte ich um, und natürlich wurde mir Nachtasyl gewährt.

Es gab keinen anderen Schlafplatz als Ulrikes halbes Bett, und ich wollte ja nichts lieber, als es mit ihr teilen. Allerdings teilten wir das Zimmer auch mit ihren beiden Schwestern.

Wie bei Jutta, wenn ich so nah bei ihrer Schwester Karin wachte, traute ich mich kaum zu atmen. Und dennoch war meine Neugier größer als meine Angst. Ein bißchen wunderte ich mich, als Ulrike meine forschende Hand nicht zurückstieß, sondern mich durch bereitwilliges Zurechtrücken ihres Körpers in meinem Forschungsdrang ermutigte. Auf diese Art unterstützt, begann ich zum ersten Mal einen weiblichen Körper so zu erkunden, zu berühren und zu streicheln, wie ich mir das schon oft ausgemalt hatte.

Ich kann mich nicht erinnern, ob die Erfahrung im Bewußtsein der Anwesenheit der beiden Schwestern und daß wir etwas ganz und gar Verbotenes taten, *schön* war. Sie war auf jeden Fall berauschend. Und sie gab mir eine Antwort auf meine Frage, wohin ich gehörte. Diese Berührungen erschlossen mir ganz andere Gefühlstiefen, als ich sie mir mit Alfonso oder Klaus je vorstellen konnte. Das hier war so unmittelbar, so absolut richtig, daß ich keinen

Zweifel mehr hatte: Ich war lesbisch, was ich ja schon immer geahnt hatte, ohne Begeisterung allerdings, schließlich war ich die einzige Lesbe, die ich kannte, mein Weg würde einsam werden. Das flüsterten mir die Geister in dieser Nacht zu. All meine Leidenschaft konnte Ulrike nicht bewegen, den Weg mit mir zu teilen. Sie begleitete mich lediglich ein paar Schritte.

Es dauerte nicht lange, bis sie sich in einen jungen Mann verliebte und ich mich in blinder Eifersucht verzehrte; wohl wissend, daß ich nichts hatte, um mit dem jungen Mann konkurrieren zu können.

Die Einsamkeit, in die das jähe Ende dieses ersten Liebesabenteuers mich warf, war kaum zu ertragen.

Gab es wirklich nur *mich*, die so fühlte? Es gab Detlef. Er war zwar eine Witzfigur, aber es mußte ja Männer wie ihn geben, sonst wären über sie keine Witze erfunden worden. Es gab sie aber nicht in Filmen, Romanen, Zeitungen und dem gerade auch von meiner Familie eroberten Fernsehen.

Und Frauen? Über die gab es nicht mal Witze. Aber *mich* gab es doch!

Und es gab in meiner Kindheit diese mysteriöse Tante Edith. Sie hatte etwas mit meinen Gefühlen zu tun, das ahnte ich schon damals. Also mußte die Tante befragt werden.

„Was ist eigentlich aus deiner Freundin Edith geworden, nachdem du aus Berlin weggezogen bist?" fragte ich zum erstbesten Anlaß und möglichst nebenbei.

„Sie lebt schon lange nicht mehr", antwortete die Tante.

„Woran ist sie denn gestorben?" Mich beschlich eine Vorahnung, als hätte ihr Schicksal etwas mit meinem zu tun.

„Ach, weißt du", so fingen Tantes längere Reden immer an, „das ist eine traurige Geschichte. Willst du sie wirklich hören?"

Es war keine Frage von Wollen, sondern von Müssen. Ich *mußte* von Ediths Schicksal hören. Jetzt und hier und heute.

„Also, sie war ein sehr unglücklicher Mensch. Darum ist sie auch unglücklich gestorben. Sie hat sich, wie man so sagt, zu Tode getrunken."

Ein innerer Zwang ließ mich weiterfragen. „Warum war sie denn so unglücklich?"

„Wahrscheinlich hat sie nie die richtige Liebe gefunden. Es gibt Menschen, die gehen immer an ihrer Liebe vorbei."

Ich mußte die Tante von langatmigen Umwegen abhalten. Ich mußte es jetzt wissen. „Meinst du, sie hat Frauen geliebt? War es das, was du *nicht die richtige Liebe* nennst?"

Mein Herz klopfte zum Zerspringen, ich hatte das Gefühl, von Tantes Antwort hing meine Zukunft ab. Vielleicht sogar, ob ich überhaupt eine Zukunft haben würde oder nicht.

Die Tante zog irritiert die Augenbrauen in die Höhe. „Nein, so meine ich das nicht. Frauen sind schließlich wunderbare Wesen. Warum sollte man sie nicht lieben! Sie hat einfach nie die *richtige* Frau gefunden."

Mir fielen Zentner vom Herzen, ich fühlte mich wie eine zum Tode Verurteilte, die soeben begnadigt worden war.

„Du meinst, Frauen zu lieben an sich ist nicht falsch?"

„Aber nein. Es ist egal, wen du liebst. Es ist wichtig, daß du liebst, und das kann man von den meisten Leuten nicht behaupten."

Ich konnte es kaum fassen. „Du findest es wirklich ganz in Ordnung, wenn Frauen Frauen lieben?"

„Wenn sie sich lieben, finde ich das ganz in Ordnung. Jede Liebe ist in Ordnung. Ich wußte nicht, daß du daran zweifelst."

„Ich glaube, ich liebe auch Frauen, Tante."

„Ja, das glaube ich schon lange. Ich wollte es dich selber herausfinden lassen. Ich hoffte, daß du eines Tages mit mir darüber sprechen würdest. Ich hoffe, ich habe dir immer zu verstehen gegeben, daß es für mich in Ordnung ist."

Ich starrte die Tante mit offenem Mund an. „Du findest das wirklich ganz und gar in Ordnung?"

„Ganz und gar. Ich habe nicht gewußt, daß du es dir so schwer machst. Vielleicht hätte ich mit dir reden sollen. Ich kenne viele Frauen, die als Paar zusammenlebten. Sie hatten nicht dieses Wort für sich – ich finde es schrecklich, es will mir nicht über die Lippen... aber sie lebten wie verheiratet.

Ich habe dir doch von dem Frauenpaar auf der Flucht erzählt, nicht wahr? Sie lebten eine der wunderbarsten Beziehungen, die ich in meinem ganzen Leben kennengelernt habe. Wenn diese Liebe nicht in Ordnung war, dann weiß ich nicht, welche in Ordnung sein sollte."

„Aber sie nennen es doch krank, unreif, gegen die Natur, gegen Gott."

„Wie kann Gott eine Liebe geschaffen haben, die gegen ihn ist? Wo er doch von sich behauptet, daß er die Liebe ist?! Wenn das stimmt, mußt du dir über Gott keine Sorgen machen. Wenn es nicht stimmt, auch nicht, denn wenn Gott nicht die Liebe ist, ist er ohnehin unwichtig. Nein, das sind doch nur die Ängste derjenigen, die sich vor allem fürchten, das aus dem Rahmen fällt."

Seit diesem Tag nahm ich entschieden mein Leben in die Hand, ließ mich nicht mehr von dem Teufelchen in meinem Ohr ins Bockshorn jagen und vertraute endlich meinen Empfindungen.

Eines Tages wollte ich wissen, wie meine Eltern dazu standen.

„Ich liebe keine Frauen, sondern Männer. Deshalb kannst du von mir nicht verlangen, daß ich das verstehe", sagte meine Mutter, und dabei blieb es.

„*Ich* kann das gut verstehen, schließlich liebe ich doch auch Frauen", sagte mein Vater dagegen ganz unerwartet und ohne auch nur seinen Blick von der Zeitung zu heben. „Außerdem weiß man ja, daß jede Tochter in ihrem Liebhaber den Vater sucht, und mir ist bewußt, daß es schwer ist, einen Mann wie mich zu finden."

Ich konnte mir ein Lachen nicht verkneifen.

*...der Liebe ist es wichtig,
daß das Schlagen deines Herzens niemanden tötet.*

Ich beschloß, fortan unbeschwert das zu tun, was ich ja ohnehin schon tat: Frauen zu lieben.

Und das war wunderbar.

Ich glaube, das lag nicht zuletzt daran, daß mir in meinem Leben die wunderbarsten Frauen begegneten.

Ich erinnere mich gut an den Tag, als Jule sagte: „Weißt du, es ist an der Zeit, daß du in deinem eigenen Haus wieder atmen und leben kannst, wie du es mußt und willst. Sag Johanna, sie ist willkommen."

Am selben Tag gingen wir, Jule und ich, einen Hausschlüssel für Johanna nachmachen zu lassen.

Ich erinnere mich an den Tag, als Jule und Johanna das erste Mal gemeinsam den Kopf über mich schüttelten; als sie zum ersten Mal gemeinsam ein Bierchen trinken gingen oder ins Kino, und es sollte nicht bei diesen ersten Malen bleiben.

Auch Conni wurde wieder zu der wunderbaren Frau, als die ich sie kennengelernt hatte.

Wir begegneten uns nach Monaten bei einem Konzert von Johanna. Ich hatte Angst, aber sie machte es mir leicht. „Ich kann dich einfach gut leiden. Und heute weiß ich auch, wofür die Trennung gut war. Glaub mir, ich möchte nichts anders, als es ist. Aber natürlich hat es weh getan."

„Natürlich. Und natürlich war ich mir immer bewußt, wie sehr ich dich verletze, die ganze Zeit. Ich weiß, daß ich nichts davon wegreden kann. Ich will es auch nicht. Ich wollte, du könntest mir irgendwann vergeben."

„Irgendwann ganz bestimmt. Laß mir nur ein wenig Zeit."

Wir rauchten eine Zigarette miteinander, und das war die schönste Friedenspfeife, die je auf der Welt geraucht wurde.

Ein paar Monate später hatte Conni mir vergeben, und mit Jule zusammen lebte es sich wunderbarer als je vorher in unserem Häuschen.

Dann tauchte aber doch noch ein Problem auf. Unser Häuschen war nicht groß genug für uns alle.

Conni erinnerte an die alte Idee vom Wohnprojekt, und wir wußten, das war genau das, was wir wollten. Wir fanden Frauen, die mit uns an dieser Idee bastelten, und seitdem träumen wir von einem Haus mit Garten, in dem wir, unsere Lebensträume, unsere Zukunftsvisionen, unsere Liebe und all das Verrückte, das uns verbindet, Platz haben.

Wir suchen gerade das Haus oder den Baugrund und treffen uns regelmäßig, um unsere Zukunft zu planen. Bei so vielen wunderbaren und eigensinnigen Weibsbildern gibt es schon mal Schwierigkeiten – aber das schwierigste Stück Arbeit haben wir erledigt: Wir haben die Tante im Dach überredet, mit uns umzuziehen, wenn es soweit ist.

„Mir wird zwar der Blick aufs Schloß fehlen und das vertraute Gebälk, und überhaupt liebe ich das Umziehen nicht so sehr, aber ihr alle würdet mir wahrscheinlich noch viel mehr fehlen", sagte sie und baumelte unternehmungslustig mit den Beinen.